平安心语

马明哲 著

中信出版社
CHINA CITIC PRESS

图书在版编目（CIP）数据

平安心语／马明哲著．—北京：中信出版社，2010.5

ISBN 978-7-5086-1819-7

I. 平…　II. 马…　III. 保险公司-企业管理-经验-中国　IV. F842.3

中国版本图书馆 CIP 数据核字（2009）第 212735 号

平安心语
PING'AN XINYU

著　　者： 马明哲

策划推广： 中信出版社（China CITIC Press）　蓝狮子财经出版中心

出版发行： 中信出版集团股份有限公司（北京市朝阳区和平街十三区 35 号煤炭大厦　邮编 100013）

　　　　　　（CITIC Publishing Group）

承　印　者： 北京通州皇家印刷厂

开　　本： 787mm×1092mm　1/16　　　**印　张：** 15.5　　　**字　数：** 200 千字

版　　次： 2010 年 6 月第 1 版　　　**印　次：** 2010 年 6 月第 1 次印刷

书　　号： ISBN 978-7-5086-1819-7/F · 1844

定　　价： 59.00 元

平安

目录

第一篇

愿景·管理·经营理念　1

战略愿景　3

修为 · 品行 · 社会公民　201

后记

平安

延续蛇口精神

袁庚

　　1988年，平安在蛇口创立，是全国第一家股份制保险公司。作为改革开放的试验田，蛇口的创新意识和开拓精神是蛇口人与蛇口企业的共同基因，而平安是这个基因最好的传承者之一。

　　蛇口诞生的使命就是不断打破陈旧的生产关系，创建适应生产力发展的新的生产关系。蛇口提出的口号是："时间就是金钱，效率就是生命，顾客就是皇帝，安全就是法律，事事有人管，人人有事管"。后来考虑到社会承受能力，口号被改成了"时间就是金钱，效率就是生命"。蛇口进行了一系列有利于社会生产力发展的改革尝试：进行民主选举；实行人才公开招聘；改革人事制度，实行聘用制；实行工程招标；进行分配制度改革；实现住房商品化；建立社会保障体系；建设企业自办的对外开放港、股份制银行、股份制保险公司……

　　平安的创立也是这一系列的新生事物之一。既然是新事物，就要积极培育，扶持其成长和发展。作为为挑战旧有制度与传统计划经济体制而诞生的企业，平安发展过程中的许多做法显得有些超前，我们要给予其足够的宽容与理解。这些年，也正是由于这种宽容和理解，平安发展得很快，敢于创新、勇于探索，可以说很好地

继承了蛇口的精神。

平安最早实行人才公开招聘，执行灵活的干部用工制度，倡导"人员能进能出，干部能上能下，薪水能高能低"。平安最早在全国范围募集资本，扩大股东，解决企业发展资本金不足的问题，后来又想方设法从海外寻找战略投资者，尤其后者，是国内没人做过的事情，有许多门槛要迈。平安率先引进国外咨询公司为公司"体检看病"，提高管理水平，之前这在国内也是没人尝试过的。平安最早从我国台湾地区聘请有经验的讲师、业务经理来大陆培训、工作，提高寿险经营能力与业务水平，而且人数不少，这也要承担不小的压力……可喜的是，平安一路走得十分稳健，经受住了发展中的大风大浪，抓住了机遇，实现了自身的成长与壮大。

在平安的发展过程中，以马明哲为首的年轻人，有闯劲、有激情，带领平安实现了飞速发展。我们这些老人，要支持他们在传统的计划经济体制中，在陈旧的框框中杀出一条血路。他们有能力、有抱负，我们要积极地扶持他们，给他们施展才华的舞台，为他们的前进鸣锣开道。不管是股东还是管理部门，都要积极鼓励他们的改革创新，解除套在他们身上的枷锁，给他们发展进步的机会，包容他们在前进道路上可能出现的偏差，使他们能够在激烈竞争的环境中脱颖而出，走在时代发展的前列。

希望蛇口的精神在平安能够延续下去。

袁庚　原深圳蛇口开发区管委会书记、香港招商局常务副董事长

[注释：袁庚出生于广东宝安。1945年任中共驻香港办事处（原新华社香港分社前身）第一任主任；1950年，随中国军事顾问团赴越南，成为胡志明主席的情报、炮兵顾问；1978年出任香港招商局的第29代"掌门"，同年向中央建议兴办蛇口工业区；1992年正式离休。2003年7月被香港特区政府授予"金紫荆星章"，是获勋20人中唯一的内地人；10月，被上海授予"中国改革之星"称号。曾任中国平安名誉董事长。本文根据时任平安名誉董事长袁庚在平安第三届第六次董事会上的讲话记录整理]

平安的竞争和创新之道

刘鸿儒

　　约20年前，我在蛇口工业区的招商银行考察，出门时迎面见到的就是这个叫马明哲的年轻人。他西装笔挺地站在门口，说平安是我审批成立的，就在马路另一边，要我一定过去看看。我笑着对周围陪同的同志说，平安的成立确实是我经手审批的，不知道长成什么样子了。那是我第一次走进刚刚起步的平安，也是第一次开始真正了解这家年轻的企业和这个企业的负责人。

　　看起来，那实在是一家太小的金融企业：矮矮的一个楼层的门面，几百平方米的办公面积，十几个员工。因为小，而记忆犹新。但真正让我记住的，是以马明哲为首的那群年轻人的蓬勃生机和活力：他们整齐地列队迎接我，每一个人都精神饱满，意气风发。他们汇报的各种经营数据，都显示他们非常的勤奋、努力，同时对自己的前途充满信心。那天简短的参观一直让我很感动：为他们创业的艰苦而感动，更为他们创业的激情而感动。

　　20年过去了，与当年为申请和创立平安四处奔波的毛头小伙儿相比，现在的马明哲和整个平安已经很让人刮目相看了：公司资产已经开始朝万亿元前进，净资产即将达到千亿元，客户量已经到5 000万了，员工数也近50万人。平安的市值已经进入全球公司前100名、全球金融业前20名、全球保险集团前3名。这些真的都是我当年根本不可能想象的。更重要的是，为探索新体制而建立起来的中国平安，它的发展和壮大深刻地影响了我国金融业的改革和发展，对我国金融保险业市场机制的形成、经营管理国际化标准的探索以及满足人民群众日益丰富的金融保险需求起到了巨大的推动作用。可以说，平安的成就，既是它自己的，也是我国整个金融保险业的，是我国金融业改革开放的缩影及集中展示，又是蛇口精神的象征和传承。

前段时间，市面上有本书叫《大道平安》，我也看了，书中提及的一些事、一些人仍然历历在目。作为平安的催生者，我参与了它的早期创立，目睹了它发展的轨迹，深知这些年来它成长的不易，也最能体会它身上的一些独特之处。

平安的成长，就像20年前我题赠给它的那样，是"在竞争中求生存，在创新中求发展"的历程。当年批准创建平安，就是为了打破市场独家垄断的局面，建立真正的市场机制。这样它的生存之道，就必须是竞争，开始时是和国企竞争，后来是和外资竞争，到现在是全方位竞争。这个过程中，不再有政府背景，不能靠关系帮忙，全靠自己打拼，靠自己的勤奋、专业、周到的服务以及在市场上的独树一帜。所谓"独树一帜"，也就是我题词中的第二个关键词：创新。平安一成立就设计成规范的股份制企业，在发展过程中又逐步实现了股权多元化，不仅引进了外资，还让创业的优秀员工获得了股份。这在当年的金融业里，是非常超前的举措。但正是这个创新的体制奠定了平安快速、健康发展的基石。后来，我退休后，和袁庚一起担任平安的名誉董事长，我们两人讲得最多的就是：我们要坚定地维护平安的这个体制，坚决保护这群年轻人的创业精神和创新意识，鼓励他们为中国金融保险业的发展作出贡献。

所以，竞争和创新一直是我对平安的殷切期望。20多年来，平安一直秉承了这种精神，一直坚定地往前走。这些年来，平安逐步完成了分业改革、整体上市，获得各个系列的金融牌照，直到目前进行的综合金融探索，成为中国金融业综合经营的典范企业。

作为一名曾经的金融业管理者，评价一项改革成就的高低，关键看是否能积累下制度性的创新成果。平安产品和服务的创新固然很重要，但最重要的是体制创新。

平安在体制上总能领时代之先，开潮流之门，这背后，一是得益于平安管理层的创业激情与创新意识始终未放松，二是政府相关部门在一定程度上给予的宽容，鼓励他们大胆突破、勇于尝试。我想，正是两者共同作用，成就了平安这家具有独特创新气质的企业，也成就了我国金融保险业欣欣向荣的局面。

在带领平安成长的过程中，马明哲与他的管理团队所表现出的意志力与耐力非同寻常。平安并没有什么背景资源，却先天承担着突破、创新的角色，难免遭受失败，经历起伏，承受压力，甚至经受巨大的挫折。比如在分业改革的过程中，平安在机构网点的铺设、产品开发上市等方面都受到一定的阻力；比如为摆脱过于依赖利率变动进行的产品创新，使它经受了"投连风波"；到2008年经历再融资、海外投资受损等事情，都充满了艰辛和挑战。在这个过程中，有一点让人欣慰，就是平安管理层在困难面前没有退缩，而是在沉着应对的过程中发现不足、磨炼意志、锻炼队伍。在这方面，马明哲和他的团队表现出了很好的职业素养和顽强的意志，体现了平安文化强大的凝聚力和感召力。

当然，我们一方面要赞赏他们的坚韧意志和抗压能力，另一方面，无论是管理机关，还是社会公众，都要积极地鼓励他们的探索和创新，对他们多一些理解和宽容，就像对待改革开放初期那么多新鲜事物一样。我想，如果我们对创业者们、创新者们多一点这样的包容和嘉许，平安一定会发展得更快，中国也一定会出现更多像平安这样的优秀企业，中国经济和企业的崛起也一定会更快、更好。

所以，马明哲邀请我为《平安心语》作序的时候，我既阅读了这本书的主要章节，又回顾了这家企业20多年的风风雨雨，理解了企业文化的重要性。这本书实际上也帮我解答了平安的成长故事及大型金融企业运作方面的很多疑虑。书中的很多感悟，是马明哲20多年经营管理平安的心得，有不少东西我和他曾经多次探讨过，比如引进外资的策略、人才成长的机制、管理的变革等。虽然他谦虚，将其列为整个团队的财富，但总体是从他的好学勤奋、刻苦工作中体会出来的。细细翻阅，有许多宝贵的经验和知识值得平安同事、金融行业乃至企业界的同仁们学习借鉴。

在这本书里，我还看到马明哲为平安描绘了很多宏伟的蓝图，也提到了一些很细致的管理模式。作为退休了的老同志，我很难再对这些作出评价。但有一点还是可以看得出来的，那就是马明哲与他的团队没有满足现状，没有沉浸在光环中，没有仰躺在荣誉上。他们依然有创业时的激情与使命感。记得在平安创业的初期，马明哲对我讲得最多的就是一种信念：为了民族金融业的发展，不断探索前进，不断寻找中国企业崛起于世界的道路和方向。在这本书里，我依然还能感受到他的雄心与热忱。这很让我欣慰。

作为平安成长历程的见证者之一，我在它起步的时候也小小帮扶了一把。这是我和平安的缘分。因此我始终对平安有股切希望，相信这本书的传播会让平安的内部文化凝聚得更好，战略方向更加清晰，公司上下更加团结一心。我完全相信，不再要20年，平安肯定会成为全球领先的金融企业。

我期待早日看到这一天！

刘鸿儒　首任中国证监会主席

（注释：刘鸿儒教授，首任中国证监会主席，领导创建了中国金融体制的全新构架、中国证券交易市场、中国证券监督系统，创立了适合当时中国国情的A、B、H股。曾任中国平安名誉董事长。）

平安

迎接每个挑战

鲍达民（Dominic Barton）

作为麦肯锡的合伙人，能够和马明哲先生（Peter）这样伟大的企业家和领导者共事，我深感荣幸。我依然记得2000年初和马明哲会面的情景，当时平安还是一家以保险业务为主的非上市公司。在平安原位于深圳市八卦岭的公司总部，马明哲向我描绘了平安的愿景和抱负：伴随着中国的崛起，平安希望成为一家横跨保险、银行和资产管理领域的领先的综合金融服务集团。他还和我分享了将平安发展成全球五百强企业的蓝图和计划。

2009年，平安已成为全球最具价值的金融保险集团之一。在金融危机和经济危机席卷全球之时，平安向世人展示了中国企业如何抗击风暴以及如何迎战世界一流公司的竞争。从许多方面来说，平安的非凡成就也是中国在世界舞台上快速崛起的标志。

过去13年来，麦肯锡与平安以及马明哲建立了真正的合作伙伴关系。在与马哲明和其他平安高管多年的合作过程中，我们引入了全球先进的管理理念和最佳实践，并协助马哲明和他的团队将所学知识转换为有利于平安发展的经验。我们和马明哲携手经历了公司最重要的几个转折点，包括销售队伍的专业化、后台运营的集中、银行和资产管理业务的拓展以及IPO的筹备等。我们麦肯锡的同事中，有一些现在已经成了平安的领导团队的核心成员，对此我们感到无比自豪。马明哲曾说，中国企业在快速成长的过程中，面临着和本土企业比"国际化"及与外资企业比"本土化"的赛跑。对平安而言，"国际化"的任务最为迫切，他们没有时间"摸着石头过河"，而是希望直接从桥上过河，而国际上的优秀经验正是这座桥梁。凭借出色的创新能力，在勃勃雄心的鼓舞下，马明哲以最快的速度将平安转型为全球最佳公司之一，不断地创造着行业发展的奇迹。在马明哲的主导下，平安实现了多项创举，引领了中国金融保险业改革开放的潮流——在中国金融企业中首家引进海外战略性投资者，成为中国公司治理的典范；大胆地批量引进国际一流的专业人才（平安集团100位高级管理人员中，有大约50位来自海外）；在中国首家引进全球最先进的技术平台，倡导和实施金融的后援集中等。

马明哲是我见过的最具战略远见的商业领袖。他总是能比别人看得更远，能够寄思于斐然迥异的未来。在这种远见的指引下，平安率先发展综合金融模式，将业内竞争者远远甩在身后；在其他人都还没有集中的概念时，平安已经建立了一体化的运营中心；同时，这种远见还促使平安在医疗保健、小额消费等领域开拓了新的业务模式。而对于平安在中国发展道路上所扮演的角色，马明哲同样有着深刻的认识，对国家的需要和发展的道路有着敏锐的嗅觉。马明哲积极投身各领域的公共服务事业，是新一代全球企业执行官的代表，无论是什么领域，他都能应付自如。

与此同时，马明哲还能够清晰地认识到当今中国市场所面临的独特挑战和机遇，并制订明确的计划，一步步地从现实出发，迈向未来。就我所知，在众多中国企业当中，平安拥有最为全面的绩效文化，足以和通用电气以及百事这样的全球知名企业相媲美。

马明哲的远见、充沛的精力以及面对巨大压力仍毫无惧色的胆魄都让我感到无比钦佩。在竞争极其激烈的金融服务行业，马明哲和平安经历过高潮，也遭遇过低谷。但在整个过程中，马明哲始终胸怀全局，坚持自己的理想，不断地迎接每一个挑战。马明哲在实现理想的过程中所迸发出的激情非常令人鼓舞——记得他向我展示"平安大学"的组织架构时还是2002年，而现在，就在这么短的时间内，这一构想已经变成了现实。一旦马明哲确信某件事情（正如上文所提到的"平安大学"），他总能比我遇见的其他任何人都更快地付诸行动。更为重要的是，他还一直保持着非常谦虚的态度，永远欢迎新的理念，这些理念来自麦肯锡、他的部下、公司客户，甚至是竞争对手。对于成功的领袖人物而言，保持这种谦逊和学习的态度是十分难得的，无论是作为一名领导者，还是一个普通人，这无疑都是马明哲的过人之处。

平安已经书写了一段非凡卓越的篇章，但在我们看来，这还仅仅只是个开始。无论是从IT和运营基础架构来看，还是从更为重要的企业文化和组织结构来看，平安都有着坚实的基础。但这并不意味着平安和马明哲不会再面临重大的挑战。从平安在金融服务业的发展轨迹来看，竞争将会来自各方面：国有银行和保险公司、私营保险公司、跨国公司等。在平安迈向国际市场时，同样还会面临当地市场地位更为牢固的本土竞争者的挑战。但是，面对这日益激烈的竞争，马明哲已经锻铸了一把利器——锐意进取、高度问责的企业文化——而这正是当今商战中极为重要的武器。

我很高兴马明哲能够在本书中向众人分享他的所思所想以及管理哲学。他不愧为商业领袖的表率。这么多年来，我从他的身上学到很多，我为麦肯锡能够加入马明哲和平安的发展历程而感到荣幸。

鲍达民（Dominic Barton）　麦肯锡公司董事长兼全球总裁

开拓创新　锐意进取　追求卓越

——我说《平安心语》

胡祖六

　　长年来身处国际资本市场前沿，我常思考一个问题，哪些中国企业能成为真正世界级的优秀公司？在我看来，中国作为崛起中的世界经济大国，要成为21世纪的全球经济领袖，必须有一大批世界领先的企业作为经济持续繁荣的稳固基础和中坚力量。自从第一次工业革命以来，英国、德国、美国、日本等每一个实现了现代化的国家都曾孵化和培育了一大批国际一流的成功企业，它们在技术创新、产品研发、经营管理、市场品牌、赢利能力、价值创造等诸方面，开启和引导了世界潮流，为人类的文明进步作出了巨大贡献。

　　令我欣慰和自豪的是，经过三十年的改革开放，在中国也已经涌现出了一批足以跻身世界500强的企业，而平安就是其中一个令人瞩目的代表。与许多曾长期受到政府垂爱呵护并且重点扶持的大型国有企业不同，平安于1988年在中国改革开放的实验区蛇口创立。作为中国第一家股份制保险公司，从呱呱落地之日起，平安就是在激烈的市场竞争中求生存、谋发展，顽强拼搏，奋发向上，一步一个脚印地发展到今天的规模和实力。短短二十余年，按市值计，平安已经进入了世界金融企业前二十名，并成为全球第三大保险公司，仅居投资大师巴菲特的伯克希尔哈撒韦公司和中国人寿之后，而排在安联、安盛、意大利通用保险、苏黎世金融、英国保诚等历史悠久的国际保险巨头之前。

值得一提的是，当平安还只是一个年方五岁、稚嫩瘦弱的小企业时，高盛集团就对其进行了股权投资，成为它的国际战略伙伴之一。这是高盛在中国境内的首笔直接投资，也是中国金融机构引进外国资本的最早案例。当时，中国的金融法律与监管环境仍具有较大的不确定性，国有机构主宰的保险业发展前景也欠明朗，财务报表、会计准则尚在形成之中，尽职调查与价格估值工作非常困难。由于客观条件的限制，这一投资并没有经过高盛惯常的严谨复杂的专业论证程序和评审过程。但是，用高盛前董事长汉克·保尔森的话来说，高盛投资平安的决定只是基于两个非常简单的判断：一是中国的宏观经济在中长期能保持快速成长；二是马明哲率领的平安管理团队诚信可靠并具备一流的执行能力。时间证明了当时高盛的这两个判断都是正确的。

平安的飞跃式超越发展，显然得益于改革开放后中国经济腾飞的历史性机遇，得益于中国快速工业化、城市化和中产阶级消费群体兴起这一得天独厚的宏观大环境。但是毫无疑问，平安的成功故事与它自己逐步摸索建立起来的发展战略、先进机制、经营理念和公司文化密不可分。《平安心语》一书较系统地整理了平安的独特经营哲学与公司文化，吸取了东西方传统文化的精华养分，融合了现代企业管理的科学原则，参照了国际商业的最佳实践，是平安二十余年成功发展经验的浓缩与结晶。

高盛和我多年来与平安紧密合作，应该说我对平安已相当熟悉，了解也很深。但是，一口气读完此书，仍有令我惊喜的新收获、新发现。可以说，《平安心语》的参考价值，并不亚于哈佛商学院任何最有影响的经典企管案例。

平安在其发展的每一个阶段，都可称为一个不同凡响的企业。在创立初期还只是一家名不见经传的小企业时，它成功地避免了"小企业病"——不规范、欠专业，规章松弛、流程紊乱、急功近利等；当它成为一家具有全国市场领先地位的知名大公司后，它也非常有效地规避了常见的"大企业病"——官僚、臃肿、保守，因循守旧、故步自封。平安的成长历程，就是其不断摸索、塑造，和完善自身企业文化的过程。由于平安创始人的战略远见和胆略，它率先建立了一个真正市场化、专业化和国际化的内部经营机制。这一良好的机制成为孕育平安文化的载体。

纵观世界经济史，一家伟大的企业或一个伟大组织的内部文化，总是深深地打上了其创始者和核心领导人的个人烙印。《平安心语》反映了所有平安人的集体智慧，尤其体现了平安创始人和现任董事长马明哲先生本人的独特管理思想、经营理念和价值观。有趣的是，我发现《平安心语》倡导的一些文化理念与商业价值，和高盛集团长期禀行的"业务原则"有相似之处。平安在实践中摸索出的一套"选人"、"育人"和"励人"的制度，与高盛多年来吸引选拔优秀人才的做法有异曲同工之妙。但是，在中国多年计划经济制度下的"大锅饭"观念和传统文化中根深蒂固的"论资排辈、嫉贤妒能、任人唯亲"风气的严重制约下，平安仍然能够真正实行"不拘一格降人才"，"人员能进能出，干部能上能下，薪水能高能低"的用人机制，坚持"不管白猫、黑猫、洋猫、土猫，抓到老鼠就是好猫"，认识到需要"出头鸟"更要保护"出头鸟"等人才选用理念是何其难得。尤其是要求公司真正具备一个尊重人才、求贤若渴的机制，形成一种开放、包容和宽松的企业文化，体现出了公司最高领导层的胆略、勇气、远见卓识和海纳百川的宽阔胸襟。

我认为，平安文化中有许多发人深思又具有启迪性的丰富内涵，但其中最重要、最宝贵的元素就是不断开拓创新、锐意进取、追求卓越。马明哲和他的团队二十年如一日，始终充满着澎湃的创业激情，保持着高昂的奋斗意气，胸怀着打造世界级中国民族金融品牌的雄图壮志。诚然，开拓创新、锐意进取和追求卓越并非平安独有，而是近三十年来所有中国成功企业的共同文化基因，但是平安的确是这种文化基因的最好传承者之一。可以说，平安文化所反映的是中华民族在改革开放后腾飞向上的"时代精神"。

勇于开拓创新、锐意进取和追求卓越，是推动平安从小到大、由弱变强、先卑微而不凡的精神动力。尽管已有了辉煌的过去，平安毕竟还是一家年轻的企业，其未来发展仍充满不确定性，仍面临许多严峻的挑战和考验。但是只要平安继续秉承《平安心语》所总结的文化理念和经营制胜之道，继续保持和发扬其二十载春秋岁月中始终维系着的勇于开拓创新、锐意进取和追求卓越的传统价值，我相信平安将永远充满着年轻创业者特有的豪情、能量、活力和创造力，一定能够征服未来发展途中的一切困难、风险和挑战，成为"独领风骚数百年"、真正基业长青的世界领先的优秀金融企业。

胡祖六　著名经济学家和金融专家；原高盛集团董事总经理，大中华区主席

平安心语

第一篇　愿景·管理·经营理念

迎难而上，
成就百年基业的唯一武器

在企业的经营管理中，越困难的事情，就越有机会成为企业的核心竞争优势，成为后来者不易跨越的门槛。

1. 迎难而上：成就百年基业的唯一武器

平安的发展历程一向沟坎不断，这倒让我们一直能保持比较好的心态，从不敢奢望没有困难的进步。有的时候，越是平坦的道路，反而让我们感觉不踏实，相反，越是崎岖不平的道路，我们的斗志却更昂扬。在我看来，通过克服困难取得的进步，才是扎实的进步；克服的困难越大、越具挑战性，取得的进步才越大，才越具飞跃性。平安不会守业，而是永远在创业，永远把我们的每一天当做新的起点，挑战新的困难和目标。遇难而走不可取，与难共存是必然，迎难而上才是我们的追求。

【关于公司精神的内部谈话】

标签：文化信念　企业精神　迎难而上

19 45年，中国抗日战争进入第八个年头。这年的6月，中国共产党在陕北召开第七次全国代表大会。在这届大会的闭幕式上，毛泽东引用了一个鲜为人知的典故——"愚公移山"，号召全党不怕牺牲，排除万难，像愚公挖掉王屋、太行二山一样，去挪掉压在中国人民头上的两座大山——帝国主义和封建主义。愚公移山，出自《列子·汤问》，讲述了愚公不畏艰难、坚持不懈、挖山不止，最终感动天帝而将山挪走的故事。自此之后，这个讲述"迎难而上"的典故就变得家喻户晓了。

难，这个字眼，可以说是与人类社会同生共长的。人类在漫长的进化过程中，接受大自然的洗礼；在社会发展的过程中，人类也要接受来自自身的各种挑战，不断提升自己的生存和发展能力，实现物质生活的丰富、精神文化的繁荣、社会的有序进步等，这是人类发展的一个基本规律。比如，人类自古就有飞翔的梦想，但没有翅膀的人如何才能将自己笨重的身躯托举起来呢？1783年，法国的蒙特哥菲尔兄弟根据热蒸汽能托举物体的原理，发明了热气球。气球载着两个法国青年升上了1 000米高空，飞行了10公里远，创造了人类首次升空的历史。在气球的基础上，人类发明了飞艇，实现了更远距离、可操控的飞行。但这样的飞行毕竟很慢，安全性很差，不少人在飞艇的飞行试验中付出了生命。一直到20世纪，美国莱特兄弟从滑雪爬犁的飞翔中获得启发，设计制造了飞机，并于1903年进行了成功的飞行。这是世界上首次实现重于空气的飞行器的有动力、可操纵飞行。这个发明使得地球从此变得渺小，日行千里的古老神话变成时行千里。

如今，坐飞机已经变成很普通的一件事情。但人类在实现这个飞翔梦想的过程中，克服了重重艰难险阻，矢志不移、迎难而上，创造了人类文明的奇迹。也正是由于这样一种不屈不挠，勇于进取的精神，我们才创造了前人无法想象的巨大的物质文明和高度精致的精神文明。

对企业发展历史而言，也是一个不断克服困难，战胜困难，不断进步的历史，这是企业进步的客观规律。全球知名企业，特别是各个行业的领先企业无不是通过克服巨大困难形成了自己的核心竞争优势。

这次金融危机袭来，不少百年历史的国际金融巨头纷纷倒下，只有为数不多的大企业获得了进步，汇丰是比较成功地应对了金融危机的大企业之一。他们的成功得益于100多年来建立起来的领先的风险控制系统，使得其具备很强的稳健经营、抵御风险的能力。这种能力的建立和巩固成为系统平台的过程是漫长而艰难的。而一旦获得，将为企业的百年基业起到保驾护航的作用。

企业通过克服困难变得强大，一个人的生命历程也是如此，从呱呱坠地开始，一个人就会遇到学习、生活、工作中的各种困扰和磨难，个人的成长历史也正是一个不断解决一个个困难，化解一个个挑战，不断进步的历史，这是个人进步的客观规律。越是大的困难，越是高的挑战，才越能激发人的潜能，人的生命才能更丰盈地展现出来。早些年，对一个年轻人来说，如何能进入高等学府深造就是最大的挑战。勇于接受挑战的年轻人挑灯夜读，勤奋不辍。虽然并不见得人人都能闯进象牙塔，但是勇于面对这段"闯独木桥"的经历，即使后来没有跨进大学的校门，也同样能获得深刻、巨大的心灵收获。所以，克服苦难，是人生无法回避的课题。

可见，不管人类社会的进步，还是企业或者个人的发展，难，是无时无刻、无所不在的。狭路相逢勇者胜，成功者总是勇于乐观面对任何困难，并通过攻坚克难实现自己的进步。

既然困难是与生俱来无法逃避的，那我们只有迎难而上，勇于挑战困难，难也就不成其为难。常言说得好："天下无难事，只怕有心人。"只要我们做一个有心人，天下就没有克服不了的困难。我个人的体会是，这个"有心"的"心"包括三重意义：一是信心，就是需要我们不被困难所吓倒，学会用辩证的方法和心态去认识、克服困难，理解困难对于我们人生及事业正面的意义；二是虚心，就是需要我们虚心学习、认真钻研困难背后的原因及规律，掌握认识问题、解决问题的方法与要领；三是恒心，就是需要我们在挫折面前，在面对可能的失败时，要有毅力，有百折不挠的精神，敢于打持久战，坚定不移，勇往直前，直到最后胜利。

三个"心"具体来说表现在如下几个方面：

第一，要辩证理性地看待"难"。能够简单达成的目标，别人同样也可以轻易达到，而不易实现的目标，一旦达成，别人就无法超越。通俗一点说，我们对付的困难就像弹簧，你压得越轻，它给你的反弹就越小；压得越重，它给你的反弹就越大。在企业的经营管理中也一样，越困难的事情，就越有机会成为企业的核心竞争优势，成为后来者不易跨越的门槛。

现在金融保险业的竞争，从单一因素，如产品、人才、服务、品牌的竞争，转向为一种平台间的整体对抗。要取得不受威胁、不被动摇的市场地位，必须要实现对手很难超越的整体平台的领先。如我们10年前启动的后援集中，因为工作地点转换、岗位分流，一段时间里，出现了少数专业干部和员工的流失，对推动后援集中带来了一定的挑战。当然最困难的，还是技术及流程设计方面的问题。我们在业务的多元性、流程的复杂性、系统平台的整合性等方面遇到的问题，不少是海外领先企业都没有碰到过的，没有现成的路径可以走。我们一方面借助外脑，另一方面主要靠自己的IT队伍和营运队伍的合力攻关，建成了现在国际领先的后援中心。现在，我们可以轻松地实现车险万元以下一天赔付，在重大灾难面前总能抢在对手之前作出理赔决定，这都仰赖于我们过去10年付出的艰苦努力和顽强攻坚。现在的后援中心，几乎成了一个旅游景点，吸引着金融业内外人士慕名前往。这就是"难"带来的"高门槛"，它形成了重要的竞争壁垒，成为公司独特的竞争优势。

相反，有些时候，一些业务来得太容易，使得我们没有能够建立起必要的竞争门槛，很快被同业效仿，以至于我们不得不收缩甚至放弃。比如，银行保险业务从一开始，就是一个技术门槛不高的业务渠道，其发展取决于保险公司与银行之间的代理关系，更直接地说，取决于保险公司提供给银行的手续费。虽然平安在国内第一个开展银保业务，并且很快形成年收入百亿元以上的业务规模，但因为竞争手段过于简单，很快被对手模仿，并且通过提高手续费而获得了更大的市场份额。

所以，辨证地看待困难，就是要看到困难实际上锻炼了我们的能力，帮助我们形成独特的、对手难以追赶的竞争优势，从而树立我们必胜的信心。

第二，在能力上，我们必须要掌握新工具、学习新方法、搭建新平台，不断创新。迎难而上并不只是一句空洞的口号，必须转为实践力量才能发挥巨大作用。在平安，迎难而上要外化为良好的技能、先进的方法、领先的平台；在个人，迎难而上就是要内化为解决问题的能力。

要做到迎难而上，就必须具备良好的业务、管理技能。平安的小额消费信贷业务开展的时候，市场上没有成熟的模式可以模仿，甚至业务的政策环境在各地都很不一样。我们成功地用信用保证保险的产品模式，实现了全国的扩展。同时，我们引进了韩国花旗银行的管理团队，借助他们的经验，结合中国市场的特点，探索形成了我们独有的技术优势。使得我们在短短的三年时间内，实现了近百个网点的扩展，业务快速成长的同时，保持了优良的业务品质，成为同业很难涉足的业务领域，为公司的长远价值增长作出了贡献。

确实，当我们有了解决问题的信心以后，虚心学习，形成解决困难的能力是关键。在平安，我们在设计干部选拔机制、人才胜任素质模型的时候，就特别重视对人才解决困难能力的评价。不仅如此，我们还把每一次克服困难解决矛盾的机会，当做重要的经验和知识积累，把在这个过程中形成的方法、机制和流程，固化成我们团队的、公司的整体技能和体系，使得我们在未来面临类似的挑战和困难时，能够更加从容不迫地应对。

第三，当确认方向正确、方法有效时，成功的保证就在于持之以恒地执行。企业在市场上比拼，很像是长跑，拼速度，更要拼耐力。有些人浅"跑"辄止，小富即安，注定成不了大器；而唯有以坚强的毅力与决心，保持节奏，调整步幅，起跑、中途跑、加速跑、冲刺，各个阶段都不出现大的失误，才能成功冲线。

刚刚过去的2009年，平安产险保费收入突破300亿元，保费规模超越主要竞争对手跃居中国第二大财产保险公司，成绩来之不易。15年以前，对手的保费是我们的4倍，那时想超越，真是一个梦想。但产险同仁"咬定青山不放松"，不断地夯实基础，"聪明经营"，终于在2009年保费增长达到117亿，一举达成目标。用

15年超越对手，难不难？这个过程，纷扰的外部因素可能会迷乱我们的双眼，暂时的挫败会打击我们的斗志，支撑我们前行的是必胜的信念，迎难而上、永不言弃的精神。

我们广大的业务员同样以"持续奋斗"为荣。2009年寿险高峰会会长叶云燕，曾因为所负责经营网点的裁撤，调回机构本部从零开始工作，但她对平安、对寿险营销、对客户的热忱始终没有改变。历经四起三落，最终以年度化标准保费1 001万的绝对优势夺得2009年高峰会会长殊荣，并刷新了历年的会长纪录。"耐得住寂寞，经得住辛苦，从容淡定走下去"，她的自我心得正说明"持之以恒的坚持"对成功是多么重要。

相反，我们有些业务单位中的个别领导干部，碰到困难的时候，不是选择迎难而上，而是绕着走，或者尝试了几下，感觉很困难，就找一些借口撤退了。这些人最大的问题就是欠缺毅力和恒心，欠缺勇往直前的意志，他们在困难面前打了败仗。这些单位不仅辜负了公司的期待，而且浪费了宝贵的时间，甚至可能丧失难得的战略机遇，使得我们本可获得的巨大优势无法形成。这就像部队打仗一样，没有完成战略任务，这些单位和人员就无法享受成功的喜悦和荣耀，他们的事业空间也就只能越来越窄。

由此可见，面对困难时，有正确的态度——信心，科学的方法——虚心，坚定的意志——恒心，我们就是一个有"心"人，所有的困难都会迎刃而解。

回首平安走过的历程，我们无论是申请成立、到全国开疆拓土、到8年分业长跑，还是后来探索综合金融，跨入银行业，以及后台整合，H股、A股上市等等，每一步我们都是越过重重困难、历尽千辛万苦走过来的。以至于一旦有什么重大的项目，轻而易举地成功了，我会非常地不踏实，心里反而会忐忑不安。因为我们要走的，绝大部分都是别人没有走过的路。因为创新、因为竞争，平安肯定会被螃蟹咬，被人"枪打出头鸟"，会被看作另类，会比别的企业碰到更多困难，承受更大压力。但是，我们没有选择绕道、畏缩、妥协，我们选择坚持信念，顶住压力，逆风前行，迎难而上。迎难而上是我们的制胜武器。

中国有句古话："创业难，守业更难。"这条古训是千年不变的真理。创业期的时候，初生牛犊不怕虎，敢闯敢拼，没有禁忌。但如果眼看着家业大了，创业的热情退下去了，从进攻变成防守了，你就会发现，无论你如何防守，都是防不胜防。社会在变，环境在变，防守就意味着被动地应付，被动适应外部的变化。守业难是必然的，守业被淘汰也是必然的，这是历史永恒的规律。因此，我们与其做被动的防守，不如主动地进攻，永远做一个创业者。我们不要在暂时的成功面前沾沾自喜，骄傲自满，而是永远把我们的每一天当做新的起点，挑战新的困难和目标。遇难而走不可取，与难共存是必然，迎难而上才是我们的追求。

我们要始终记住一句话："平安永远在创业。"如果有一天，我们失去了进攻的勇气，失去了挑战困难的决心，这个平安就不平安了。我们每一位平安的员工，每一个有抱负的平安人永远不要做一个守业者，永远不要做困难面前的逃兵。

我们未来的愿景是要成为国际领先的综合金融集团，要成就百年基业，实现保险、银行、资产管理三大支柱均衡发展，实现"一个客户、一个账户、多个产品、一站式服务"。这个困难、这个挑战是前所未有的。

第一，就综合金融而言，从前台销售人员满足客户的多种金融服务需求，到中台构建综合金融产品体系，为前线提供支持和帮助，及至集中、高效的后援平台完成庞大的运营任务，平安事业的各个环节都将面临全新的挑战。

第二，就国际领先而言，平安要做市场主要的主导者。现在是中国市场，未来是全球市场——时刻追求领先是否已经全面渗透进我们文化的各个方面？我们的战略是否领先于市场？我们的管理平台是否能支撑我们的领先？我们是否储备了足够的能够拼搏领先的人才？我们是否准备好了长期领先的业务和经营平台？还有未来国际化的路径及策略等，都面临着前所未有的巨大挑战。

第三，我们的各个子公司都要争取更靠前的市场排名，争取更好的赢利贡献，我们一些创新的业务渠道要实现异军突起，我们要让客户在一个平安品牌下获得实实在在的、优质高效的综合金融消费体验……这是内部发展带来的挑战；快速变化的市场，电子信息和通信技术的不断革新，80后、90后客户的成长带来全新的产品需求和行业变革……这是外部变化带来的挑战。这些内外因素，都考验着平安的应对能力，使我们面临更加严峻的考验。

我们过去20多年的发展史，就是一个不断解决困难、不断挑战新高的历史。"迎难而上"是我们过去成功的秘诀，也是未来生存的要素，更是成就百年事业的唯一武器。我们的信念是：越是困难事、麻烦事，士气越高昂，行动越坚决，投入越彻底，当然，最后的成果一定越辉煌。

综合金融是前所未有的实践，确实很困难，但我们已经形成了涵盖金融各个领域的业务体系，积累了庞大的客户基础，建立了高度整合的后援平台，形成了统一的文化，这些都是我们探索综合金融已经具备的巨大优势。国际领先对一家过去一直致力于本土经营的企业来说，充满了凶险，但我们过去20多年的历史，就是不断追求国际化标准的历程，从公司治理，到体制、机制、人才，到管理理念及制度流程等已经完全可以和国际领先企业媲美，而日新月异的各种内外变化恰恰都是我们过去求新求变的过程中一直很好地适应及历练过的。

我们清醒地认识困难，理性地评估困难对我们的意义和价值，我们不断地锤炼克服困难的能力，我们更有迎难而上的恒心和决心，我们一定能克服未来前进道路上的各种艰难险阻，一定能够创造未来更加壮丽的事业。

未来中国的崛起是历史必然的趋势。中国强大的背后必然有一批强大的、世界级的企业，平安肯定要成为其中的一员。道路且长，信念且真，迎难而上是坚定不移的选择，这种宝贵的企业精神已经成为平安的文化基因，成为每个平安人的DNA，融入到我们所有人的血液中了。我们用这种精神创造了过去的平安，我们要用这种精神创造更加辉煌的平安。让我们永远高扬创业的旗帜，以更加豪迈的激情，更加坚定的意志，勇敢地"迎难而上"吧！

2. 保险经营银行？——关于跨界经营的一点思考

　　大道至简，行行相通。无论是哪个行业，不管是制造业、百货零售业还是金融服务业，或者金融业里边的保险、银行、证券，虽然存在各自经营的产品特点和服务特性，但在企业管理的本质上是共通的。平安过去20多年的成功，外在的财务数据只是结果，最重要的还是我们形成了一整套无可替代的内在优势——完善的体制、机制、经营理念及企业文化等。我们用保险的专业人才经营保险，同样也用银行的专业人才经营银行，用证券、信托、资产管理的专才经营投资领域的各项业务。无论是任何行业的经营，我们都必须遵循各自行业的规律、遵守各自行业的规则，用专业的人做专业的事情，以客户服务为我们最终的经营目的，这才是我们做好综合金融经营最基本的原则。

【2010年3月关于经营文化的内部谈话】

标签：综合经营　金融　保险　银行

　　在平安投资深发展相关的公告发布之后，我们曾经在网上和网民有过一个交流会。有位网民很关心平安的发展，问了两个问题："保险是否可以经营好银行？银行和保险区别很大，用保险的文化和方法管理银行合不合适？"我非常理解他为什么会有这些想法？也确实代表了不少投资者对平安能否成功做综合金融的一些疑虑。

　　过去金融行业有句俗语，说"银行是躺着吃饭，证券是坐着吃饭，保险是跑着吃饭"。银行提供的是需求性的目的产品，选择权在银行；证券提供的是选择性的目的产品，选择权在证券和客户之间；保险提供的是未来需求性的产品，选择权在客户。因此，银行习惯于等客户上门，保险习惯于主动上门，证券则在两者之间。这是人们过去对银行、证券、保险行业的一般看法，长期以来由其行业特点形成的。因此，在很多人看来，保险、银行和证券的经营模式、管理理念和企业文化完全不相同，不管是让"跑着的人"去"躺着吃饭"，还是让"躺着的人"到处去跑客户，这种跨界经营和文化都是不相通的，不能用保险的方法经营银行或证券，也不能用银行的方法经营保险和证券。

但在中国最近的10多年来，由于市场竞争的激烈，服务观念的转变，这种不同行业的传统经营模式也在快速地发生变化，三个行业之间的差距在逐渐地缩小和接近。在海外，即使历史悠久的老牌金融机构汇丰、花旗银行，也在全球大规模地引进保险的销售模式和经营理念，招聘保险专才，彻底改变他们传统的客户服务观念和经营模式。

无论银行、保险、证券业，金融业都一样是服务行业，并非高人一等，没有尊卑之分，行行相同，其经营最大的目的就是要满足客户的需求，方便客户。任何一个行业都有其独特的经营规则，但没有一个行业的经营模式是永久不变的，客户的服务理念和方式最终还是一致的。

平安从事的是金融业的综合经营，涉及银行、保险、投资，除了我们严格遵守各自行业的规则和要求以外，吸取各自行业的优势和特点，这才是我们做好综合金融的基本原则。从世界百年来综合金融的成功案例中，我们不难发现，综合金融经营内部不但没有冲突，内部的优势互补和资源共享，反而更加显示出巨大的优势和竞争力。无论是从保险到综合金融的经营或银行到综合金融的经营都是如此。在这里和大家分享一些个人的观点：

第一，保险能否经营好银行？

首先，保险经营银行的观点，混淆了一个前提，就是认为是用经营保险的人来经营银行，用非专业的人去做专业的事情，"术业有专攻"，所以这种做法显然是不符合现代管理科学的。平安在探索综合经营的过程中一直强调专业化发展，不是让保险的专业人员去管理银行业务，而是用最优秀的和经验丰富的银行专家来管理银行。平安银行现在的行长理查德先生，在花旗集团工作超过20年，曾在花旗韩国任总经理；副行长 Ali Broker、何思文也均来自花旗银行；常务副行长陈伟是原招商银行的副行长，我们还有来自中信、浦发、华夏以及其他外资银行的高级专才，形成了集海外、国内其他银行和原来银行各方面人才于一体的管理层架构。

除了专业化的人才之外，我们这些年无论是银行、证券还是信托等，所有的非保险业务我们都秉承专业化经营的理念，按照各自行业的规律，遵循各自行业的规则进行经营，使得这些业务都取得了长足的进步。

其次，平安集团并不是一家保险企业。平安采取"集团控股，分业经营，分业监管，整体上市"的金融控股集团模式，把金融作为自己的主业，但本身不经营具体业务，只控股经营保险、银行、证券、信托、资产管理等子公司，代表股东管理和分配资本，并行使监督职责。平安集团重在明确方向、制定规则，履行资本筹集、战略规划、合规监督、品牌经营、整体协同等五大核心职能，在集团及各子公司之间形成协同效应，提升公司价值。

其三，从实际来看，国际上有许多从保险起家的集团，如荷兰国际集团（ING）等，都可以把银行做得非常优秀。ING集团起步于1845年成立于荷兰海牙的荷兰保险公司，1963年，通过兼并，触角从保险延伸至银行，到1991年与荷兰第三大银行NMB邮政银行集团（NMB Post bank Group）合并后，奠定了银行业布局全球版图的根基。目前来看，ING银行业务经营得十分出色。

其四，从我们自身的实践看。平安确实形成了行业内领先的保险业务品牌。并且产险、寿险都做到了行业第二，养老年金市场第一。其实，我们的非保险业务也已经做得很不错了，特别是信托的第三管理资产规模，证券的投行业务等也都已经做到行业三甲了。我们进入银行的时间虽然不长，但我们在短短的两三年时间里，将原来的一家五类银行做成了二类银行。信用卡在个别城市，一些重要指标也已经做到行业第一第二的位置了。

我们毫不怀疑，平安集团进入银行业，平安银行可以分享到平安集团20年来形成的最大优势资源，可以共享近5 000万庞大的个人客户群、超过3 000个销售机构网络，超过200万团体客户。我们可以在统一品牌下，以更低的成本获取客户的信任，它将会比任何的银行具有更大的竞争力，这也是平安银行独特的优势。

所以，无论从假设前提、平安的实际，还是成功企业的经验等各方面来看，"保险能否经营银行"都是一个"不能称其为问题"的问题。它的实质其实是在探讨跨界经营。

第二，关于"保险和银行区别很大，保险的文化和方法不适合银行"的疑问，如果我们抛开具体的产品和服务方面，实际上，这个问题关心的是管理的共通性问题。

管理方法并没有一定是姓"银"或者姓"保"。在真正的管理专家眼里，不管

是经营面包店，还是奢侈品，不管是制造大飞机，还是制造自行车，管理的共性都是相通的。保险与银行，行业特性当然有，但是都属于金融业范畴的本质来说，管理方法是共通的。

首先，从平安的发展历史来看，许多管理知识与经验并非来自保险。平安虽然是从保险起家，但是，我们很多的经营和管理方法，都是向汇丰、花旗、摩根士丹利、高盛等金融集团或者投资银行学习而来。比如，平安实行的绩效导向、问责机制，这些机制在优秀企业都是通用的。

其次，更本质地讲，作为社会组织体，不同企业的经营、管理、文化都是互通的，既有本行业的特性，更有经营管理方法上的共性。比如平安在上海张江的后援运营中心，它是平安从全球最好的金融企业汇丰和花旗学习、引进，并改造而形成的成果。而汇丰、花旗的技术则是来自工业企业的自动化管理、精益管理、六西格玛品质管理等理念。

其三，从文化的角度看，平安文化的核心理念是诚信守法，简单务实，团结进取，迎难而上；追求卓越，服务领先，创造价值，回馈社会。这些理念你只能说不同的企业会有不同的追求，有不同的侧重点，但不应该给它们打上行业的标签，说这只适合保险公司。实际上，平安的证券、信托等子公司，平安信托旗下甚至还有一些非金融类子公司，他们都执行一样的平安文化，都可以做到行业领先。

最后，平安今天之所以有一点成绩，远不只是保险业务经营上的成功，更重要的是体制、机制、文化的成功。健全的公司治理，矩阵式的管理架构，以价值为导向的绩效考核问责机制，中西合璧、海纳百川的文化等，这些内容不属于任何一个行业。或者说，在任何行业的企业如果能够拥有一个良好体制、机制与文化，那它获得成功就是必然的。

所以，从这些方面分析，我们可以说，银行和保险虽然区别很大，但跨界经营能否成功，并不取决于此。能否成功的实质与关键在于是否能有效整合资源，选择合适的人、投入合适的成本，建立合理的体制、机制，营造优秀的文化等。

要对以上看法有所认同，我们还必须进一步厘清社会上对保险的一些认识误区。一般人认为保险就是推销，推销人员层次很低，流动性很大，这是一种误解。如果从产品企划开始，到精算、营销、资金运作、品牌管理等多个环节深入了解保险，我们就会发现，经营保险并不见得比银行简单。保险与银行的经营相比，共同点很多，难易程度是不分伯仲的。

就相同点来说，两者都是对风险的管理。

银行的风险管理，主要包含不同行业的行业风险、行业周期风险、信贷风险、定价风险、道德风险等。而保险的风险管理，除了行业风险、行业周期风险、定价风险、道德风险外，还有自然风险、人身风险、医疗健康风险、投资风险等等。

就保险和银行不同点来说，至少有以下几点：

首先，最大的区别是银行的风险管理以财务风险、信用风险为主；保险以自然风险和财务风险为主（信用责任保险也导致信用风险）。银行以中短期风险管理为主（3~5年），保险以中长期的风险管理为主（5~30年）。目前，全世界资本市场中，有41%的资金来自保险，而就其中的债券市场而言，保险企业持有额度甚至超过50%。

其次，保险较之银行的经营，拥有更多行业专家。为了应付各种风险，保险拥有一支庞大的专家队伍，如建筑、工程、水利、网络、电子、核电、汽车、医疗、法律、地震、精算、财务、法律、投资等各行业经验丰富的专家。银行虽然也有大量的行业专家，但是，总体上保险需求的专业人才更复杂一些。

最后，银行的经营模式以"客户上门"为主，保险以"业务员上门"为主。但在西方的许多银行，近年来，都一改过去的经营和销售模式，引用保险的营销模式，向"跑着吃饭"转变。

综合以上来看，和银行业相比，保险业有自己的特点，经营难度并不低。

就平安的发展经验来谈，创新是平安的基因，如果墨守成规，满足于已有的行业地位，平安不可能保持源源不绝的增长动力，不会有今天的成就。由于我们以开阔的视野和胸怀，不断吸收不同行业优秀企业的管理经验，不断引进最先进的科学技术，平安才能一直走在中国金融企业改革创新的前沿。也正是因为我们很早就进入非保险行业，有证券、信托等非保险金融经营的成功经验，平安才可以形成高度协调的综合金融企业文化。这些优势，都必将促进银行等其他非保险子公司的快速发展。

我相信，能够成功经营保险，但不拘泥于保险的平安，将优秀的管理机制和企业文化有机嫁接进银行后，依靠平安银行优秀的高管团队和高素质的员工队伍，不仅能经营好银行，而且借助集团既有的庞大的客户资源、先进的后援集中平台、富有凝聚力和进取精神的企业文化，我们银行业务的前景一定非常广阔。目前平安银行的成就已经可以证明这一点。对于未来，我们满怀信心，相信一定可以写出中国银行业的新故事。

3. 走综合金融道路，我们"别无选择"

过去，一谈起综合金融、享受一体化综合金融产品的服务，都觉得只在国外才有，是老外的专利。今天，我们可以非常自豪地大声说，中国可以！平安可以！而且我们会比他们做得更好！

我们坚信，中国在世界的崛起已经是不争的事实，不久的将来，中国强大的身躯背后，一定站着一批世界级的大企业，其中必定有国际领先的综合金融集团，必定有中国平安。让我们共同期待、并肩走向这一天。

【在2009年平安寿险高峰会上的致辞】

标签：综合金融　发展趋势　创新　核心竞争力

大概二十年前，人们要买日常用品，只能到小卖部、杂货铺、农贸市场等地方去，那时候可没什么大超市。中国有句老话是"黑白不能同卖"，意思是在百货行当里，卖黑煤的不能卖白面，反之一样，买米要去米铺，买门锁要去五金店，分得一清二楚。但也就是在这短短一二十年间，几千年来的传统被彻底改变了。随着人们生活水平不断提高，生活节奏持续加快，百货行业的综合化经营趋势出现了，国外出现了沃尔玛、家乐福等几乎包罗万物的超级市场，并随着我国改革开放深入的步伐走进了中国人的生活。它们打破了传统的格局和经营方式，逐渐成为日用百货市场的主导力量。这是商业繁荣发展、消费者需求变化的必然结果。

在金融业，与百货业同样的潮流也早在十多年前就出现了。人们收入增加了，"钱包鼓了"，开始考虑购买各种各样的金融理财产品，让钱"活起来"，不断增值。

但是，金融机构那么多，客户办存贷款要到银行，买保险要找保险公司，买股票要到证券公司，买基金要找基金公司……在生活、工作节奏日益加快的现代社会，人们的时间越来越宝贵，客户这样一家一家奔波下来，不但耗费了大量的时间和精力，而且未必能够搞清楚这些产品都有什么价值，哪些产品真正适合自己，购买之后要如何打理那么多账户。客户需要帮助，他们需要一种能节省时力，以最便捷的方式，按照客户切身的需要，多元化、个性化、一站式的金融服务。

这些，只有综合金融才能做到。

自从1995年平安提出探索综合金融的想法以来，至今已过去将近15个春秋。从最初提出设想，到整个战略逐步清晰，再到我们一步步将复杂的战略和规划变成现实，在这整个过程中，经常有人问我："为什么要做综合金融？"

原因很简单，因为综合金融是当今全球金融业的发展趋势，是时代发展的必然产物，就像我在平安全国经理人系统会议上连续讲了6年的一个主题："我们别无选择"。我们唯一的选择，就是顺应客户的需要，顺应市场的变化。无论在什么行业，只有顺应市场和客户的要求，企业才能生存并获得可持续发展的源泉和能力。

客户需求的变化，是综合金融诞生、发展的根本推动力。同时，现代科学技术的飞速发展让综合金融从原来的"异想天开"变成了事实。市场竞争的日益加剧，银行、保险和资产管理三者之间的不断互相渗透，让综合金融成为各国金融业的"兵家必争之地"。未来的金融业，将是一个综合金融集团和经营单一业务的专业机构并存发展的市场，客户既可以找到专业机构购买一种产品，也可以在综合金融集团获得一站式的全面金融服务。无论是哪种模式，谁能够充分利用现代技术，让客户得到实实在在的方便和好处，谁就掌握了金融市场的竞争优势和主动地位。如此相比，综合金融集团显然更胜一筹。

综合金融在给客户带来便利和价值的同时，也为金融企业创造了单一金融业务所不可比拟的优势。平安之所以能够在成立21年里保持快速、稳定发展，特别是近年来不断取得新的突破，其中一个非常重要的原因，就是我们的综合金融架构与模式经过十余年的建设，已经逐步走向成熟。

首先，综合金融带来业务和利润结构的稳定。自确立"保险、银行、投资"三支柱战略以来，平安在保险业务快速增长的同时，银行和投资业务也在快步跟上。未来随着三项业务实现"三足鼎立"，公司的业务结构将更稳定，利润来源更多元，抗风险能力将进一步增强，整个经营会更稳健，能为未来可持续发展奠定坚实的基础。

其次，综合金融能创造很强的协同效应。综合金融集团内不同子公司可以共享客户、IT、后援平台、品牌等资源。一方面，我们大幅度节约了成本，另一方面，也更重要的是，综合金融让我们更高效地挖掘客户的潜在价值。金融业务客户的共性大，同一位客户会有不同的金融服务需求，我们可以通过交叉销售，为每位客户提供各种产品和服务。

比如，现在我们产险、养老险每年都有近五分之一的业务量来自交叉销售；平安银行2008年开始发行信用卡，短短一年时间就发卡超过100万张，创造了信用卡市场发卡新纪录，其中65%以上的发卡量出自我们寿险及其他专业子公司的销售团队。到2009年底发卡量已经突破300万张。很多寿险业务同仁告诉我，通过帮助发卡，他们获得了更多寿险客户，与客户的共同语言更多了，业务扩展了，收入也更高了。寿险业务队伍发信用卡，看上去是帮银行，实际上也是帮了自己。

这些既是综合金融内部高度协同的力证和成果，也代表了我们前进的方向。我们通过实践不断证明，保险的快速增长，推动了银行和投资业务的发展，银行、投资业务的逐步成长，也对保险业务形成了有力的促进作用。未来，我们要实现的战略目标是，"一个客户、一个账户、多个产品、一站式服务"。我们不仅要让客户在平安获取一站式的、全面的金融服务，找到客户从出生到养老可能需要的一切金融产品，而且要努力"化繁为简"，让五花八门、复杂深奥的金融产品变得简单易懂、好操作、好管理，让客户省时、省心、省力。

这样的设想如何才能做到？

当然，综合金融不是空中楼阁，而是一个非常严谨、庞大、复杂的系统性工程，必须建立在一整套庞大、精密、完备的系统基础上。它有四个最重要的成功要素：一个庞大的网络，一个清晰的战略，一个优秀的文化，一个强大的平台。

首先，一个庞大的网络。综合金融集团的结构和基础如果足够强大，其中的某一项主业必然能够提供非常庞大的客户群和销售网络。经过21年的发展，现在的平安，主要是保险业务方面，拥有超过5 000万的个人客户和近200万的企业客户，约40万的营销人员和10多万员工分布在全国近1 000个城市的业务网点。未来，随着各项业务的进步，网络、电话等新型销售渠道的快速发展，客户数量的不断累积，平安的网络还会继续成长并扩大。

第二，一个清晰的战略。综合金融需要规划、建立起完整的全金融业务牌照体系、完善的综合金融集团管控体系，以及矩阵式的内部管理架构，同时要确保内部各项业务的高度协同、资源共享，也必须依靠矩阵式的管理架构。平安在发展初期实行的是"块块式管理"，后来过渡到"条条式管理"，目前已经实现了"矩阵式管理"，"矩阵式"管理不仅加强了集团与子公司之间的管控水平，提升了管理的透明度和效率，并且强化了各项业务之间的资源共享，为综合金融的发展打下了重要的制度基础。

第三，一个优秀的文化。在中国，能否建立海纳百川、高度协同、实现内部资源充分共享的文化，以及具有强大执行力和竞争力的机制，是综合金融集团最关键、也是挑战性最大的问题。平安成立21年来，完成的最重要的工作之一，就是建立了一整套符合现代企业制度的体制、机制和文化，让整个公司充满生机和活力，不因规模扩大、结构复杂而老化、僵化。每个平安人都在既有公平竞争又有精诚协作的环境和氛围下成长，共同推动全平安以年轻企业特有的速度向前迈进。

第四，一个强大的平台。一个产品的领先，最多维持几个月；一个系统的领先，最多维持一两年；只有取得整个平台体系的领先地位，才能建立长期可持续的竞争力。自确立综合金融的发展战略开始，我们从不懈怠，近乎贪婪地学习、引进全球金融业综合经营的理念和知识、最先进的系统和技术，并根据中国市场实际加以改造。现在，平安已经建立起一个符合国际标准和中国国情的、完善的综合金融经营体系和可持续增长平台，还有一个国际领先的、高效的综合金融后援支持平台。这是我们加快推进综合金融实践的强有力保障。

这一切的思考、努力和成果，最终都将体现在一张小小的卡片上，就是"平安一账通卡"。它用一个账户容纳客户在平安或其他金融机构购买的所有服务，既可以是保险卡，也可以是银行借记卡、信用卡、证券卡、基金卡、万里通卡、医疗保健卡、紧急援助卡……客户使用起来非常方便，能以最快捷的方式获得平安的各种金融产品和服务，让资金得到科学配置并不断增值。更重要的是，和一账通卡一脉相承的网络一财通，其账户整合囊括了客户所有的账户，不但能看到金融产品的账户，还有航空里程、社保医疗、加油卡积分、水电费支付等等。客户一打开一账通账户，就对自己的资产和日常付费情况一目了然，不必再耗费过多的时间和精力分别关注。

所有这些最初看上去很宏大而且非常遥远的梦想，在全体平安人坚持不懈的奋斗之下，已经越来越成为现实了。不能不说，这是我们生活在当今这个时代的中国人的幸福和骄傲。综合金融不仅能让一家金融机构强大起来，更能让一个国家的金融业强大起来，让千千万万客户得到实实在在的好处。我们坚信，中国在世界的崛起已经是不争的事实，不久的将来，中国强大的身躯背后，一定站立着一批世界级的大型企业，其中必定有国际领先的综合金融集团，必定有中国平安！让我们共同期待、并肩走向这一天。

4. 平安的20年就是探索"综合金融"道路的20年

　　平安的目标是成为国际领先的综合金融服务集团，我们把这个目标的达成分解成不同阶段的任务，每五年探索一件事、完成一件事、一步一个脚印走到今天。平安的第一个五年（1988~1993）是公司创立初期，我们在探索保险业务的经营和发展模式；第二个五年（1993~1998），确立了在中国发展保险的模式和途径、并探索国际化管理道路；第三个五年（1998~2003），国际化管理模式和标准基本形成，开始探索综合金融发展模式；第四个五年（2003~2008），综合经营的模式初步形成和确立，研究探索综合金融国际化管理和标准的途径。未来的五年（2008~2013），我们将全面推行综合金融发展模式、研究和探索如何进一步提升在国际市场的竞争力。

【"前进中的变革力量　聚焦中国改革开放30年"论坛上的谈话】

标签：经营　公司史　创新　改革

　　前些年中欧国际工商管理学院举办一届学生毕业典礼时，邀请我去给学生们讲话。当时平安正在实施一个重大项目，我难以抽身，只能婉言谢绝。于是他们让我对即将开始工作的MBA毕业生们说几句寄语。我说了12个字："选定方向，做好规划，保持耐心"。在我看来，任何一个人，再怎么聪明能干，无论是要成功创业还是要当好一名经理人，都离不开这12个字。

　　成功的道路从选定方向开始。撒哈拉沙漠中有个小村子，在20世纪初一名探险家发现它之前，村里从未有人走出过这片大沙漠，所有尝试过突围的村民都说，无论怎么走，都会回到原点。这名探险家不相信，亲自从村庄向北走，用不上4天就找到了沙漠的边缘。第二次他让一个村民带路，不做任何指点，结果花了半个多月，绕了一大圈回到了村子。探险家后来明白了，村民们根本不认识北极星，完全无法辨认方向。这个故事告诉我们，每个人、每家企业想成功，都必须清晰地辨认、把握好方向，才能看清属于自己的道路在哪里。

选定方向后要做好规划。任何宏大、了不起的成功，都是由相对具体、细小的阶段性目标和工作所组成的，从起点看终点也许觉得很远很难，但一旦把大目标分解成小目标，并且实实在在地把每个阶段的计划和方法都规划好，同时要不怕困难，能够把解决困难当乐趣，即使是难于登天的事情，我们也能一步一个脚印地做好。

最后最重要的就是耐心。经营企业是一条漫长而曲折、充满艰辛和挑战的道路，在一定程度上就是一种修炼，心浮气躁、三心二意、想一蹴而就的人是不会成功的。现在年轻人的教育条件和环境比我们以前好了很多，起点高，特别是MBA学生们，大都一开始意气风发，希望一毕业就能够大展拳脚，但普遍耐心不够，无法沉下心去做一些看上去很具体、很琐碎的工作。他们只看到很多成功的企业家能够高瞻远瞩、运筹帷幄，能够制定宏伟的目标和战略规划，但看不到企业家们数十年如一日、亲历亲为、持之以恒地做好每一件很小的工作。

回顾平安成立以来的历程，我们感到非常幸运和欣慰的是，平安从诞生之日起，在改革开放的大好环境下，在天时、地利、人和的共同推动下，很快成长为一家目标清晰明确，善于规划，并在发展过程中坚守目标、坚持不懈、不怕挑战、不断创新突破的公司。

1988年5月27日，作为中国第一家股份制保险公司，平安在改革开放的前沿深圳蛇口诞生。平安的诞生，有天时，改革开放的大背景下整个国家都在思变图强；有地利，袁庚开创的蛇口工业区背山临海，是改革开放最前沿的窗口，能够不断从海对岸的香港汲取市场经济的先进理念和经验；有人和，当时想来、能来蛇口的不少是敢闯、敢干、有梦想、不怕栽跟头的年轻人，我们很快就聚集了一批热情、有活力、有干劲的专业人才一起经营公司。

第一个五年，我们在摸爬滚打中学习怎么经营保险业务，探索保险业务快速发展的道路。有认识上的不足，也有竞争环境的制约，但可贵的是，公司创建初期，就开始实行"人员能进能出、干部能上能下，薪水能高能低"的用人机制，破除了当时在国内还占主导的"铁饭碗"、"铁交椅"观念，充分地调动了大家创业的积极性和整个公司的活力、创造力。

第二个五年，我们进入个人寿险领域，保险业务快速发展，同时在外资股东的帮助下，学习引进国际化管理模式和技术，研究综合金融的发展战略。在这个五年里，我们逐步探索如何引进国际化管理模式和先进的国际经验与技术。1994年，平安成为国内第一家引进外资的金融企业；第一家聘请国际会计师对公司财务按国际标准进行审计的公司；第一家聘请国际知名咨询公司麦肯锡帮助规划未来发展方向的公司……在这个过程中，我们的视野更加开阔，看到了国际上人们财富的增加，科学技术的飞速发展，以及金融业内部的激烈竞争，这些因素催生并推动了综合金融成为全球金融业一大发展趋势。我们的思维也更加敏锐，意识到这个潮流终究会来到中国，我们必须做好充分的准备，迎接机遇和挑战。作为我国金融保险业的改革试点，平安的使命就是改革与创新。经过反复研究和调查，我们确立了一个要用十年、数十年甚至上百年来追求的战略目标和规划——建成中国人自己的、国际领先的综合金融服务集团。

第三个五年，公司国际化管理水平大大提升，综合金融的发展目标更加清晰，我们正式走上探索、建立综合金融模式的道路。这五年，平安按照既定的战略规划，除了继续大力发展产险、寿险两项核心业务之外，在信托、证券等金融业务方面也建立了具有一定规模的平台。在这个基础上，我们引进国际最先进的经验和技术，结合中国实际，潜心研究、建设一个既符合国际标准又适应国情的综合金融集团控股架构与模式，既能保证让各项业务在这一架构和模式下健康、快速发展并充分发挥协同效应，同时集团又能很好地防范、控制风险。目前平安"集团控股、分业经营、分业监管、整体上市"的模式就是在这个五年里孕育出雏形的。同时，我们没有放弃追求创新、追求领先：1998年，平安建立了全国统一的IT系统，同时在全系统内全面推行KPI体系；1999年，首家推出了投资型寿险产品——投资连结保险；2000年，拓展了银行保险渠道；2001年，建立了全国24小时电话服务中心，形成"无论何时、何地、何种方式"的"3A"（Anytime，Anywhere，Anyhow）服务体系。在这个五年里，"创新"开始成为平安的"标签"，为市场和客户所熟悉。

第四个五年，平安的综合金融模式已经初步形成，该模式促进集团业务稳健快速发展的作用也逐步显现，我们进一步探索非保险业务的经营和发展。在稳步发展资产管理、信托和证券业务的基础上，平安正式进入银行业务领域。平安的综合金融集中后台建设也在这段时间得到了质的飞跃。2003年，经国务院批准，中国平安以保险为核心的综合金融集团正式成立，成为我国继中信、光大之后的第三家综合金融集团。2004年，平安以集团形式整体在海外上市，成为我国第一家在海外上市的金融保险集团。这次上市业务包括保险、银行、证券、信托，平安的综合金融模式获得海内外投资者的高度认同。在这个五年里，平安的综合金融架构、组织体制、公司治理、管理机制、运营平台不断完善，业务范围涵盖寿险、产险、养老保险、健康保险、资产管理、信托、银行、证券、基金等全面金融领域，初步形成了"保险、银行、资产管理"三大支柱的业务发展架构。综合金融已经成为平安未来持续、快速、稳健发展的核心竞争力。

如果对平安的第一个20年做一个小结，那就是，"平安坚持了一句话、完成了四个'五年'阶段，达成了三个目标。"一句话是"在竞争中求生存，在创新中求发展"。四个"五年"中，每个五年我们探索一件事、完成一件事，兢兢业业、脚踏实地。三个目标，一是保持业务持续快速增长，建成市值位居全球金融业前二十、保险业第三位的大型综合金融集团；二是建立了一整套符合现代企业制度，以及充满生机和活力的体制、机制和文化。公司在快速增长的同时，不因规模扩大、结构复杂而老化、僵化，持续保持着开拓创新、锐意进取的精神和强大的生命力、竞争力；三是建立了较为完善的综合金融架构和可持续增长平台，走出了一条以"国际化标准、本土化优势"为特色的综合金融发展道路。

展望未来的5~10年，面对我国经济的迅速崛起、国际金融业竞争的加剧，我们将按照既定战略，秉承改革创新的理念和精神，坚定不移地推进综合金融创新实践，实现"保险、银行、资产管理"三大支柱均衡发展，达成"一个客户、一个账户、多个产品、一站式服务"的目标，最终建成国际领先的综合金融服务集团。

中国古语有云"欲得其中，必求其上；欲得其上，必求上上"。平安现在的成就只是一个起点，未来的道路还很漫长，将有更多一个高过一个的目标等着我们去攀登，这些目标构成了通向平安终极目标的一级级台阶。我们相信，只要保持坚定的信念和方向，坚持改革创新、大胆突破的精神，保持不满足现状、永远要领先于市场的抱负和斗志，一步一个脚印地完成每个阶段的任务，平安一定能够成功。

5. 国际化标准，本土化优势

公司20多年成长历程中，我们经常被人问到的一个问题是：平安和主要对手竞争的时候，靠的是什么？平安独一无二的优势是什么？我们的答案是：国际化标准，本土化优势。我们是中国本土公司中最国际化的公司，我们又比所有进入中国市场的外资公司具有本土化的优势。这也是我们几次上市中最大的卖点。

【中国平安H股上市路演报告】

标签：国际化　本土化　制度　文化

20世纪90年代初，出于对中国金融业及快速发展中的平安的共同兴趣，国际金融市场上两家长期的竞争对手摩根士丹利和高盛第一次走到了一起。1994年，摩根士丹利、高盛与平安在深圳香格里拉酒店展开了一场具有决定性意义的谈判。

谈判持续了24个小时，却始终处于僵局。到了第二天一早，天已微亮，高盛的一位投资经理说：不行不行，我们就是这个底线，我们不能接受，绝对不能！我们的谈判小组当时也极为疲惫，心想，这下可能性真的不大了，因为这个底线与我们的期待有太大的差距。双方休息，在茶水间时，我们的首席谈判人孙建一和高盛的人闲聊，说到中外婚姻关系的区别，他说在西方，是双方恋爱后选择结婚。结婚前，男女双方就会先办好婚前财产公证、婚姻存续期的财产分配，甚至如果离婚财产如何分割等。而在中国的过去，是大家介绍男女互相认识后结了婚，才开始恋爱，中国人到现在也不习惯先谈财产问题。高盛的这位负责人似乎有所触动，说："你等等"，便立刻到窗边给美国总部打电话。紧接着下面的谈判就十分顺利，美国人答应了我们的要求，并引用了孙建一当时提出的"先结婚再谈恋爱"的婚姻说。谈判最终取得了成功。由此，平安成为中国第一家有外资参股的金融企业，拉开了平安资本国际化的序幕。

也是从此时开始，我们就一直瞄准国际同行的先进模式，大胆实施"拿来主义"，以资本国际化为契机，以延请海外人才为核心，建立符合国际标准的商业企业运作模式及经营机制。除了最早引进外资股东，实现资本的国际化，我们还引进国际先进的管理制度，建立了与国际接轨的管理体系。我们大力推进人才国际化进程，如今，在我们的高层管理团队中，有近一半的人员来自海外，来自麦肯锡、高盛、花旗、保诚等国际著名公司。不管是外资股东，还是外籍人才，他们带给了平安国际化视野和全新的管理理念，带动了业务和管理的高速发展，推动了平安及国内金融业与国际化标准的接轨。

但是，无论如何，在中国的市场上，本土企业与本土经理人拥有不可替代的优势。比如如何执行市场营销策略、如何设计更贴近中国市场的产品、如何获取客户、如何理解客户消费心理等，本土经理人对此可能更有话语权，更有独到眼光。比如就保险来讲，中国消费者重视投资回报，平安就能先于外资保险公司第一个推出投资类险种；比如平安率先推出的客户服务节，在客户服务节里我们的业务员登门拜访客户、馈赠礼品等，这些行为符合中国人待人接物的心理特点；再如我们开展"中国少年儿童平安行动"，举办各种少儿才艺比赛等，都是平安在对中国人重视下一代培养的传统的理解下推出的系列活动。

所以，国际化标准的落地不能一味照搬照抄，要综合考虑中国本土的国情、金融保险行业的市场发展实情以及公司的情况，否则很容易画虎类猫。正因如此，在引进"外资"、延请"外脑"、建立"外体"，逐步建立国际化标准的同时，我们立足于"本土化优势"，利用知名统一的品牌、多元化的产品服务、多渠道的分销网络、广泛的客户群、先进的信息技术系统及领先的创新能力，充分捕捉各种市场机遇，以构筑强大的金融集团架构和综合金融服务平台，铸就我们赖以快速发展的核心竞争优势。

相对而言，作为主要业务在中国本土市场的公司，本土化优势是我们先天具备的，所以，如果在两者之间的重要性及困难程度上比较，国际化标准的建立尤为重要。这是因为现代金融保险业的学理基础、行业规则、运作规范基本上都是从国际市场引进的，所以，我们更多应该积极地推进国际化标准的引进和建设，勇于吸纳海外优秀人才，跟踪国际最新潮流，从公司治理，到战略管理，到产品、服务、营运等日常经营，都需要坚定不移地推动国际化标准。

而如何让海外人才融入公司的企业文化？如何利用外来人才促进本土人才的成长？如何让国际化管理体系下的企业更好地理解本土客户需求？这些都是在国际化标准的建立过程中，平安实实在在碰到的问题。这其中，建立和完善中西合璧、兼容并蓄的平安文化，成为关键之所在。

在亚洲，成功的保险公司首推英国的保诚、美国的友邦，我们思考了它们为什么能够在非本土市场取得成功，一个原因是它们很好地将国际化公司的制度和华人文化传统进行了结合。这些优秀企业在海外市场经过长期实践，形成了一套非常成熟的经营理念、制度和文化，同时又能根据所在市场的文化、传统因素做出积极的调整，在亚洲市场做到了东西合璧。平安在做文化建构的时候，也努力按照这个思路在思考，不过，在这个过程中，我们走了一条和他们刚好相反的路径。因为平安首先是一家具有民族气质和血缘的金融企业，必然要从传统中、历史中、现实国情中凝练自己的文化魂魄，而后再开放心态、拔高视野，积极学习、引进国外先进的、代表现代商业文明的理念和制度。

平安要成为一家有思想、有文化、有生命力的企业，必须继承中国优秀的传统文化，以儒家思想中的"仁、义、礼、智、信、廉"作为平安人的道德规范和行为准绳。在这个基础上，我们来营造诚信守诺、和谐相处、互相尊重、讲究礼仪的内部人文环境，它的核心就是诚实守信，讲求道德操守。这是平安文化的精神品格。

1994年，公司开始步入资本、管理、人才国际化的征程，这是一个公司治理管理水平、制度建设迅速向国际靠拢的机会。所以，平安的文化必须要有另外一个重要的基石，那就是西方文明中的科学思想、理性精神。我们不单单要将西方的技术、经验作为发展公司的"器"、"用"，还要将其总结、升华，归纳出"道"、"体"，并一起植入公司文化的魂魄中，将西方讲原则、讲纪律、讲制度的理性精神和中国传统文化的人本精神相互结合。

如今，就在平安金融培训学院的大堂正中，安放着孔子和爱因斯坦这两个人的头像。孔子代表着中国优秀的文化传统，代表着传统人文精神；爱因斯坦代表着现代科学精神，在管理中则代表着制度和理性。这两方面都是平安文化的特质。也正是在公司兼容并蓄、以绩效为导向的文化以及完善的制度化平台基础上，来自不同文化背景、不同经历的海外专家和本土人才合作顺畅、高效，形成了平安强大的国

际化、专业化人才队伍。正如麦肯锡全球董事长鲍达民（Dominic Barton）对我们的管理团队所作的高度评价："平安不但能吸引优秀人才，而且能让各种人才充分发挥自己的作用……他们来自不同国度、不同公司，有不同的背景和经历，能聚集在一起，同台发挥，体现了平安文化的包容性和胸怀。他们不但引领平安，也培养了一大批管理和业务精英。"

正是由于中西合璧、兼容并蓄的文化体系内涵丰富，它既符合平安实际，也符合平安的发展战略。立足于此，我们才得以一以贯之地奉行和实践着"国际化标准，本土化优势"的企业准则。现代金融的成熟理念和技术来自西方，我们学习过来，在平安实践并取得了一定成功，与国内企业比，我们更具国际化；熟悉本土国情、理解行业的市场实情，与外资企业比，我们更有本土优势。有人说，在国门开放的金融市场上，外资企业的本土化与中国本土企业的国际化是一个较量，谁先把对方的优势学到，谁就能在市场上获胜。在这方面，平安早走了几年，两者结合得较好，算是兼具两者之长，独树一帜。

2004年6月，平安在香港联交所上市，这是平安发展过程中的一次历史性事件。这次上市创造了当年资本市场的几个纪录：2004年亚洲规模最大的国际股票发行、亚洲规模最大的首次公开发行、规模最大的金融机构股票发行、2002年以来仅在香港一地上市的规模最大的首次公开发行。

公司在香港上市的时候，正值港股市道不好，我们为什么还能够创造这些纪录？在H股上市路演过程中，全球680多位最大的基金公司和资产管理公司的经理，以专业眼光肯定了平安的价值，他们愿意为平安的未来买单——这其中，给他们留下最深刻印象的是平安的十字箴言：国际化标准，本土化优势。

6. 不同阶段引进不同的股东

　　回顾平安多年来股东构成的发展变化，从单纯的国有股东到引入外资股东、从财务投资者到战略投资者，股权结构的不断演化，有力地保证了公司朝着注重长期价值增长的方向发展。老股东历年的分红已经超过了它们的原始投入，退出时获得的回报都非常丰厚。老股东赚了钱高高兴兴地离开，新股东加入进来继续分享平安的未来价值，应该说，平安的股权结构成为我们卓越的公司治理的基础。

【2006年公司A股上市准备的内部谈话】

标签：股权　改造　发展史

　　1992年，我与招商局的"掌门人"、平安名誉董事长袁庚先生就平安股东问题进行讨论，我说平安打算花时间完成股权结构多元化的改造，要引入能够长期投资的战略投资者。在我看来，一家企业最主要的问题是体制、机制与人才，体制决定机制，机制决定人才的去留，而最关键的体制则是由股权结构决定的。袁庚非常赞成我的观点，并在日后的工作中给予了大力的支持。平安20多年的发展证明，正是因为我们能够进行股权的多元化改造，不同阶段选择不同的股东，才为平安的稳健高速发展提供了必要的支持。

　　平安创立之初，出资设立平安的是招商局蛇口工业区和中国工商银行深圳分行，蛇口工业区出资49%，中国工商银行深圳分行下属的深圳信托投资公司出资51%。其后，陆续加入的股东还有中国远洋、深圳财政局等。这期间，国有股东为平安的发展提供了重要的帮助，为平安的起步发展奠定了很好的基础。

1994年，在中国大陆内资保险公司中，我们是第一家率先开展个人寿险营销业务的。寿险业务的快速发展，对资本金的需求是很强的，原有的国有股东比较难提供足够的资本满足公司的发展。这里有两个主要原因：一是当时中国市场的融资渠道还比较狭窄。资本市场刚刚起步，但金融企业改制上市还在小心试水阶段。而国有股东中有不少工业企业，如招商局，他们既有工业资本，也有信贷资本，对平安这种前期投入巨大、资本密集型的金融企业，缺乏为之长期发展持续注资支持的能力；二是当年平安的股东中，国有企业股东的领导者还是官员身份，他们都有任期责任，希望短期内能够看到好的投资回报。因为这种考核机制，使得他们的对投资决策的判断不可能关注长远发展，而比较注重短期化，偏好现金分红。这些都对业务快速发展、资本需求不断增长的平安带来一定的困扰。

为此，我们把眼光瞄准了海外，希望引进国际化的战略投资者。

这个念头最初来自于我们一个叫肖伟的员工给公司的一份合理化建议。这份建议让我眼前一亮。后来在和香港一些朋友接触的过程中，我把对象直接锁定为华尔街最顶级的投资机构：摩根士丹利和高盛。经过一年左右艰苦的谈判，1994年，我们开行业风气之先，在中国金融业首家引进了外资股东。当时对外资股东参股国内金融企业还没有明确的政策指引，以至于摩根士丹利和高盛虽然可以成为平安的股东，但监管部门不同意给他们董事席位，这在当时成为入股谈判的最大障碍。后来，我想出了类似"联合国观察员"这样的过渡性质的安排，才使他们勉强接受。摩根士丹利和高盛的溢价进入，为平安发展寿险事业提供了很强的资本支持，同时还促进了平安财务、审计、核保核赔等制度上的变革。后来，在这两家外资股东的引荐下，我们聘请麦肯锡做战略及管理改革方面的顾问，公司于1996年明确了以寿险业务作为核心，抓住了中国寿险业起步的黄金时间，获得了快速的成长。这些在一定程度上也是得益于这两家外资股东的帮助。

可以说，正是股权结构的逐步多元化，我们的重大决策开始有了更科学的标准、更开阔的视野，这对平安经营管理素质的提高、员工队伍技能的提升等，都是莫大的支持。

此外，也是在那个时间前后，深圳市开始进行员工投资入股的探索，平安是试点企业之一。但是，当时国家不允许个人成为保险公司的股东。在具体操作上一方面要创造员工分享公司发展成果的机会；另一方面，也要符合相关法律法规的要求，因此我们将员工参与的方式设计为法人持股。此后，先后有两家员工投资集合性质的公司成为平安的股东。这些股东的进入，对平安早年补充资本实力、稳定公司核心骨干员工、创造持续竞争力起到了十分重要的作用。到2004年公司上市前锁定权益人为止，平安有近2万名员工参与了这个投资集合。2010年，这些投资获得了上市流通的资格，全体收益人都得到了很好的回报，他们奉献于平安，成长于平安，也一起分享了与公司共同进步的成果。

进入21世纪，平安需要向综合金融方向迈进，需要建立我们在银行业务及综合金融平台方面的技能。在这个新的机遇点上，迫切需要寻找一个更加强大、有银行及综合金融服务背景的战略投资者。于是，2002年，汇丰进入了平安的股东名单。汇丰的进入给我们带来了很好的变化：第一，进一步充实了公司的资本金，提高了偿付能力，为后来成功上市打下非常好的财务基础；第二，帮助我们建立很好的内控体系，使得公司的抗风险能力进一步增强；第三，帮助平安提高了核心竞争技能，平安全面提升了自身的管理能力。我们借助汇丰的经验、技术，实现了后台运营管理的集中，建设了亚洲领先的后援中心。

后来经历了H股上市、A股回归，平安的股权结构更加社会化、公众化，公司的资本实力不断增强的同时，我们公司治理的透明度和规范化，战略规划的清晰性和一致性，经营管理的严谨性和制度化等等，都有了新的、巨大的进步。也使得我们更有实力去完善我们的综合金融业务架构，更有能力去建设强大的整合的后援平台，更有魄力去利用创新科技追求持续快速健康的发展。

回顾平安多年来股东构成的发展变化，从单纯的国有股东到引入外资股东，从财务投资者到战略投资者，从定向募集到大型公开上市。股权结构的不断演化，有力地保证了公司朝着注重长期价值增长的方向发展。招商局、中国远洋集团这些老股东历年的分红已经超过了它们的原始投入，退出时获得的回报都非常丰厚。老股东赚了钱高高兴兴地离开，新股东加入进来继续分享平安的未来价值，可以说，平安股权结构的演变过程是一个企业不断追求创新发展的历程，是兼顾了股东、客户、员工及社会价值整体增长和实现的历程。

如今，平安已经形成了股权相对分散、各种性质的股东相对均衡的股权结构，得到了市场和广大投资者的高度认可，平安也因此获得了公司治理方面的许多荣誉，成为中国企业公司治理的典范。

平安要驶向更广阔的海域，就必须把小舢板换成现代化的大船。这不仅需要更

强的资本实力，而且在海上航行还会遇到更多我们原来不了解的环境和风险，因此要求我们在不同时期引进不同的股东，让一些老股东赚了钱高高兴兴地退出去，让志同道合的新股东加入进来，共同谋求平安更长远的价值。

7."方向盘、红绿灯、加油站"

集团的定位有三句话,第一叫"战略的方向盘",整个战略的制定必须是统一的,不可以每个人做自已的战略。第二个叫"经营的红绿灯",我们制定清晰、透明的政策,铁律。第三个叫"业务的加油站",充分发挥我们的规模效应和协同效应。

【在2007年全国工作会议暨高级经理人峰会上的讲话】

标签:企业经营 管理 战略 集团定位

段时间,有传闻说我早年给蛇口招商局董事长袁庚开过车。说实话,那时在蛇口,袁董就是个"神",能在电梯里遇到都是荣幸,我哪能有给袁董开车的幸运?但我早年开过车却是真的。20世纪80年代初,"医生、司机、猪肉佬"是"三大宝",司机乃是一个很风光的职业。我在当知青时学会了开车,车技在当时也算不错,所以在一次会议上大家讨论平安的战略规划和集团的定位及功能时,我很自然地联想到了三个与车有关的比喻——"方向盘、红绿灯、加油站"。因为我觉得,平安作为综合金融集团,拥有九大子公司,覆盖全部金融行业,但服务却很集中,以一个客户为立足点,销售多个产品。行业不同、产品不同、专业也不同,要经营好这样一个复杂的集团是非常难的,而要让平安集团10万名内勤人员和40多万名外勤人员能够很好地理解平安如何进行经营和管理,并能够将这些信息有效地传达给客户和公众,也非常不容易。所以用这种形象、通俗、与生活息息相关的比喻才更容易让大家理解和接受。

平安经过十余年的探索,拥有了覆盖寿险、产险、养老保险、健康保险、资产管理、信托、银行、证券等全方位的金融牌照,为不同类别的子公司铺就了不同的快速发展道路。但要保证道路的平稳畅通，没有规则和警示是不行的；各条车道要驶向同一个目标，没有方向和导航是不行的；要保持源源不断的行驶动力，没有加油站是不行的。平安要实现"综合金融、国际领先"的战略远景，必须要有一个强大的集团来把控方向、协调规则和提供服务，做好各个子公司的"战略方向盘、经营红绿灯和业务加油站"。

这就是平安集团的使命和定位。平安采取"集团控股、分业经营、分业监管、整体上市"的金融控股集团模式，集团把金融作为自己的主业，但本身不经营具体业务，只控股经营保险、银行、证券、信托、资产管理等子公司，代表股东管理和分配资本，并行使监督职责。集团通过整体上市，从外部获取资源，分配给内部子公司，自上而下配置资源，而并不是从子公司攫取资源。集团坚持"有所为、有所不为"的原则，重在明确方向、制定规则，履行资本筹集、战略规划、合规监督、品牌经营、整体协同等五大核心职能，在集团及各子公司之间形成协同效应，提升公司价值。

集团作为"战略方向盘"，负责制定统一的战略远景、目标，通过具体的实施计划和三年的定期滚动计划，结合集团统一的问责制度，将战略和计划目标落实到每个业务单位；负责资本筹集，满足各个专业公司的发展需要；负责风险管控，监督各专业公司防火墙的建设与运作情况；负责合规经营，确保各项政策、方针、计划的出台与实施符合监管部门的要求，严格行走在法规的阳光地带，执行"法规＋1"的高标准；负责品牌经营，制定集团的总体品牌规划，统一品牌形象和内外传播途径、口径，提升集团整体社会形象。

集团作为"经营红绿灯"，负责制定清晰、透明的政策、制度、标准、铁律，通过有效的月度经营管理会议机制和执行官问责制，推动和监控业务运营，"红灯停、绿灯行，除非你是救火车"，确保各公司的运营符合战略目标；同时，通过月度工作的检讨，及时发现经营问题，纠正偏差。

集团作为"业务加油站"，负责根据业务需求，提供具有规模效应和专业优势的集中服务，实现"降低成本，提升效率，统一标准，支持销售"。这种定位进一步明晰了集团与子公司的关系与职能，进一步完善了公司治理，有力地促进了集团整体协同效应的发挥。

在2007年平安A股上市推介过程中，"平安集团总部是做什么的？除了做保险，平安集团还做银行、投资，能做好吗？如此庞大、复杂的经营管理体系，平安能够驾驭吗？"这样的问题问了不止100次，大家都对集团的定位和功能非常困惑。而当我以"方向盘、红绿灯、加油站"作为回答时，大家马上通过这个简单明了又与日常生活息息相关的比喻理解了答案。有些投资者又会问：如此庞大、复杂的经营管理体系，平安集团能够驾驭吗？确实，"方向盘、红绿灯、加油站"，讲起来容易，做起来不是那么简单的。这需要我们坚持"有所为、有所不为"的经营策略，专注于集团的五大核心职能，不干预子公司的具体经营。就战略规划职能来说，每一家子公司，在制定三到五年战略规划的时候，我都会亲自参与。一家一家地谈，一家一家地开头脑风暴会议。战略规划一旦确定下来，还要进一步转化为具体的企划指标和行动计划，落实到数字和具体措施上，逐层逐级进行追踪考核。同时，还要建立支持系统，帮助他们实现目标。而这些公司的具体经营管理就放手给各自的领导者了。所以，我现在去机构调研，基本不再问具体业务政策上的问题，这是子公司的领导班子应该关心的问题。我绝大部分关心的是市场竞争环境、我们的优劣势、队伍的士气等，确保履行好集团层面的角色。

平安多年来一直保持快于市场的稳步增长态势，即使在2009年我国经济和市场受到全球金融危机影响，面临一系列挑战和压力的环境下，各项业务都实现了持续、快速、稳健的发展，交叉销售也取得了很好的成绩。这些都证明，"集团控股、分业经营、分业监管、整体上市"的金融控股集团模式，和集团"方向盘、红绿灯、加油站"的功能定位，能够极大地帮助各项金融业务实现内部资源的高效整合、协同效益的发挥，持续提升企业的市场竞争力和赢利能力，也为平安综合金融发展战略奠定了坚实的体制基础。

8. "这不是魔术，这是真的"——一个客户、一个账户、多种产品、一站式服务

　　零售服务业的发展，催生了多样化的零售模式，有沃尔玛这样的大型综合超市，也有像7-11那样的小型便利店，还有国美、苏宁这样专营电器的卖场，每种模式都适应了不同种类客户的差异化需求。金融业是为社会提供金融服务的行业，同样把客户的需求摆在第一位。随着百姓收入的稳步增长，多元金融消费需求的日益丰富，我们既可以为客户提供专业化的单一金融服务，也可以为提供全方位、一站式、个性化的综合金融服务。平安就是要成为"金融超市"，为需要的客户提供便捷全面的综合金融服务。

【在一账通发布会上的讲话】

标签：经营　整合　金融　服务

　　2009年5月，集团品牌宣传部的同事来和我讨论一账通的广告创意，我突然想到：平安的一账通能够神奇地将各类账户整合在一起，像魔术一样！不如就请"魔幻王子"刘谦来演绎一账通一账整合的神奇。大家都觉得不错，还想好了一句广告词："这不是魔术，这是真的！"

　　8月，在上海举行的一账通发布会上，代言人刘谦现场表演了一个颇具"预见性"的魔术：他将一张大白纸放在舞台中央的一个盒子中，并随机选取三位现场嘉宾，讲述自己的爱好及某一个账单的数字。神奇之处在于，再次展开大白纸时，所有这些信息都已书写在这张大纸上。"这不是魔术，这是真的！"刘谦说："平安一账通就像这张纸一样，能将各类账户整合在一起，就是这么神奇！"

什么是一账通？它是平安为客户提供一种国际领先，在亚洲也是首创的网上账户管理工具，拥有强大的一账整合功能。什么是一账整合？具体来说，客户通过一个账户，一个密码，一次登录，就可以添加、浏览、管理自己的所有金融、非金融账户，而不用理会这些产品是否由平安推出。这种理念精髓总结成一句话就是，"一个客户、一个账户、多个产品、一站式服务"。平安希望我们的客户从出生开始一直到年老，无论涉及何种金融子领域，都能够享受平安提供的一揽子便捷服务。

发布会上，我谈了两个问题，"平安为什么做'一账通'？'一账通'能给客户带来什么？"。

第一，平安为什么做"一账通"？

随着中国经济表现出来的蓬勃生机，百姓收入呈现稳步增长姿态，多元金融消费变得日益丰富，如何在帮助客户节省时间的同时，又能提供量身定做的个性化服务，满足客户对银行、保险、投资等全方位的金融理财需求？面对这个问题，平安提出了要建立能够以最便捷、最全面的方式，一次性解决所有客户需要的综合金融服务体系。

早在1999年，平安已经形成了电话中心、网站、门店服务中心、业务员服务队伍这四大服务体系，致力于提供3A——Anytime、Anywhere、Anyway服务。2004年，随着平安金融集团成立，3A服务升级为"无论何时何地、以任何方式、提供所有产品"的"4A服务"——Anytime、Anywhere、Anyway、Any Product。"一账通"就是这种"4A服务"的载体之一，本身包含了所有平安金融产品，可以满足客户一揽子的金融服务需求。

20世纪90年代末以来，账户整合在国际上的应用超过了10年。欧美的部分国际私人银行、财富管理公司，如花旗、汇丰等均为其客户提供类似服务。不过，一账整合的技术也只有这几家顶级金融企业掌握，使用并不是很广泛。平安在借鉴国外先进经验的基础上研发了平安"一账通"。平安希望将这一技术带给客户，帮助我们的客户更好地解决账户管理的问题，提高理财效率。

第二，"一账通"将会为客户带来什么？

10多年前，人们到银行办事，储蓄、外汇、转账、结算分别在不同的柜台办理，近几年各家银行开始出现"一柜通"，一个柜台可以把银行所有服务全部办完。这就是"整合"的概念。而一账通整合功能更强大，可以实行"行行通"，将跨多个金融子领域的服务全部整合起来，不只是平安的保险、银行、证券业务，还包括全国50多家银行、证券、基金账户，"整合"客户的社保账户、航空里程积分，甚至是电子邮箱。

比如整合平安各类账户方面。平安银行信用卡：以前，银行转账、信用卡还款总是要跑银行，还要排队，费时费力，现在直接登录平安"一账通"网银就可以马上办理。寿险产品：寿险客户在"一账通"上加挂保单以后，不管是搬新家了，换电话了，还是换了新的缴费账号了，登录"一账通"就可以随时更新，不用再跑寿险柜台办理，还可以随时查看自己的保单信息和投资收益。产险产品：个人车险客户在新车购买保险时，保单中没有车牌号的信息，当新车有了车牌以后还需要到保险公司，办理手续批改保单的车牌号。但如果客户在"一账通"加挂了保单后，就可不用奔波劳累了，无论是在办公室还是在家里，直接上网登录"一账通"，提交批改就可以了。

再比如整合非平安账户方面。使用平安"一账通"，可一账整合多个网银账户，在同一个平台上就可以管理工资账户、投资账户、还贷账户等多个网银户头，账户明细、账户余额等各类信息全都心中有数。除此之外，"一账通"还可以整合管理不同航空公司的航空里程，多个个人邮箱、话费等，不用登录多个网页，一次登录即可轻松查看所有整合账户。

从以上来看，有了"一账通"，在一个屏幕上，客户的资产情况一目了然，各类理财工具就在旁边，客户可以根据自己的投资、风险偏好选择理财产品，避免客户资金闲置，实现资产稳健增值。而且，客户将从奔波于银行、保险公司、证券公司等各种繁杂的事务中解放出来，体验前所未有的轻松、便捷、高效的金融服务，这将是中国金融服务业非常重要的一个进步。

平安的远景目标是要成为国际领先的综合金融服务集团，要实现"一个客户、一个账户、多个产品、一站式服务"。"一账通"的推出是平安成为国际领先的综合金融服务集团的重要一步，而"一账通"的面世是平安综合金融进程中重要的里程碑。我希望更多的平安客户和非平安客户来体验"一账通"一账整合的美妙之处。

9. 金融危机下，要更坚定地走综合金融道路

这次金融海啸，波及了很多大型综合性金融机构。但这并不意味着综合金融本身出了什么问题。这次金融海啸的实质是，在监管缺失的情况下，非传统金融业务的"高杠杆"累积风险的一次集中释放，风险波及传统金融领域，继而影响到实体经济。

【在2008年内部座谈会上的讲话】

标签：金融集团　金融危机　经营理念

爆发于2007年末的全球金融风暴，给我国也带来了一定冲击，但并没有影响整个经济发展和金融业发展的基本面。这次金融风暴为什么对中国金融业的冲击比较小？第一，国内的金融行业业务还是集中在传统金融领域，非传统金融业务基本上是空白；第二，过去近10年间，中国金融业改革重组使得很多金融企业的资产质量、抗风险能力有了很大提升，金融监管体制有了很大进步；第三，中国金融市场仍然是一个相对封闭的市场，比如人民币尚不能自由兑换，利率没有完全市场化等，这也保证了它对于海外金融海啸有很大的"免疫性"。所以，到目前为止，我们可以看到，金融海啸对中国金融业以及各家金融企业的冲击有限，实质影响远低于心理影响。

有极少数人认为综合金融就是这次金融海啸的原因，这种认识与理解是错误的。

第一，从这次金融海啸的实质来看，它是由风险极大又缺乏监管的"高杠杆"非传统金融业务引发的，传递到传统金融业务，进而冲击实体经济，形成波及全球的、巨大的、系统性的风险。这和某一家金融企业采用什么样的业务模式没有关系。

第二，恰恰是那些业务和利润结构合理、地区分布均衡的大型综合金融集团抗风险能力明显较强。这次风暴中，各国遭受重创的金融机构，绝大部分是非综合金融机构，其数量和损失规模超过了大型综合金融集团。部分综合金融集团受到冲击，也是因其非传统金融业务出了问题。比如花旗集团购买了大量的CDO①、CDS②、产品。并且，现在已有大量的数据和实例证明，综合金融集团恰恰是所有受冲击金融机构中率先走出危机、恢复正常经营的。

当然，无论是在哪个国家，都应该允许多种金融业务模式并存，既要有单一经营的金融企业，也要有走综合金融道路的企业，中国也一样。20世纪90年代初期，学术界与金融业逐渐形成了"金融体系分业经营与分业管理"的思路，国家也陆续颁布了《中华人民共和国中国人民银行法》、《中华人民共和国商业银行法》、《中华人民共和国保险法》等法律法规，而证券、保险监管职能的独立则彻底标志着金融体系分业格局的形成。这个阶段，平安放眼国际，注意到了发达国家金融综合经营的潮流与趋势，逐步形成了适合平安特点的综合经营的思路。经过十余年的努力，形成了独具特色的金融集团控股模式，概括起来就是16个字——"集团控股、分业经营、分业监管、整体上市"。平安的综合经营既符合当前分业经营和分业监管的整体原则，集团不经营任何具体业务，子公司独立经营、独立核算，监管线路清晰，防火墙严密，风险控制有效。通过集团控股的模式，集团与监管部门对子公司形成双重管控，同时，以集团为统一的融资平台、管理平台，通过金融前、中、后台的有机整合，使客户能够在一个品牌、一个窗口享受到完整的综合金融消费体验。而公司则借助平台整合，实现交叉销售，最大限度地发挥协同效应，达到成本优化、价值共享，从而实现公司价值和客户价值的最大化。

2007年在人民大会堂举行的集团明星高峰会上，我曾说过，现代国家的竞争已经从武力竞争转移到经济层面，而一个国家经济实力的强弱取决于这个国家是否有一批拥有强大国际市场主导力量的跨国企业。金融是现代经济的核心，金融业的强弱取决于金融机构群体的强弱；综合金融对于提升金融机构综合实力具有巨大促进作用，一个国家和民族拥有具备国际竞争力的综合金融集团，是对整个国

---

① CDO：Collateral Debt Obligation，担保债务凭证，资产证券化家族中重要的组成部分。它的标的资产通常是信贷资产或证券。

② CDS：Credit Default Swap，信用违约互换，又称为信贷违约掉期，也叫贷款违约保险，是目前全球交易最为广泛的场外信用衍生品。

家金融业竞争力、民族金融地位的有力支持。特别是在全世界经历过自1929年以来冲击力最为猛烈、破坏性最为强大、涉及面最为广泛的金融危机之后，我们得到一个非常深刻的启示：面对金融市场，每家企业都要常怀敬畏之心，但是，国家、企业的发展也是在曲折中前进、在磨难中发展的历史，不能因为有风险就放弃创新、止步不前，综合金融是提升企业整体实力和国际竞争力的必由之路，平安将矢志前行。

10. 站在岸上永远学不会游泳

平安的发展过程不是一帆风顺的，在顺境的时候，我们大步向前，在逆境的时候，我们磨炼自己的斗志和意志，锻炼我们的队伍。我们希望能够在发展过程中不断地进行总结，完善自己，这一切都是宝贵的财富，都会帮助平安取得更大、更好的发展。

【在2008年年报发布会上的讲话】

标签：投资　经营　国际化　战略

在充分计提和释放风险之后，回过头来看富通投资，如果抛开单纯的财务得失，将之置于百年老店的发展长路来看，我们从这次投资中得到的最可贵经验是，站在岸上的人永远学不会游泳。在这次的金融危机中，受淹的都是会游泳的机构，因为这不是一个小小的海浪，而是一场前所未有的海啸。呛水不怕，关键是呛水之后，我们能否提高游泳技术，掌握搏击风浪的能力。

平安早在十多年前就提出要成为百年老店的目标，百年老店发展过程不是一帆风顺的，在顺境的时候，我们大步向前，在逆境的时候，我们磨炼自己的斗志和意志，锻炼我们的队伍。我们希望能够在发展过程中不断地进行总结，完善自己，这一切都是宝贵的财富，都会帮助平安取得更大、更好的发展。

三年多前，按照国家整体"走出去"的方针和原则，我们开始研究和推进资产全球化的工作。经过历时两年多、全球范围内的精心、反复挑选，我们将目标锁定为富通集团。投资富通，我们主要有两个出发点：一是规避单一经济体周期性的风险，这是保险公司通常的一个做法，通俗地说就是"不要把鸡蛋放在一个篮子里"。二是规避单一资本市场波动过大的风险，在法规规定的额度里，将一部分资金分散投资到波动比较小的欧洲荷比卢地区。

投资前，我们重点研究了富通所在的行业、地区、国家以及周边国家的各种风险。从投资决策到论证、审批的全过程，都是非常谨慎、理性的，投资完成后，海内外市场的反应与评价很好，富通的发展也一如既往稳定良好。回顾整个过程，我们评估的只是富通所在国家和周边地区的风险，而此次全球金融风暴，其覆盖面之广、影响之深、破坏力之大超出所有人的预计，这是我们所没有考虑到的。

所幸的是，2008年，除海外投资部分，公司的主营业务都在国内，保险、银行、资产管理都取得了健康、快速、可持续的增长，特别是综合金融的协同效应进一步增强。2009年上半年，公司各项业务保持了超越市场的快速发展。应该说，2008年对平安来讲是非常不容易的一年，公司经受住了考验，最困难的时刻已经过去。

这件事情本身给我们留下了极为宝贵的经验：我们更加懂得全球性、系统性风险防范、控制的重要性，更加谨慎地看待国际化的策略安排，更加珍惜本土市场的机会，也更加坚信平安文化的凝聚力和向心力。2008年，我特别感谢平安团队，因为困境中我们经受了考验，狂风暴雨让我们更加团结和成熟，经历磨炼的同时也坚定了队伍的信心。20多年来，平安历经风浪，正因为有这样一支优秀的队伍，无论艰难险阻，始终坚定信念、顽强拼搏，这也是平安得以快速成长的精神力量。

投资富通事件发生之后，很多人问我们，平安国际化征程是否会就此止步？几年前，我第一次到汇丰英国总部考察。在伦敦汇丰总部大楼下，有一个六角星，上楼之前，我常会在那里站上一会儿。看着高耸的汇丰大楼，我曾开玩笑说：总有一天，我们要在旁边盖一座比它还高的楼，还要在楼上插上五星红旗。这虽然只是一个玩笑，但做大做强中国企业，让中国企业有朝一日雄踞全球，这应该是每个有报国之志、有责任感的企业家的梦想。金融海啸无法阻绝中国全球化的步伐，站在岸上的人永远学不会游泳，只有增强自身实力，才能在未来搏击风浪、扬帆远航——中国如此，平安如此。

11. 将制度建立在流程上

讲在嘴上的制度是给人听的，写在纸上的制度是给人看的，落实在流程上的制度才是可靠的。制度的执行不能都依赖个人的自觉性。

【与秦朔、吴晓波的谈话】

标签：管理　流程　执行　制度建设

很多企业都在强调和推行制度化建设，希望一个完美的制度可以落实为行动，深化到员工的思想观念中。这些大大小小的制度，有些是讲在嘴里，有些是写在纸上或挂在墙上，还有些被印制成书，广为发放，但是仅仅靠语言、文字，这些制度有多少人认真听、仔细看呢？仅仅通过教育和宣导，或是一些奖惩和警示，这样的制度又能有多可靠，多长久呢？

平安过去也曾经把制度挂在嘴上，写在纸上，随着企业规模越来越大，我们发现，制度的执行，不能仅仅依靠个人的自觉性，任何一个人的一念之差，都可能给组织带来巨大风险，只有当制度不以个人的意志为转移时，才能真正得到落实。对此，平安通过多年的探索和实践，提出了一个具有颠覆性意义的制度建设理念：将制度建立在流程上。

何谓流程？简单地说，就是"先做什么、接着做什么、最后做什么"。任何事情和工作都可以分解成一定的程序、步骤或是部分，比如一张高考试卷，学生名字完全密封后，再将题目分解成若干个部分，每个部分由不同的阅卷老师负责，专攻这几道题的批改，这样就提高了阅卷的准确度和效率，避免由于个人或主观原因出现差错，同时也方便进行全程监督，出现了问题也能马上追究到责任人。

将流程运用到企业管理中来，做好流程的分析、建立和管理，能够帮助企业降低成本、规范业务经营、提高服务质量、提升综合竞争力。平安的流程化改革从最初的观念萌芽到平安后援中心的落成运营，足足用了10年的时间。很多参观过平安位于上海张江的后援中心的人，都会在脑海里深深刻下"金融工厂"这样一个概念。平安借鉴了汇丰、花旗等国际大型金融机构的成功经验，获得了麦肯锡等优秀专家团队的支持协助，通过对金融业的流程分析和规范，将保险、银行、资产管理、信托、证券等各个子公司进行前、中、后台分离和后台集中，运用工厂化、标准化和流程化的作业模式，将后台的庞杂工作进行科学的隔离和分工，使每个岗位的工作更细、更专业和更严格，也有效地减少了个人意志和主观性的影响，使制度更加严格地深入到了每个岗位和每个流程之中。

后援集中的优势之一是标准化，几千个机构一个标准，可以有效控制风险，提升效率，降低成本。比如说一张保单有十几个要素，过去由当地机构的某一个人来负责输入，现在我们将全国各地的保单集中到后援中心，引入像工厂一样的保单"流水线"，所有保单按照一个标准来完成，每人只负责中间一个要素的填写，同一个要素有两个人来填写，这样保单信息的准确度和完成效率得到了很大的提高，操作风险得到了切实的管控。我们将后援集中和流程化改革运用到寿险理赔上，通过专业化分工、分级授权的方法，改变了过去一个人承担多项职能的做法，降低了道德风险和操作风险；运用在车险理赔上，案件全部通过集中后台处理，不仅提高了效率，而且减少了定损核赔的"猫腻"，基本杜绝了道德风险。

后援集中的优势还体现在将报表和审批流程由自下而上改变为自上而下，杜绝违规风险。例如某一个分公司经理，吃完饭需要报销3 000元，过去只要当地财务经理批准就可以报销了，也许这项支出几十年都不可能被检查到。后援集中后，发票从当地的机构直接扫描到上海，上海的后台人员首先检查发票的有效性，然后看报销人账户上有没有钱（我们是收支两条线的），查看审批权限对不对，如果都是正确的就进行处理，最后再给财务经理批准。为了防止出现差错，同样的工作由两个人同时来做，互相核对。在这个过程中，后台审核的人根本不认识这个分公司经理，报销人是随意排号的，像美国领事馆签证，排到谁就是谁。批准以后，系统就直接通知银行付款，将3 000元钱打到个人账上。这个流程设计改事后检查为事前、事中、事后审批，风险管控前移；审批分为前、后台，人员相互隔离，避免操作风险；报表从上到下，不给违规行为留下任何空间。

这就是用流程来保证制度落实的力量。正是有了严格的流程化经营，和全国后援中心的统一运作，我们的制度才能真正落到实处，才能从根本上杜绝违规和道德风险，从而有力地支持了公司业务的快速发展。

将制度建立在流程上，这才是制度的最高境界。

12. 从"条条块块"到"矩阵式"管理

一位国有企业领导看到平安下面十多家子公司，对我讲了一句感慨的话："一个孩子太难管，三个孩子反而容易管，九个的话，那是彻底没法管。"平安在成长的过程中，从"块块管理"到"条条管理"，再到"矩阵式管理"，形成了一个独特的管理模式，有效地避免了业务多元化、机构大型化等带来的管理困境。

【与秦朔、吴晓波的谈话】

标签：管理 公司史 矩阵式管理

平安的成长历程也许谈不上顺风顺水，但确实在公司大型化、复杂化的过程中，企业管控能力不是在削弱，而是在增强。平安的管控模式有三个演进阶段：从块块管理到条条管理，再到目前的矩阵式管理。我认为，这几种管控模式各有利弊，企业需要根据自身发展阶段，采取最适宜的方式。

创业时期（1988~1994年），我们实行的是以各地分支机构为管控中心的"块块模式"。块块管理的好处是决策做得快，市场反应快，容易调动一线积极性，特别是在事业发展的初期，跑马圈地、打拼市场的过程中，这种体制有巨大优势。但是对大型企业来讲，它的弊端不少。第一，不利于标准化管理，各分支机构的成败全决定在当地一个领导身上，而不是依靠一套稳定的组织系统来管控。容易导致各地的管理落差大，好的很好，差的很差。第二，不利于经验的积累与分享。各地机构有差异化，没有标准化。第三，不利于风险控制。这种管理模式，每个机构麻雀虽小，五脏俱全，难于实现资源集中，不利于对风险进行统一管控。总之，在企业做大的情况下，容易导致企业陷入发展瓶颈，当规模做大了，经营复杂了，再继续发展就陷入困境了。

1994~2002年，平安开始向"条条管理"演进。不管财务上资金统收统支、人力上的垂直管理还是后援集中平台的建设等，管理演进过程应该是一个总公司集权的过程。条条管理的好处，从发展上来看，容易实现标准化，风险容易管控，成本效益好，适合中型、大型企业的规模。条条式的管理，必须有强大的总部。条条式管理为主的企业，总部作为头脑很发达，机构作为身体也很发达。它在战略的推行效率上、风险合规的管控上、节约成本的考量上，都是非常好的管理模式，各地机构可以不断积累、分享经验。条条管理的弊病是决策链条加长，对市场变化反应较慢，而且各地市场、各个专业公司面对的客户群都有较大差异，条条管理容易出现"一刀切"，作出的策略、产品，很有可能并不符合所在市场的要求。所以对条条管理来讲，要更注重上下信息交流，同时，它对人员素质、决策流程设计都提出更高要求。

2004年之后，平安旗下有了产险、寿险、银行、证券、信托等多个经营牌照，出现了产品多元、市场分散、业务繁杂、部门庞大的新形势，这时，我们开始不断优化、磨合"矩阵式管理"。集团层面形成了行政管理、财务企划、人力资源、内控等四大中心，与各个业务系列匹配出了新的管控模式。"矩阵式管理"在资源共享、风险管控、协同效应等方面有巨大优势，能有效避免如各专业公司信息交换迟缓、客户被不同系列推诿、产品销售不能共享渠道等新问题。

从平安的运营来看，"矩阵式管理"弥补了垂直向下的条条型管理的不足。第一，在集权与分权之中找到一种平衡，使各个部门之间相互监督、相互协调。每一件事情都有人负责，同时，又不是"一言堂"，避免了权力滥用。第二，各个经营单元实现了广泛的资源共享。第三，各个经营单元容易"观测"到彼此的举动，实现市场联动效应。比如平安的品牌管理，集团要负责总体的品牌战略规划及年度策略。但战略和策略并不是品牌宣传部的一把手一个人可以决定的，他需要和各子公司分别探讨各业务线的年度竞争策略、品牌资源配置、重大项目执行，然后再把各条线的目标和需求，统筹到一个大的框架中来，形成整体策略。这样，既保证了集团整体的品牌形象和统一的行动步骤，又结合了各子公司不同的业务特性，有效地支持业务的发展。可以看出，矩阵式管理，需要强大而又高效的沟通平台。

这也许正是这个模式的弱势所在：沟通成本。我们在推进这种管控模式时，考虑到会有如沟通量加大，审批流程延长，原来需要一位领导审批的项目，现在可能需要多个环节的领导负责，出现互相扯皮、多头领导、官僚化等问题。

　　平安通过软性的文化浸润、硬性的技术手段等，保证了我们有效避免矩阵式管理的弊端。第一，公司一直以来倡导开放式的企业文化，每个人都能精诚协作，毫无保留地彼此配合，这个软性的文化因素能有效应对沟通增多的问题。第二，平安在未转向矩阵式管理前，各个职能部门的决策水平已经锻炼了多年，高效、负责是各个职能部门工作的共同准则。第三，审批流程和环节设计合理，在实践中进行不断优化，并辅助科技手段，加快信息流通速度。比如平安强大的网络办公系统，普及到 B 类干部的近万台掌上电脑系统（黑莓），都能帮助各级干部快速、及时对提交上的报批文件进行反馈。

　　平安的矩阵式管理是在流程上的管理，每个理念都有相应的流程对其物化，保证制度的落实。在平安，制度虚设是不大可能的，平安要防止的就是流程的僵化以及流程中信息流动的速度。灵活、高效、便于资源共享和内部沟通，能充分适应产品多元化、市场分散化、业务繁杂化、职能部门扩大化的现实，这是平安新管控模式通过不断优化、磨合要达到的目标。

13. "一流的战略、二流的执行"不如"二流的战略、一流的执行"

   对现代企业而言，拥有良好的战略、市场规模、核心技术、资本、品牌和人才相对较容易，而要有强大的执行力则非常困难。即使是一流的战略，如果不能得到彻底执行，也有可能背道而驰；而只要将战略执行到底、就能彻底胜出。

【在寿险区域事业部启动会上的讲话】

标签：企业管理　执行力　制度建设标准

2000年前后，为了摆脱利率变动对传统寿险产品的影响，平安启动了"凤凰计划"，引入了国外新型保险品种——"投资连接保险"。尽管前期规划准备充分，但却在产品推广过程中出现了若干偏离初衷的情况，很多省份出现了客户被误导后的"群诉现象"，平安也成了媒体关注的焦点。

当时，我们有36个二级机构，再加上三级机构，数量就更多，机构这么多，地域这么广，架构又不完善，在管控执行方面存在诸多缺漏。比如，保险公司营运的基础——《基本法》，各地统计出来居然有30多种版本，再比如投连产品的宣传材料，我们有89种，各地的营销体制，居然也有12种……一句话，机构各行其是，各自为政，总部发下去的规章制度都被束之高阁、藏于深闺了。

这场风波，经过一年多的"百万客户回访计划"，终于圆满地解决了。回顾整个事件，痛定思痛，我想最大的问题还是出在执行不力上。我们当时很多工作执行得不扎实，有些浮躁，一些部门和机构干部将许多事情都停留在口头上，开了许多会，做了许多备忘录，可不管用，都没有落实下去。有的是下了任务、文件，可都是一些文字性的描述，落实不了责任，也没有追踪监督；有的是只听好听的，报喜不报忧，短期行为突出。这些导致的结果就是公司很难准确了解机构的真实情况，机构和前线也很难了解公司的战略部署。2003年，在投连事件即将得到全面解决时，通过检讨公司自身问题，并结合国内外保险市场的发展状况与趋势，我以"我们别无选择"为题作了报告，提出了"品质优先、利润导向、规范管理、重在执行"的十六字方针。我尤其强调了"重在执行"这四个字，这一年也被定位为平安的执行年。

在报告中，我提出并回答了几个问题。

第一，执行与战略的关系。一家企业的成功不只在于战略，更重要的是执行力。良好的执行力是企业战略得到实施的必要条件，执行不到位，再完美的战略也是空中楼阁，再恢弘的愿景也是镜花水月。一流的执行能力是中外优秀企业的特质，没有一个执行力不到位的企业最终能够获得成功。因此执行应该是每一位管理者与员工的天职，每一个人都应从战略的高度和公司存亡的角度看待执行问题，将执行进行到底。

第二，执行力的保证要素是什么。既然执行是如此重要，一个执行动作又包含了哪几个因素？第一个是执行的标准，第二个是执行的纪律，第三个是执行的能力。这三者是执行的必要因素，任何一方面做不好、做不到位，都不能保证不折不扣地贯彻施行公司的计划、方案和战略。

首先，标准是执行的基础。平安这么大，不能一人一本账，一个机构一杆秤，客户在这个机构和在另一个机构办同样的业务碰到不同的接待、不同的办事流程，你认为他是什么感受？我是不是进到另一个平安了？多种执行标准、多种执行各自为政，这种情况一定要杜绝。还有一种情况，我也把它归于执行的标准问题，就是执行要有计划，要有考核，坚决杜绝做事没有章法、没有规划，全凭热情、感觉做事，很多事情草率上马，做完了也没人检查、考核，除了浪费人力、财力，我看不出有什么好处。我们分析，出现这些情况的根本原因，就在于我们总是以自我为中心，认为自己就是标准，自己心中自有一套"标准"。说得好听点，是有些机构领导走进了创新的误区，新官上任，一定要和前任搞不同，要不然显不出自己的水平，于是一个个创新、一个个标准就诞生了。说难听点，就是一些小农意识（缺乏大企业运作的理念，觉得自己什么都懂，不愿意服从标准）、鸡头文化（宁当鸡头，不当凤尾，喜欢标新立异，就不按公司定的标准走）、消极负面思维（没有全局观，有一点不同意见就否定或者拒绝执行公司标准）作祟。这些想法，当时的平安要不

得，现在的平安更要不得。平安要向汇丰学习，做到全球的3 000多个机构向客户提供一致的、规范的、标准化的作业流程和服务流程。

其次，纪律是执行的核心。没有纪律的军队打不了胜仗，没有纪律的业务队伍赢不了市场。夸夸其谈、光说不练，狂妄自大、居功自傲，表面一套、背后一套，当面不讲、背后乱讲，顽固不化、吹毛求疵，好出风头、只求功利，这些都是破坏执行纪律的表现。这些问题，在当时的公司都存在。现在有没有？大家要多作自我检查、自我批评，言者无罪、闻者足戒。这些表现归根到底是文化的问题，海尔叫得响的，一个是服务的标准，一个是产品的质量，无论是优秀的服务水平，还是良好的产品质量，背后都是海尔的执行文化在起作用。严格的纪律有利于形成良好的习惯，一致的、良好的行为习惯慢慢形成优秀的文化，优秀的文化能够增强组织凝聚力，所有的人心往一处使，力往一处使，后来的新人自然就会与公司制度和纪律保持一致。

最后，能力是执行的关键。个人素质是一个团队执行能力强弱的基础。一个团队的执行能力如何？要看团队的组织理解力、组织行动力、组织掌控力、组织推动力和组织持续力。影响执行能力的情况也有几种表现：只见树木、不见森林，眼高手低、好高骛远，滥竽充数、不求上进，一盘散沙、各行其是，虎头蛇尾、有始无终。出现这些不良的现象同样是文化上出了问题。一个团队拥有共同的文化，组织体对规划、战略必然有相同的理解，从而形成一致的行动，在良好的组织秩序和管控下，达到最大限度消除内部障碍和外部影响，将工作持续、深入地推动下去的目的。

第三，针对执行不力的情况，要从标准、纪律、能力上入手解决。

在标准上，不仅要强调高度一致，而且要有详细的行动方案和周密的计划。服务标准、人员标准、营运标准都应该统一，做出去就要在客户心中形成统一印象：一个形象、一个微笑、一个方式、一个思维、一个声音、一个品牌。

在纪律上，严格遵守规章制度，并通过严格的考核措施来保证。有几个共识，我们一定要形成：下级服从上级，个人服从组织，局部服从整体；公司的决定必须无条件执行；执行是职业经理人的天职，不管同意不同意，理解不理解，一旦形成决议，必须坚决贯彻；不同意见可以通过正常渠道反映，但绝不能作为不执行或者不完全执行的借口。这些都是我们严守执行纪律的保证。

在能力上，我们强调团队的执行能力，强调锲而不舍的持续力，协调、合作、激情、责任，要拧成一股绳，团结一致，创造性地运用企业资本和核心技能，形成平安卓越的执行力。

再回到文章开头提到的"投连事件"。平安决定执行"百万客户回访计划"后，严格强调了执行标准、执行纪律，并选拔能力强的人进行操作。为了确保回访执行质量，电话中心每天抽取50%已完成操作的客户进行电话跟踪，形成每周报表，并直接向我汇报，各个分公司内勤每天抽取10%以上已完成操作的客户，一周后进行上门跟踪，检查质量。这项计划历时500天，到2004年5月31日，平安累计成功回访投连客户118万人，投连投诉率下降至系统正常水平，杜绝了群诉件发生率，诉讼件得以有效控制，客户满意度提升。2003年9月，"世纪理财"一年后续保率为93.2%，甚至高过了其他保险产品。

事实证明，投连险其实是个很好的产品，近年来随着中国投资市场的活跃，这类产品也越来越受到客户的欢迎。但即使是一流的产品或项目，如果不能执行到位，也有可能成为众矢之的。有人说"一流的战略、二流的执行"不如"二流的战略、一流的执行"，就是这个道理。对现代企业而言，拥有良好的战略、市场规模、核心技术、资本、品牌和人才相对较容易，而要有一流的执行力则非常困难。好企业和差企业的差别就在于此，表现良好的员工和表现不佳的员工的差别也在于此。所以，执行力就是核心竞争力，是迈向事业成功的关键，小到个人，大到企业和国家，只有形成了强大的执行力，才能获得持久的成功。

14. 以行为知

人类行为学中有两种理论：第一，先有行为的转变，再有认识的提升；第二，先有认识的提高，再有行为的转变。在许多的管理实践中，往往是行为和制度先行，然后才慢慢转变人的观念和思想。

【考勤与制度化——从迟到曲线看管理文化】

标签：企业管理　制度建设　规则　中西差异

在19世纪的英国伦敦，为了疏导日益拥挤的交通，减少事故的发生，第一次制定了红绿灯的交通规则。这项规定当时遭到大多数人的反对，人们认为该怎么走路是每一个人的自由，不应当受到限制。但真正使用一段时间后，整个城市的交通秩序得到了明显的改善，事故也大大减少，人们开始认识到红绿灯的设置是非常有必要的。而随着汽车和公路交通的进一步普及，红绿灯的使用也逐步扩大到全世界，成为现代日常交通必不可少的一部分。

这个事例让我认识到很多行之有效的方法和规则是需要靠制度和行为做先导，形成很好的效果，然后才能在人的观念上实现转变，而自下而上通过人们的思想认同观念统一来推动制度和行为的改变则是很难的。在21世纪的今天，在企业的日常管理中，有时候也需要转变管理思路，遵循以行为知，用行为来促进认识转变的认知规律，最终实现企业的管理目标。

上下班门禁考勤制度是平安最基本、最重要的管理制度之一。20世纪末，平安总部还没有实行门禁制度，也没有正式的考勤管理。随着业务增长，大楼里的人数越来越多，上班迟到现象越来越严重。平均每天迟到100多人，占到了员工总数的

3%左右。同时，由于没有门禁制度，楼内难免人流混杂，安全隐患突显。为了改变这种情况，公司设立门禁实行上下班考勤制度，对迟到现象按章处罚，效果非常明显：首先，迟到人数呈直线迅速下降，缩减到平均不到10人次，而且迟到原因都确实情有可原。次之，是大楼治安明显好转，各楼层到处游荡的闲杂人不见了，失窃现象骤减。再次，公司门禁管理严格高效，也给外界树立了一种严谨、有序的职场形象。

当然这样做也不是没有压力。我最初向人事部提出实行门禁加考勤的建议时，他们并不赞成，而是希望通过思想教育和引导的方式减少员工的迟到行为。人事部还做了一定范围内员工的意见调查，显示有90%以上的员工不赞成，主要的质疑理由是"不符合人本主义，是对员工的不信任"。不少干部也不理解：我们的员工真的很卖力了，加班加点很普遍，有必要为迟到几分钟和他们计较吗？但随着诸多益处的显现，推行一年之后再次做的调查结果变为"超过70%的员工认为实行门禁和考勤很有必要"，员工们看到效果，对实施门禁考勤制度的认识和理解加深了，逐渐达成共识：在一座容纳数千人的大楼里办公，没有规矩不成方圆，严格的制度和规定，对维护一个良好的共同环境是很有必要的。

门禁实行一段时间以后，人事部的同事认为，我们的员工已经养成良好的习惯，出于人性化考虑，人力资源部尝试推出了"善意迟到"的考勤规定——对在一个自然月份内少于3次（包括3次），因交通堵塞、突发事情、不可控因素等原因导致的善意迟到，原则上不予考核扣分。结果在"善意迟到"推行不到两个月，迟到人数直线上升，很快就达到考勤制度使用前的水平。当时，公司员工中，据说最流行的见面语是"怎么样，这个月的迟到指标用完了吗？"

明明是一个为塞车等特殊原因安排的善意举措，到了执行阶段，变成了可以堂而皇之使用的"指标"，不用白不用。后来人力资源部门再次调整考勤规则，取消"善意迟到"，换以新增规定——迟到者可以通过网上考勤系统，向其上级解释原因，除非的确事出有因，否则照规定给予处罚。随着新规出台，"迟到曲线"应声而落，从2006年3月份的近160人，骤降到4月份的10人左右。

伴随着"迟到曲线"的一上两下和员工们对新考勤制度的认识深化，最终大家接受了这一制度，也实实在在看到了制度的好处。我们在公司内部其他的一些重大管理变革的过程中，也不断体会这种管理思路带来的启发。比如我们在全系统实现的公章上收项目。这个项目开始前，我们内部开了一次省级分公司领导出席的研讨会，商讨可行性。结果，不出我所料：90%以上的人都是反对的。反对的理由五花八门：其他的公司都没有这样做，没有先例，为什么？这根本不符合国情，工作没有办法开展；太影响效率了，业务没法做等等。甚至还有一些同事说，这个项目推行，平安的业务会丢失20%~30%……

会议过程中，我和主持会议的孙建一耳语了几句：算了，（原定的）下午讨论会别开了，干脆让大家外出参观。然后，我们坚决地将这个制度推行了下去。

从传统的习惯来看，他们的想法确实有一定的道理，公章是中国特有的存在方式，一个机构和单位领导，公章是他们权力的一个部分，没有了公章，就好像失去了部分权力。但从另外一个方面看，我们有几千个机构，单位、部门公章共有近8 800个，任何一个人滥用公章都会给整个公司造成巨大的损失。因此不能将制度建立在对人的道德操守的完全信任上，而应当采取行之有效的方式对权力的使用进行合理的制约。项目推行后，借助后援集中平台的优势及相关科技手段的运用，大家并未感觉到公章上收后工作效率有降低，我们的业务也没有遭受任何损失。而上收带来的经营风险的降低则使各级干部深受其益，一个省级机构，几十个公章在下面，大家原来坐在火山口上的感觉顿时消失了。平安的各级干部和员工也逐渐习惯和认同了这一做法。

以行为知，不是说我们的决策不需要民主，不需要上下的沟通与调研，而是说我们需要跳出一些自以为是的偏见。有些管理的变革，我们不能等人的观念全部到位了才去行动，而是需要先把制度立起来，规则行下去，然后在执行的过程中，慢慢地改变人的观念，让大家看到变化，看到效果，才能转变思想，知行合一，达成目标。这就有点像"红绿灯"的设置，起初肯定是很多人都反对的，但恰恰是因为红绿灯对人行为的限制，我们的出行才会更加顺畅，才会更加安全。到现在，所有人一出生就被父母言传身教，过马路要看红绿灯，已经不会有人去质疑红绿灯的必要性了，这些规则和制度已经内化成人们统一的认识和普遍的规则，成为现代文明的一部分。

15. 小胜靠个人，中胜靠机遇，大胜靠平台

随着国际市场竞争格局的变化与激烈程度的加剧，在未来的竞争中，要取得不受威胁、不被动摇的市场地位，必须从目前单个核心要素的对抗，转为整体平台之间的竞争。可以说，"小胜靠个人、中胜靠机遇、大胜靠平台"。

【系统工作会议上的讲话：我们别无选择IV——一个梦想的实现】

标签：企业管理　经营　平台建设　制度建设

连着几年，我一直在用"别无选择"这个题目作年度报告。2004年的时候，麦肯锡的资深董事Peter Walker先生和我讨论，他认为成功的企业有一个共同的特征：较高的紧张程度、迫切性和持续深入的推动力，这是一家企业保持内在活力所需要的。"别无选择"这个词语就给人这种感觉，一种压力感、紧张感与迫切感。

连续几年的"别无选择"有内在的逻辑。我们从价值文化讲到执行，又从执行讲到制度，能形成这种逻辑并不是刻意的，是与公司发展与提升进步一脉相随的。2006年年度工作会议的报告，继续延续前几年的内容，除了"领先"外，我们提到了另一个关键词"平台"。就我看来，平台建设是制度建设的延伸，平台制胜是比制度制胜更高层次的理解，平台是比制度更高范畴的竞争利器。平台的含义，是全方位的优势集合，不仅包括制度方面，还有组织方面、业务方面。通过平台达到的领先，强调的是持续、全面的领先，不是一时一地或者某项业务的领先。

回顾中国金融行业的发展历史，依靠一个产品"一招鲜，吃遍天"的经营方式，你可以在小于百亿元的规模上打打闹闹，可以和国内其他企业过个三招两式，也可

以取得一段时间、个别城市的领先。但是，这种情况已经不适合平安了，我们已经站上了千亿元级别的竞争平台，要向更高的平台挑战。放眼四周，哪家国际领先的企业不是在万亿元规模的平台上挥斥方遒，引导金融消费潮流？我们要追赶它们，挑战它们，要承受万亿元级的竞争强度，最终成为国际领先的综合金融服务集团，而这必须打造多方面的竞争要素，必须转变到构筑强大的平台上，依靠全方位的优势与它们抗衡争胜。

依靠三五个强人，我们能取得一些小胜利；靠市场给的机遇，我们能取得一些中等级别的胜利；但要实现真正的大胜利，我们必须依靠平台。这就是我说的"小胜靠个人，中胜靠机遇，大胜靠平台"。强人不可能恒强，机遇不会总有，有也不是总能抓住，只有以优势集合存在的平台才是实在的制胜法宝，它不会因为任何客观因素的不稳定而垮掉。

如何建立领先的、能追赶国际领先公司的平台，这是我们要认真探讨的重点之一。在平安看来，构建持续领先的平台，核心是构建制度平台、组织平台和业务平台。把制度平台作为我们的核心竞争力，不断提升和完善；加快建立以客户为中心的组织平台，发挥集团协同效应，为客户提供多元的综合金融服务；有效提升销售队伍素质与产能，促进业务单位快速、均衡发展，建立领先的业务平台。

第一，我们要建立领先的制度平台。制度平台是公司发展的基础。

平安的制度建设是依照全球最佳典范来操作的，力争促进公司运作标准化、流程化。在制度化的过程中，执行力是确保制度建设成功完成的核心关键。提升执行能力的重点，是在不断强化个人与组织专业能力的同时，注重细节，将公司整体战略在每一个个体的工作中贯彻到位。我认为，提升和完善制度平台是每一位职业经理人的天职，经理人在任期间，能够根据公司的制度和标准，在自己的岗位上建立起一个完善的平台，让下一任经理接任时，可以尽快熟悉工作规范与流程，迅速开展工作并不折不扣地达成各项工作目标，这样的经理人，才是真正胜任的经理人。

第二，我们要建立以客户为中心的组织平台。

这包括建立客户平台、渠道平台、产品平台、后援平台。从另一个角度来讲，我们的平台建设要着眼全球，客户、渠道、产品、后援，都要放在全球这个大平台上来考虑。

2005年10月份，我接受三星集团会长的邀请到韩国参观，了解到三星一个非常重要的战略——全球化发展战略。三星的会长认为，一家企业的发展应尽可能避免受到本国经济周期起伏的影响，应建立起全球化资产组合，达到分散投资风险、提高投资收益水平的目标。在这个战略的指导下，5年半时间内，三星集团的海外资产达到总资产的40%。受此启发，我们也要努力实现平台的全球化，首先考虑资产配置的全球化，以后条件成熟再谋求客户、渠道、产品、后援的全球化建设。也许有同事会问：这对平安来说，是不是想得太大、太多了？当然不是！我坚信，凭借平安的优势与发展速度，再过10~20年，平安一定能与国际顶级的金融机构相提并论。

第三，我们要建立坚不可摧的业务平台。

市值的领先是平安整体领先的重要指标，市值的领先需要规模庞大的利润，需要我们各个业务系列、各个分支机构都快速、均衡的发展，为集团作出最大的贡献。

但是，我们必须看到，平安目前的发展并不平衡。寿险贡献了大头，银行、投资所占比例还不多。另外，在三级机构建设上，FYP①起码要达到300万，才能勉强算是一个不容易被动摇的平台。平安的机构经营文化应转变过来，每个机构一把手都必须深入思考如何提升业务平台，在作经营规划时，把和市场比、和竞争对手比作为第一重要的考核指标，从一把手落实到每个层级。

2006年1月9日，系统工作会议的一个多月前，是一个值得我们记住的日子。这一天，公司在香港市场股票交易的收市价格为每股16.25港元，意味着公司的市值首次突破1 000亿元。大约10年前，1995年7月，我向公司1 000名员工推荐了一本书，书名叫《亿兆传奇》，讲述的是台湾国泰人寿的成长历程。国泰公司用30年时间，成长为总资产达4 000亿元新台币（折算成人民币约是1 000亿元）、台湾最大的本土保险企业。当时我还写了一篇题为《共写平安传奇》的读后感，"……在这个处于社会重大变革的非常时期，聚集在平安的旗帜下的，是一群理想主义者……我们一定能够创造出比国泰人寿更壮观的奇迹"。

10年过去了，平安到达1 000亿元的市值目标了！接下来，就要看我们要用多少时间进入万亿元市值的俱乐部。我们要谋求的是大胜，而要实现这个大胜，一定要扎扎实实地做好平台建设，打好基础，做大平台，进一步提升综合竞争能力。

---

① FYP：First Year Premiun，首年度标准保费，是衡量保费规模的一个指标。

16. 绩效问责是落实战略的重要平台

绩效问责管理制度的核心是：将公司战略转变为年度计划和目标，之后将年度计划和目标再分解到单位、部门、个人的工作计划和目标当中，使每个单位和个人都有着清晰的工作目标和计划，而每个单位和个人工作目标的实现构成和保证了集团整体战略目标的实现，使得整个集团的战略目标和发展计划环环相扣、紧密衔接，始终保持集团向一个共同的目标和方向发展。

【2009 年"号角行动"启动会上的讲话】

标签：企业经营　管理　绩效问责　制度建设

绩效管理，在平安已经有近10年的推广历史，10年间，我们在摸索中积累形成了一套相对完整的绩效管理理念和方法体系。2009年以"号角行动"为代号，平安在对干部进行绩效问责管理的基础上，进一步将绩效问责向全员推广。

企业的经营管理，一定会碰到如何解决战略落实的问题，比如如何才能将企业战略与个人发展目标有效联结起来。在平安，绩效问责制度有效地解决了这个问题。

第一，一般来说，中长期战略（5年或10年规划）明确以后，平安会定期制定三年滚动规划。这个三年规划将从集团到各专业公司的执行官开始，向下层层分解，最终落实到每一位干部的任期目标中、每一位员工的工作目标中。

在平安，每一位干部除了有明确具体的当年任务目标外，还具有滚动、更新的三年或五年问责目标。我们的执行官和我每年都要定一个目标，每年进行滚动和检讨。比如每位执行官每个月都会通过绩效管理系统向我提交一份报告，告诉我当月做了什么，哪些做到了，哪些没有做到，没有做到的原因是什么。我则会告诉他我对他有什么要求，有哪些需要注意的地方等。通过问责管理，平安可以从上到下引导干部树立长期经营的观念和整体经营的意识，克服原来存在的短期行为现象。

第二，绩效管理还需要有效的过程管理。平安非常关注绩效目标实现的过程中，主管与下属的绩效沟通和反馈。

任务目标必须靠人实现。所以，问责制十分重视每一位主管平时对下属的辅导。我们专门设立了"绩效日"机制，每个月的5日前，全国平安的各级干部，都必须通过IT系统，对年度绩效目标的进度开展跟进、检视、反馈、指导，确保每一位主管在日常的经营过程中能够结合工作及时地辅导下属，帮助他们提高素质能力。当干部逐渐意识到问责制是辅导下属成长的好工具、好平台后，它就能真正成为每一位主管的自觉行为，成为平安有别于其他企业的重要文化特征。

第三，平安推行的绩效问责是权责对等、奖惩落实，真正的"绩效导向、成败全责"，与"干部能上能下"的用人文化一脉相承，独具平安特色。

责任明确以后，我们还明确每一个岗位的关键职权，包括业务管理权、财务支配权以及人事权，以保障干部围绕责任目标，更好地配置资源，完成任务。我们努力使问责目标具体而可衡量，并做到定期检视。干部的升降奖惩均将与问责目标达成情况紧密挂钩，做到"公平、公正、公开"地对待干部，从而树立清晰的绩效导向。

绩效问责制可以使战略落地，可以让工作目标更加清晰，可以让各级员工、干部得到更快成长。平安取得优异业绩的重要原因之一，就是我们始终坚持了"竞争、激励、淘汰"的三大机制，面对日渐庞大的集团，如何继续保持活力，避免许多大企业的通病，绩效问责制树立的"绩效导向、成败全责"的经营文化发挥了巨大作用。

17. 坚持创新中求发展

作为一艘扬帆起航的小船，我们要赶超已经遥遥领先的大船、就必须先行一步创新，不断尝试新的航线、新的动力来源、新的操控方法，配备经验更丰富的船员，唯有如此才可能超速前进，后来居上。

【如何驾驭平安这艘巨轮——在麦肯锡全球合伙人大会上的讲演】

标签：企业发展　公司史　创新　改革

当今社会是"知识爆炸"的时代，科学知识正以史无前例的速度增长，并迅速实现着向生产力的转化。由此导致的"大鱼吃小鱼"、"快鱼吃慢鱼"的市场竞争特点，成为许多企业发展的客观环境。企业应当如何应对？精诚团结、努力作为之外，更关键的是对创新的不懈追求。

创新才能凝聚企业进步的新力量，创新才能产生企业发展的新动力。平安有句话叫"人无我有，人有我专，人专我新，人新我恒"，讲述的就是以创新制胜的道理。中国30年的改革开放，就是不断创新、不断试验的过程。平安的创新进取、稳健经营暗合了这个过程。作为中国第一家股份制保险公司，平安的诞生打破了国有保险公司独家垄断的市场格局，标志着中国保险市场开始进入竞争时代。作为一艘扬帆起航的小船，我们要赶超已经遥遥领先的大船，就必须先行一步创新，不断尝试新的航线、新的动力来源、新的操控方法，配备经验更丰富的船员，唯有如此才可能超速前进，后来居上。

平安以改革试验者的身份，先天所承担的使命就是探索新的发展模式，提升中国金融业的国际竞争力。中国经济改革初期，平安作为中国新时代的本土金融企业和创新试点，诞生在中国第一个改革开放的城市深圳。在中国很多现行模式与做法毫无先例、相关法规尚不完善的时候，我们大胆先行、先试、先探索。尽管我们在这个创新过程中遭遇了一些非议和阻力，政府监管部门还是以一贯开放的态度支持平安进行改革，支持平安作为中国企业改革创新的开创者，为中国企业体制机制、经营模式改革带来有益的探索和冲击。在中国金融保险企业中，平安是第一家建立员工持股计划、第一家引进外资股东、第一家聘请国际会计师进行审计、第一家大规模引进海外专业人才、第一家进行投资连接保险产品开发、第一家走综合金融经营道路……的企业，经过20年时间的检验，事实充分说明了平安所做工作的价值与意义。

比如，平安作为第一家聘请国际会计师进行审计的中国企业，在财政部《中华人民共和国会计法》的变革过程中，我们的一些成熟做法为法案的修改提供了借鉴。再如，投连事件因为市场经验不足等原因，在市场上产生了一些波折。对此，监管部门给予充分理解和支持的同时，与平安进行了充分沟通，共同认清了投资连结保险产品的市场经营规律，完善了投资类险种的相关法律法规。2007年前后，在法规以及市场条件成熟的情况下，市场上各家保险企业又开始销售投资连结保险类产品。我们虽然为产品换代付出了"第一个吃螃蟹"而被咬的代价，但更重要的是，我们提升了消费者的保险投资理念，促进了整个行业的产品升级。再如综合金融的实践，我们和监管部门努力沟通，申请先行先试的机会。一向以来，平安治理优秀、管控严密，经营稳健、业绩优良，种种表现都让监管部门放心，允许平安大胆去试验、去闯荡。我们为此付出了8年的时间去做这项极具挑战性的改革与试验，又一次承担了试验者、先行者的角色。

改革与创新有时候也有顾虑，需要冒一些风险。我们应该看到法律法规的完善是一个循序渐进的过程，应该看到改革的艰巨性、复杂性。与政府监管部门共同去探讨如何妥善处理改革和现行体制之间的矛盾和冲突，努力找到有利于改革创新的合适的策略及方法，既是平安善于创新、勇于创新的表现，也是平安积极推动行业进步、努力为行业发展探路的责任心的体现。

展望未来，我相信，只要大家的心愿一致——发展、改革，只要我们的目标一致——中华民族的崛起和复兴，平安就一定会继续在创新中求发展，坚定地走突破、创新之路。创新凝聚发展新力量，创新塑造发展新优势，创新将助力平安继续领跑市场。

18. 如果河上有桥，何必摸着石头过河

中国的改革开放是一个前无古人的事业，需要摸着石头过河。这是一个很好的探索前进的方法。但在某些领域或状况下，如果河上有桥，我们为什么不付一点过桥费然后快速地通过？这样不仅可以使我们少犯探索的错误，还帮我们赢得了时间和空间。

【同舟共济，直帆远航——中国加入世界贸易组织前的内部讲话】

标签：企业经营　咨询　麦肯锡　战略　管理

改革开放初期，大家对如何改革、如何开放这些知识和经验等方面的准备远远不够，这个时候，摸着石头过河是一个稳妥有效的方法，可以循序渐进地学习国外的先进经验、技术，发现问题及时调整步伐，从而稳健地推进改革。但是随着改革的深入与开放的扩大，以及对河对岸的状况有了更深入的理解和认识，我们就有可能通过付"过桥费"的方式来快速学习一些国外很成熟的技术和经验。

上桥过河，虽然我们付了点费用，但有两个好处：第一，帮助我们节省了时间；

第二，规避了"摸着石头过河"可能经历的风险。平安所处的金融保险业是一个快速发展的行业，急剧变化的市场环境，需要我们快速地学习和掌握先进的管理理念、行业知识及技能。这样才能快速跑步过河，追赶世界领先水平。另外一方面，金融保险业又是高风险行业，单纯靠自己摸索，很有可能碰上暗礁和漩涡，使我们事业的航船触礁或陷入深渊。上桥过河，可以让我们尽可能地减少这样的风险。

那么，什么样的桥梁值得我们付费通过呢？平安的一个经验是聘请以麦肯锡为代表的优秀咨询公司。我记得一本管理书籍里讲到，人类社会有三种最杰出的组织：行动速度以秒计的美国海军陆战队、组织发展最严密的天主教、始终掌握全世界大部分行业最顶尖技术和经验的麦肯锡。这个说法当然是有些夸张，但对麦肯锡的推崇是显而易见的。平安从1997年开始聘请麦肯锡为自己做战略，到现在已经12年了。

国内有些企业对待如何使用咨询公司是有误解的。有些人认为他们是全能的，一剂药方、一个方案下去，濒危企业就能立即起死回生；还有人认为他们没什么技术含量，是"数羊"的皮包公司——

"数羊"的说法来自于这样一个故事：一个牧羊人赶着一群羊，这时迎面走来一个西装革履的人对他说："我可以帮你数清你的羊群有几只羊。但是你要把一只羊作为报酬给我。"牧羊人答应了。随后，这个人用卫星定位技术和网络技术将信息发到总部的数据库。片刻后，他告诉牧羊人羊群共有1 110只羊，并抱走了其中的一只羊作为报酬。当他要离开的时候，牧羊人对他说："如果我能说出你是哪家公司的，你能否把羊还给我？"那人说"行"。牧羊人说："你是麦肯锡公司的。"那人很惊讶，问牧羊人是怎么知道的。"有三个理由足以让我知道：第一，我没有请你，你自己就找上门来；第二，你告诉了我一个我早已知道的东西，还要向我收费；第三，一看就知道你不懂我们这一行，你抱的根本不是羊，而是一只牧羊犬。"

这当然是一个夸张的玩笑故事。

这两种认识，在我看来都是片面的。在12年与麦肯锡沟通学习的过程中，我的体会是：第一，麦肯锡确实是全球最顶尖的企业研究机构，它掌握全球各大行业最先进的技术与经验，依靠大量的统计分析、案例证据来制订改革方案，可以为企业提供最佳的解决方案。第二，麦肯锡是方法论的高手，它不仅仅给出答案，更重要的是帮助我们如何思考问题，理出问题的逻辑线条，找出解决问题的路径和方法。第三，很多企业与麦肯锡合作不成功，并不一定是方案本身的问题，而是企业对方案的执行力不够。不少企业改革的文化还没有培育好，制度又没有跟上，使得改革方案执行起来七折八扣，最后又回到原路上去了。

借桥过河，最重要的是知行合一，落实执行。就平安而言，我们为了落实麦肯锡方案，从基层抽调了五六十名精干的人员，专门成立了战略发展中心（我们内部称为"小麦"），这些"小麦"跟着麦肯锡的专家一步一步操作、学习，负责推动方案在全国各地的落实，即便在麦肯锡走后，他们仍然负责方案的推动。这些人跟着麦肯锡学习，不出国门，就学到了先进的知识、方法，比如"七步成诗"、"金字塔"等一些方法论，系统思维能力也得到了充分训练，这些人日后都成为平安各个部门、专业公司的顶梁柱。除此之外，为了贯彻执行既定方案，我们还直接聘任了很多麦肯锡公司的人担当平安的干部。可以说，这些年来，平安在麦肯锡身上花了高额的过桥费，但与公司获得的收益相比，觉得还是非常值得的。

1997年、1998年，我们的保险业务加速成长，但整个公司的战略还不是十分清晰。在确定阶段性使命时，麦肯锡指出，个人寿险是公司的核心业务，为此公司加大了在寿险领域的人才和资源投入，公司的战略重心非常清晰地投向了寿险业务。战略领先可以说是很根本的，平安目前在中国寿险业的独特地位，一定程度上是战略的成功。再如麦肯锡在投资业务方面的咨询服务，使平安在业内首先将公司沉淀在机构中的资金集中，然后依据"银行利率下调而国债利息上扬"的提前预判，将投资资金引入了国债市场，这些策略安排帮助我们化解了大量投资风险，同时又获得了良好的投资收益。这个收益和我们付出的费用相比实在是九牛和一毛的关系。

平安为什么舍得花大钱请国际一流的咨询公司？因为它们为公司制定的战略的价值是无法估量的，我们买到的不仅是一个结论，更重要的是结论背后的逻辑和思考，这是一种方法论。同时，我们还建立起了如何执行战略的文化和机制，确保上下一致的行动。如果因为不熟悉国际金融业发展规律，造成战略定位的失误，那平安付出的代价将是无可挽回的。平安在各个专业领域都有咨询公司支持，可以说，善用咨询公司这座桥，是我们的一个经验。

当然，平安这20年付的过桥费远不只是在咨询公司身上。我们引进外资股东，引进海外管理人才，也是采用付费过桥、快速追赶的方式。正是以早年提出的"过桥论"为指导，抱着开放的胸襟，经过20年的实践，我们形成了目前独特的竞争优势，并逐步驶向"国际领先"的"快车道"。

19. 要想富，先修路

"要想富、先修路"。要想企业长期健康地发展，形成市场上有持续力的、独特的竞争优势，也需要一条路，这条路狭义来讲，是渠道，广义来说，就是通往未来的平台，包括管理、渠道、后援、制度、系统等多个方面。

【后援集中会议上的讲话】

标签：经营　管理　制度建设　平台

中国有句老话，"要想富，先修路"。对企业来说，要想获得长期、可持续的竞争优势，也需要一条坚实宽阔的道路，这条路狭义来讲，是渠道，广义来说，就是通往未来的平台，包括管理、渠道、后援、制度、系统等多个方面。

第一，建立平台如同修路，需要前期投入，对平台的投入必然影响目前业绩，但要认识到，投入是为了未来更好的回报。

销售与培训，这是一个矛盾统一体。要建立一个强大的培训平台，人力、物力、财力、时间的投入是一定需要的。短期来看，肯定会影响业务队伍的产能，但是长远来说，有效的培训能够大幅度提升业务队伍素质，继而大幅提升产能，所以这个培训平台的建设与投入是值得的。再比如，平安车险近两年的渠道专业化改革，我们要在人、财、物上投入，车行、综合开拓部、重点客服部，还有银行等渠道，因为调整，短期业绩肯定会有波动，或者前两年肯定会见不到效益。但是作为经过严格论证，能带来赢利的战略改革，我们必须要坚持下去。

第二，修路的过程，还会碰到困难，需要承担痛苦。好比修路时要征用土地，其中难免有矛盾发生。平台的搭建同样如此。

旧有的流程,人人都很习惯,大家配合得也很默契。现在,为了更好的效益,更大的市场,需要启用新的程序、引入新的技术,所以难免新老冲突,产生矛盾。我们的后援集中项目,因为涉及机构不少后援岗位的分流、工作地点的转移等问题,导致了一段时间里少数专业干部和员工的流失,对推动后援集中带来了一定的负面影响。这都是企业和员工要承担的阵痛。城市轨道交通建设中,为了更长久的方便、快捷,临时的嘈杂与喧嚣是大家要忍受的。

第三,道路一旦修好,相应的经济效益与社会效益是巨大的。平台一旦搭建起来,也具有这种特质。

电话销售渠道在节约费用、标准化服务等方面的优势,是其他渠道无法比拟的。平安为了发展这个远程销售平台,投入巨大,在客户资源积累与管理、营销策划与执行、销售队伍发展、核心系统改造等方面都进行了平台建设,销售队伍在两年内扩张了4倍。队伍与管理平台建立起来后,很快就打开了新的业务空间,电话销售车险业务占到整体车险业务的近三分之一,保费平台两年增长超过6倍。现在平安的新渠道(电话、网络销售等)业务运营出色,有些传统渠道销售的业务,比如寿险也被吸引过去,开始尝试通过这个渠道来进行个险产品销售,电话寿险业务2008年增长率超过300%。在此基础上,新渠道开始接纳信用卡、证券、中小企业信贷等方面的非保险业务,相信很快会产生巨大效益。

平安的其他一些创新项目,同样是投入巨大,但按照目前的发展情况与业绩数据,先期的平台建设投入是值得的。这条路一旦修好,爆发性的客户增长、业绩增长都是可以期待的。

随着国际市场竞争的格局变化与激烈程度的加剧,在未来的竞争中,要取得不受威胁、不被动摇的市场地位,必须从目前单个核心要素的对抗,转为整体平台之间的竞争。这个平台包括在考虑全局与未来的基础上,建立的一套规矩、流程或者系统。平安过去的20年,靠一双腿和一张嘴来做企业,我们强调通过激情与追求卓越来实现个人成功,进而实现团队成功,而现在和未来,我们更需要依靠系统、平台和道路来形成和巩固我们的核心竞争优势,这样我们才可以获得可持续的增长和更加长远的成功。

20. 正确看待做强与做大

要使企业保持长盛不衰，建立百年老店，必须要树立正确的经营观念，正确处理好规模、品质和利润三者之间的关系。

【促进公司业务持续、健康、长远发展——在经营工作会议上的讲话】

标签：企业经营 品质 规模 做大与做强

奥运之年，平安终于实现了挺进《财富》世界五百强的梦想，排在了第462位。2008年的早些时候，平安还有一个排名，在2008年《福布斯》全球上市公司2 000强中排名第293位。两个排名放在一起，让人感慨良多。

《财富》世界五百强的排名以公司年度收入为主要评定依据；《福布斯》全球上市公司2 000强则根据企业的销售额、市值、资产和利润四项指标进行综合评定。这两个榜单的指标都要求企业强大，而《财富》偏"大"，《福布斯》重"强"。筚路蓝缕二十载，平安取得的成绩被这些世界顶级的权威商业杂志排名认可，这证明平安的发展取得了阶段性成功。更重要的是，平安一项非常重要的经营理念"品质为先，利润导向"，得到了检验。平安已经改变了简单地追求规模、速度的经营方法，成功实践着以利润为导向，以品质为基础，既要做大更要做强的经营理念。

重品质，还是重规模？做强，还是做大？这个问题实际上是速度与效益的关系问题。从中国经济发展历史看，过于片面地追求数量和速度，其结果是投入多，产出少，消耗高，效益差。不管是国家经济还是上市企业，要加快发展是对的，但"快"是有条件的，也就是邓小平所说的：是没有水分的，实实在在的，注重效益、注重质量的快。这种"快"是我们真正的快。如果只是热衷于高投入，不注重质量、效益，一时速度上去了，代价却很大，最后还是掉下来，难以实现持续、健康、长远的发展。

2003年，平安在做上市辅导的时候，请摩根士丹利、高盛的专家帮助检视。这一检视的结果，真让我们吓了一跳。我们发现公司的经营确实存在不少问题，以前我们认为当年有利润就可以了，现在才知道公司按照这一思路做还是很危险的。如果有利润、有价值，但回报率是百分之一的话，没有人会投资这家公司。如果再算上上市的溢价倍数，例如上市溢价是10倍，那么回报率就是千分之一，谁还会要你的股票呢？所以，我们一再强调业务品质的重要性，我们提出在业务品质不好的时候要把规模压下来，当我们发现业务品质有问题，出现危机的时候，就要停止这项业务，因为业务品质是我们经营的基础与命脉。

处理好规模与品质的关系确实有挑战性，人总是容易被天文数字的业务数据和市场占有率这些衡量规模的指标所迷惑，忽视关系企业长久发展的品质、效益。我想起以前产险退出船舶险市场的情况，当时大家争议很大，我们的股东中曾经有经营船舶运输的，认为做船舶险的保费很容易，业务规模轻而易举能不断实现突破。但是我们也看到我们在这个市场上达不到很大的规模，相反，一条船沉下去，就要赔好几年，就算有分保，将来再保方还是会从分保手续费上摊回去的。所以，有的阶段，平安坚决地从一些市场中退出来，正是基于上面的道理。退出也能创造效益，一定情况下这句话是对的。

我们过去曾经主动调整过银行保险、团险的产品结构，主动放弃过车险及部分产险的市场。实际上平安作出这种决策是绝对必要的，实践证明，我们当时的选择也是完全正确的。平安在H股上市、回归A股都赢得了投资者的青睐就是证据。如果简单地要规模、要业务，当年我们在海外多成立几家保险公司，或者以国内保险公司的身份去接受国外的业务，每年数百亿元的保费规模不成问题。但那些基本上是效益极差的业务，我称之为"垃圾业务"——为了100亿元的保费，可能会付出500亿元的代价。过去国内有一家集团在海外下设了一家保险公司，经营了8年，接收了许多"垃圾业务"，最后赔了18个亿，不得不关门大吉。这是片面追求规模的活案例。

很多的企业和企业家都有做大的冲动，"大"本身不是坏事，但那种罔顾效益的做大是难以持久的，用巨大的资源消耗方式的做大是以牺牲股东利益和企业价值为代价的，得不偿失。平安要做金融业的"百年老店"，未来的路还有很长，"强"与"大"的辩证统一关系不可不明，只有真正的"强"，真正的"大"，才能达到"百年老店"的目标。

21. 做市场的主导者

我个人理解的"国际领先",是"全球范围的行业的领导者",领先者共有的三个特征是：市场的主导者、市场规则的制定者、市场价格的制定者。

【系统工作会议上的讲话：我们别无选择Ⅳ——一个梦想的实现】

标签：企业经营 战略 市场主导 国际化

20 05年，我们将公司的抱负从"国际一流"改成了"国际领先"，如果说当时我们对这个提法还处于探讨中，那么经过几年的思考，我们对这个新的目标，有了更深入、更全面的理解。在2006年的全系统工作会议上，我与到会的同仁分享的，就是"领先"二字的深刻含义。

我个人认为，"国际领先"至少包含三方面的内容：

第一，要成为市场的主导者，包括拥有最大的市场份额，最强的赢利能力，同时具有不可挑战、无法撼动的市场主导地位。

第二，要成为市场规则的制定者，包括建立产品标准、服务标准等行业标准，以及树立起业务规章、运作流程等行业典范。

第三，要成为市场价格的制定者，包括决定市场利率、承保价格、收费水平等。

从这三个方面来看，平安的首要立足争取目标是第一个方面：努力成为市场主要的主导者。

要做到"领先"实在不容易。一个产品或技术、一个阶段或时期的领先，不难；在某些行业中取得领先，不难；难的是要在金融行业里，取得长期的全面的领先，这是极为不易的。以平安的股东汇丰为例，它在文化、战略、人才、平台四大核心上为我们树立了标杆，值得我们深入研究学习。

第一，文化上，它时刻追求领先。对汇丰而言，每一项主要业务均要占据市场领导地位；而且，汇丰追求成为首选，是最佳人才的首选，也是客户的首选。汇丰追求成为备受客户推崇并首选的品牌；而且，汇丰坚守最高标准，始终恪守最高道德准则，并保持全球最高的一致性。

第二，战略上，卓越的公司立志成为市场的领导者，永远要快于市场。

首先是汇丰的"对照基准战略"，对照基准，就是永远拿自己的业绩与市场上最好的公司比。汇丰将国际顶尖金融机构像花旗集团、德意志银行、摩根大通银行、美洲银行、苏格兰皇家银行、西班牙桑坦德银行、瑞士联合银行集团等，作为自己的核心对照组，汇丰的业务经理、管理人员不断地观察对照组的业绩动态，把竞争对手的数据挂在办公室的墙上，时刻保持昂扬斗志，毫不懈怠。其次是汇丰的"领先市场战略"。汇丰时刻追求业务要快于市场，成本要低于市场，利润要持续增长。最后是汇丰的"高质量增长战略"。汇丰要求业务收入、利润的增长速度要始终快于成本增长速度；成本/收入比率要持续下降。

银行业巨头花旗，尽管在金融危机中严重受挫，但其经营管理方面的一些策略还是值得借鉴的。花旗首先遵循的是"市场份额领先战略"。通过比市场更快的增速，取得更大市场份额、更难以挑战的市场主导地位。早在数十年前，花旗就提出了这一点，以此为基础建立自身的市场战略，设立行业标准、门槛，让后来者很难与之并肩，而不是在他们取得市场主导地位之后，才喊出这样的口号。其次是"回报领先战略"：以ROE[①]为资本分配的首要原则，永远保持高于市场的ROE。再次是"成本领先战略"：实行最严格的预算、计划和成本控制，最好的几家公司，都在成本控制方面做得非常成功，不管是企划体系，还是预算体系，都是世界一流的。最后是"平衡发展战略"：汇丰学习花旗，将总部从香港搬到伦敦之后，在欧美、亚洲进行大规模收购，力求地区、行业发展平衡，确保多个稳固的利润来源，无论处于哪个经济发展周期，遇到什么市场波动，收入的稳定性都不会受到大的影响。

第三，人才上。对花旗来说，人才是领先的关键，花旗一直致力于"聘用、培养并留住最优秀的人才"。对汇丰而言，人才是领先的基础，汇丰一直以来做的是

---

① ROE：即净资产收益率（Rate of Return on Common Stockholders' Equity）的英文简称，又称股东权益报酬率。——编者注

"让汇丰的每一个人都成为行业中的佼佼者"。

第四，平台上。就业务平台而言，花旗、汇丰都拥有庞大的业务规模，全球高度一致的运作。花旗通过全球10 000多家分行服务着两亿客户，维持着8 662亿元人民币的销售收入，创造着年1 364亿元人民币的净利润，每年有400亿次各类交易。而汇丰也毫不逊色，8 600多家分行遍布全球，为1.2亿客户提供服务，创造着年近千亿元人民币的净利润。

管理平台上，花旗满足全球106个国家、420多家监管机构的监管要求，而且致力于不断推动当地监管政策革新。汇丰则满足了全球78个国家、350多家监管机构的监管要求，以最高的道德操守和专业水准，树立行业典范。两家企业执行全球一致的标准，在全球化的同时，实现了与地方文化的结合。

通过对比我们看到，平安要成为国际领先的综合金融服务集团，我们还有许多工作需要去做。首要之急是必须确立领先的思想和理念，思考、研究并制定出领先的策略。所有平安人都要力争将"领先"变成自己的DNA，将"领先"内化成为平安文化的一部分。无论做什么事情，一定要牢牢记着"领先"二字。

领先地位不可能一蹴而就，要实现领先，我们必须不断挑战新平台的高度。2006年公司的十六字方针，从过去几年的"品质优先、利润导向、遵纪守法、重在执行"，修改为"品质优先、利润导向、遵纪守法、挑战新高"，也是鼓励大家在今后的工作中，力争不断进取，持续突破，与公司一起不断跃上更高的平台。

22．"增长"指标是市场下达的

我们必须遵循资本市场的游戏规则，既然我们对市场承诺了，我们就必须不折不扣地做到。除了"超越市场的增长"，我们别无选择。

【"增长"——资本市场的核心游戏规则】

标签：企业管理　经营理念　增长　可持续发展

"**股**神"巴菲特曾说过，他数十年来选股的"投资精髓"是：一选行业，选择最好的朝阳行业；二选公司，在选中的行业中选择最优秀的公司，选公司的关键是看团队；三看价格，在价格合适时投资。符合这三项标准的公司，就是最具投资价值的公司。如果行业好，公司好，团队好，即使短期内价格较高，也值得长期投资。这就是巴菲特老先生数十年成功的秘诀。

巴菲特的"投资价值观"反应到资本市场，实际就是优秀企业的"增长法则"。"增长法则"，也可以简单称为"P/E法则①"。成功企业的增长、P/E和股价之间，往往是良性循环；增长快、P/E高的企业，容易从市场获得更多发展的资金，增长就更快，就会进一步维持或推高P/E。

因此，上市公司竞争的核心就是"增长"的竞争。成长性高的公司，即使短期内没有明显赢利，也会获得大量资金的青睐，因为投资者看重的是未来利润增长的潜力；反之，如果增长空间小，即使当前赢利很好，也不一定会被市场看好。如果没有增长，股票就等于债券，而且是有风险的债券，最终会被市场抛弃。

---

① 　P/E：即市盈率，为股价／每股净收益，代表一家上市企业的发展潜力。

　　平安要成为百年老店，要建成国际领先的综合金融集团，我们最核心的任务，就是遵从资本市场的游戏规则，追求"可持续、有价值、超越市场的增长"。为了做到这一点，我们始终强调"三比"的原则：和市场比、和计划比、和自己比。因此，增长永远不应该是简单的绝对值比较，而是始终以追求领先为目的，进行多个视角的相对比较。在一个竞争激烈、瞬息万变的市场上，只有时刻保持与对手比、与市场比的锐气和冲劲，永不松懈，才能长久保持强大的竞争优势。

　　第一，可持续的增长。在增长的这三个原则中，"可持续"最难，但又最重要、最关键。很多企业发展很快，但常常是"明星"变"流星"，大起大落。全球的成功经验证明，要成为"恒星"，除了要保持高增长以外，还要有支撑其持续高增长的平台，使其保持持续的竞争力。这个平台包括业务平台、管理平台、团队平台、服务平台等。它的作用是，即使宏观经济增长放缓了，关键岗位人员变动了，企业都能一如既往地保持稳健、快速地发展，企业的发展速度会超过宏观经济的增长速度。这些年来，我们一直大力推行的主管问责制（要求每个主管制订三年滚动计划和一年行动计划）、执行文化和制度化建设，目的就是要求和培养我们的各级主管，不仅要把业务做好，而且要把可持续增长的管理平台建好，每一位主管都要同时承担这两项责任。

　　办企业有时候就是百米冲刺的竞赛，而更多时候是一场马拉松的超强耐力赛，要领先，还要保持可持续的领先；要增长，还要确保可持续的增长。只有拥有超强耐力的企业，才会有长远的发展。

　　第二，有价值的增长。既然是增长，就一定要求有较好的规模，但更重要的是有利润的规模，这才是有价值的增长。不少公司发展的声势轰轰烈烈，摊子铺得很大，规模上得很快，但因为没有利润，泡沫总有一天会破灭，这样的教训数不胜数。对资本市场而言，一切以数字说话，归根结底看利润、看品质，规模只是一个参照因素。在规模和价值增长中如何取得平衡，最考验管理者的真本领。因此，我们每一个业务单位都要非常清醒地认识到，在做大规模的同时，必须不断优化业务品质，强化赢利能力，努力创造更多的利润，给公司现在和未来的发展创造价值。同时，这个利润也不是为了谋求短期的财务目标而拼尽很多资源获得的，而是确保未来持续增长的潜力的利润。

　　第三，超越市场的增长。任何一家公司上市以后，都时时刻刻受到公众、投资者、分析师的关注和研究，他们每天都在将同类型公司作比较，然后判断应该投资哪家公司。这种比较确实非常残酷，但没有公司可以摆脱和逃避，中国平安也不例外。因此，我们每一个业务系列，在制订发展规划和年度计划的时候，一定要将超越市场作为最基本的目标之一，有成为行业领跑者的决心，有引领市场的勇气，如果连市场都跑不赢，将无法向投资者交代！这也是我们对所有平安的经理们最起码的任职要求！

回到文章开头巴菲特的"投资价值观"，平安要成为最具投资价值的公司，同样关键是要选好行业，选好团队。

平安在行业层面的战略目标非常清晰，就是"有所为、有所不为"，集中在金融领域，我们会选择金融领域中最具前景的行业，放弃前景黯淡的行业；对于有前景的行业，如果我们能把握住增长机会，并拥有能让我们超越市场增长的管理团队，就果断投入最好的资源，力争成为行业的领先者。在团队层面，我们要找到能带领该项业务持续跑赢市场、进入行业前三名的团队，如果具备上述条件，就提供相应的资源和支持；如果团队能力不足，就果断地更换；如果行业和团队都不好，我们没有能力把握市场领先，我们就勇敢地从这个领域退出。

总结起来，我们对"增长"的理解就是三条：第一，它是平安经营发展最重要的原则；第二，增长指标不是集团下达的，而是市场下达的；第三，选择好的行业，选择有能力的团队，行业不好，就果断放弃，团队不好，就果断换人，如果行业和团队都不好，就退出。

23. 你的平安　我的承诺

"你的平安　我的承诺"，要兑现这种"承诺"，很不简单。如果说，我们以往的服务提升，是从公司后端至客户前端自内而外的优化，那么，新的服务承诺就是因客户需求而变，从前端至后端自外而内激发的改革，它要求我们革新服务观念，整合资源，改善我们的流程。

【承诺品牌运动项目讨论会】

标签：管理　服务　品牌　客户

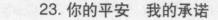

20 08年底，我和品牌宣传部、专业公司的负责人等同事反复沟通，最终确定在全国范围内、花至少一年的时间，打一场平安的"服务承诺"仗。我们把活动的口号定为——"你的平安　我的承诺"，主要内容就是平安集团下的各个专业公司，比如寿险、产险、养老险、银行、信托、证券等公司，向广大客户发出一个能切实提高其服务体验的承诺，寿险"主动为客户寻找理赔的理由"，车险"万元以下，资料齐全，三天赔付"，信用卡"挂失前72小时保障，最高达5万元"，银行"针对个人客户推出ATM（自助柜员机）取款免费、网银汇款免费以及网银安全保障"等七大服务。在2009年服务承诺的基础上，2010年，为了进一步树立服务标杆，提升客户体验，我们决心将服务承诺升级，车险万元以下案件理赔结案时效将从3天大幅缩短至1天，寿险全面推出"保单E服务"，帮助客户全天候办理30余项保单自助服务。

平安此次推出这个品牌运动，原因有二：

第一，凭借不断创新的服务模式，这些年，平安品牌得到了广大客户的信赖，获得了很好的口碑和很高的美誉度，但是，随着公司的壮大，平安有号召力、有区隔的服务形象变得不再清晰和鲜明，客户对行业的一些负面理解也被带进了对平安的品牌认知中。作为立足本土，重视客户需求的一家金融企业，此次活动，我们在分析了客户实际需求，针对"投保容易理赔难"、"车辆发生状况时理赔时效太慢"、"信用卡丢失缺少保障"等客户感受，有针对性地推出了系列"承诺"，期望客户享受到全新的消费体验，塑造平安"服务至上"的品牌形象。

第二，与历年品牌运动不同之处是，我们希望平安把承诺喊出来，然后依据承诺内容改善我们的服务工作。换句话来说，外塑品牌不是我们的最终目的，我们最终希望达到如下效果：通过公开喊出的承诺，整合各方资源，从集团层面自上而下推动公司服务改革，改变服务理念，改善内部服务流程，最终提升客户的消费体验。

承诺运动推出一年以来，平安的各家专业公司的服务水准出现了实实在在的变化。

以寿险为例。一直以来，寿险理赔流程的内部改善都在不断进行，但是"信守合约，为客户寻找理赔的理由"还是带给我们很多压力。从对内部以往拒赔案件的梳理，到理赔部门从风险管控向风险控制＋服务一体的转型等，都是一系列重大改变。经过努力，最近的统计数据显示，平安寿险的拒赔率、案件诉讼率有了很大程度的下降。

寿险公司告诉我的一个例子是这样的，有一位江苏淮安的平安客户，肿瘤手术后，亲属向平安申请赔付5 000元。但是30个小时后，平安理赔人员打电话给他们说，平安将为他们理赔6.5万元。为什么呢？因为我们的理赔人员处理资料时发现，客户所患的精原细胞瘤属于恶性肿瘤的一种，可以按重大疾病申请赔付。而客户亲属对保险理赔条款不清楚，只按照住院费用等申请索赔。平安按照"信守合约，为您寻找理赔的理由"的服务承诺和依据"有利于客户"的原则，在合约范围内最大限度地主动帮助客户理赔，并最终赔付了6.5万元。这个案例很切实地说明，理赔服务理念的转变已经在平安落地开花了。

再以车险为例。车险理赔与百姓切身利益相关，却极少有标准化的承诺，平安敢于说出"万元以下，资料齐全，三天赔付"（到2010年更是喊出一天赔付的承诺），主要是基于以下几个条件。第一，几年来理赔流程持续改善，一般理赔服务缩短到两天不到；第二，为了实现满足条件客户的三天内理赔，公司对后援平台的支持进行了提升，投入人力，建立更快的响应机制。在通过作出承诺来实现服务改善的倒逼机制下，经过近一年的运作，万元以下一天结案赔付率从以前的90%以下，提高到现在的99%以上。平安内部戏说是：万元以内案件理赔9小时搞定，2 000元以下车损7小时结案。这话虽然说得很轻松，但付出的艰辛，恐怕只有平安的员工最清楚。

平安银行"针对个人客户推出ATM（自助柜员机）取款免费、网银汇款免费以及网银安全保障"三项服务承诺也是一例。这个服务标准创下业界新高，其中网银安全保障还属业内首创。三项服务承诺是平安银行"安全、便捷、实惠"的服务价值主张，更是结合客户对于电子银行使用的安全和费率优惠需求作出的应对。这个承诺顺应潮流，让利于客户，到目前，平安银行网上银行、电话银行都没有出现客户资金损失的案件。借记卡新增发卡量、个人网银开户数以及交易金额、跨行转账金额都大幅提升，说明市场普遍认同我们的服务。

除了这几家专业公司，证券、信托、养老险等公司也将陆续推出自己的承诺。这次承诺运动，我们将一直持续下去，即便形式有所变化，但"充分理解客户需求，改变服务理念，改善服务流程，提供高水平、高质量、专业化的金融服务"理念是不会改变的。客户至上，服务至上，这永远是平安的立司之本。

平安心语

第二篇　选人·育人·人才成长

24. 公平与效率
——从印度之行想到的

平安成立至今，从无到有、从小到大，从单一财产保险公司发展成为综合性金融服务集团，进入世界500强，始终保持在行业和市场的创新和领先，始终保持了强大的生命力、竞争力。一个不可否认的事实是，无论任何一个行业、任何一家企业，如果它要持续保持市场上较强的竞争地位，在复杂的竞争环境中保持管理团队的稳定及市场领先，就必须要有一套与其地位相适应的薪酬体系。长远来看，这也是最大程度符合广大股东利益的。

【印度考察归来的内部讲话】

标签：薪酬体系　效率　用人机制　改革

为考察ICICI银行等印度新兴银行利用现代科技迅速崛起的情况，我曾经到过印度的孟买。从位于孟买市中心的五星级酒店房间，看向窗外40度高温烘烤下的印度街道，我心里真是百感交集。孟买是印度最引以为傲的中心城市，应该说代表了印度最好的经济水平和人民生活水平。但我们目光所及，到处是贫困和脏乱。孟买有一些高楼，外观和设施接近中国20世纪90年代初期的水平，高楼后面大部分是低矮挤迫的贫民窟。那里的房子都是用洋铁皮、水泥板，甚至是塑料布、塑料薄膜搭成的，住着上百万户贫困的老百姓。街道上的乞丐很多，一些就簇拥在五星级酒店旁。在交通拥挤的路段，残疾人和怀抱婴儿的年轻母亲隔着车窗向车里的人乞讨。像样的城市道路没有几条，大部分是崎岖不平的泥路，汽车与人、牛并行抢道，脏乱不堪。毫不夸张地说，回到深圳的那一刻，我觉得自己回到了天堂。

同样是第三世界国家，中国近30年来的发展，已经将印度远远抛在后面。英国《金融时报》的记者曾经写过一篇对比中印发展的文章，标题是"如果这是一场赛跑，那么印度已经落后一圈"。当中国的经济水平保持高速发展、居民财富迅速增加、城乡面貌发生日新月异的变化的同时，印度却还在忍受着几十年前超低的建设效率、落后的城市面貌，以及大量在贫困线上挣扎的人口。

为什么会有这么大的差距？短短3天的孟买之行，我一直在思考这个问题。越想就越发强烈地觉得，中国30多年前开始的改革开放，是我们整个国家历史发展的一场最伟大的转折。如果说中国和印度在赛跑，那么中国得以遥遥领先的原因，就是改革开放。在这场翻天覆地的伟大变革中，起到最核心作用的，是分配制度的改革。它打破了原有制度的"大锅饭"和平均主义的束缚，并较好地处理了"效率与公平"的关系，真正体现了多劳多得的社会主义分配原则，大大激发了人民群众的积极性和创造性，极大解放和发展了全社会的生产力，促进了经济的快速发展和广大人民群众生活水平的极大提高。

经济学研究最重要的前提，是稀缺资源的利用和分配。任何一个国家、企业的资源都是有限的，关键是如何尽可能合理地配置资源，最大程度地发挥资源的利用效率，同时又能够兼顾到公平。在"公平和效率"的天平之间永远没有一个固定标准，它受到不同经济发展环境、不同社会制度和政治体制的影响。向效率倾斜，资源发挥的效能就最大，但可能影响结果的公平；向公平倾斜，特别是强调结果的公平，肯定会影响效率。公平与效率两者之间，效率是前提、公平是基础。倾斜于效率，发挥资源最大的效率原则，社会的财富创造呈正向递增。过多倾向于公平，影响到资源使用效率的发挥，财富的创造就会递减，影响社会财富的积累，整个社会生活水平就会降低。印度就是一个典型的国家案例。

从印度回想到中国，回顾中国改革开放三十年的历程，我们就会发现，公平与效率的关系这个命题实在太重要了。

1978年12月中央工作会议上，邓小平作了一个重要讲话，他振聋发聩地提出"允许一部分人先富起来，先富带动后富"，"这是一个大政策，一个能够影响和带动整个国民经济的政策"。邓小平的讲话直指高度集中的计划分配制度和由此造成的严重平均主义、"大锅饭"分配方式。邓小平的伟大之处，不仅仅在于掀起了一场以建立按劳分配为核心的分配制度改革，而且解决了一个社会发展的动力机制问题。体现"效率优先、兼顾公平"的原则，30年的改革开放，国家和个人的财富得到快速的积累。

最早的分配制度改革是从农村入手的。十一届三中全会以后，我国农村普遍推行了家庭联产承包责任制。包产到户、包干到户，"缴够国家的，留够集体的，剩下都是自己的"，这种分配方式极大地调动了广大农民的生产积极性。当时我还在当知青，深切感受到农民群众被压抑很久的热情和追求得到了空前解放，大家铆足了劲儿劳动，起早贪黑地干活，整个农村发生了巨大的变化。这种变化，很快就改变了我们过去买米、买肉使用票子的商品紧缺时代。

分配制度改革的第二个阶段来到了城镇。非公有制经济，包括个体经济、私营经济、中外合资企业、外商独资企业等逐渐在国内活跃起来，从诞生伊始就善于利用市场经济的分配杠杆，实行"多劳多得、少劳少得、不劳不得"的机制，拉大收入差距，充分调动了劳动者的积极性和创造性。非公有制经济在改革开放初期就发展迅速，与其注重效率、尊重个体积极性的市场化机制密不可分。它们的迅速成长，也为中国制造业日后成为"世界工厂"奠定了坚实的基础。

1984年，中央明确提出经济体制改革的重点要由农村转向城市，加快以城市为重点的全面经济体制改革。分配制度改革深化到了第三个阶段，从非公有制经济渗透到了体制内——国有企业改革。首先是改革国有企业工资管理体制，实行企业工资总额同经济效益挂钩的制度，随后是波澜壮阔的国企改革，从"放权让利"、"承包制"、"政企脱钩"，到"改制上市"、"建立现代企业制度"、"产权改革"，每一步都有一个核心内容，那就是如何建立同社会主义市场经济体制相适应的分配制度，如何彻底打破企业内部的"大锅饭"和"铁饭碗"，将企业与广大群众的主动性和创造性充分地解放、激发出来，推动企业走向市场，使得国有企业重现生机和活力。

可以说，三十年的改革，是从农村到城市，从体制外到体制内的几个阶段，在不同领域打破铁饭碗，消除平均主义，真正体现按劳分配原则的基础上取得的。社会财富急剧增加，人民生活水平得到迅速改善，国家综合实力显著提升，国际威望大大提高，中华民族几百年来坦然、自信地屹立在世界民族之林的梦想正在成为现实。

由中国的实践可以看出，效率与公平的关系中，效率是前提，效率的核心是分配制度。人类要进步，社会要发展，效率是最重要的动力机制，离开了以市场经济为基础的效率机制，人类文明的前进机车就失去了引擎，导致愚昧和落后。我们过去搞平均主义，生产力极端落后，生产效率低下，物质生活极其匮乏，表面上大家都差不多，看起来很公平。但由于可分配资源的匮乏，不得不用等级制进行社会分配，实际上也是巨大的不公平。另一方面，如果只讲效率，导致贫富悬殊过大，社会底层的基本生活得不到保障，社会公平被破坏，就会引发社会矛盾，导致社会动荡，甚至会发生骚乱、战争，严重破坏社会稳定，极大地破坏生产力。中国几千年历史上每一次农民大起义，都是对社会不公平的反抗，同时又造成了巨大的社会灾难。社会机器被打烂了，效率也就无从谈起。所以，效率是前提，公平是基础。平衡好两者的关系，才能真正确保社会的和谐进步。

当然，不同的历史阶段，侧重点会有所不同。正如邓小平指出的，当前是社会主义初级阶段，在这个阶段，只有坚持"效率优先、兼顾公平"的分配原则。这一点，除了我们自己30多年改革的发展事实，其他国家和社会也提供了同样的力证，比如著名的"拉美现象"。第二次世界大战后，拉丁美洲各国开始工业化进程，20世纪的50~70年代利用低廉劳动力、原材料等，吸引了大量外资，进入了一个高速增长的阶段。1975年在发展中国家制造业总产值中，拉丁美洲约占56%，居于领先地位，1980年，拉美地区人均GDP达到了2 512美元，其生活水平甚至超过大多数欧美国家。可就在拉美整个地区快速向前奔跑的时候，由于不能合理、有效地处理好"效率与公平"的问题，贫富分化加剧，引发了剧烈的社会动荡，经济迅速倒退，开始了一段"失去的十年"的灾难性时期，造成了大量贫困人口，虽然他们拥有世界上最好的资源，但是，目前的发展已经远远落后于亚洲一些国家。相反，在欧洲的一些发达国家，这些年由于过多地强调公平，任何政党上台，为了获得民众选票，都在不断地提高福利，导致社会发展资源不足，财富创造效率的递减，造成国家背负巨大的福利开支，最终引发债务危机，导致社会动荡。

由此可见，大到一个国家和整个世界，小到一个企业，都是如此。平安1988年在蛇口成立。蛇口当时就是全中国打破旧体制、旧机制，率先实行分配制度改革、建立现代企业制度的试验田。平安是新创立的公司，当时很多做法在蛇口都非常超前，蛇口的当家人袁庚给予了我们充分的理解和支持。平安的发展过程中，袁庚曾担任平安的名誉董事长，他说得最多的一句话是："我们这些老人，就要为这些年轻人的创业热情和与之相适应的机制、体制保驾护航。"他很支持我这样的观点：一个企业，最重要的三件事——体制、机制和人才，体制决定机制，机制决定人才。平安要当改革的产物，不要当改革的对象，必须要确保平安走在市场的最前列，不断创新、突破，保持强大、可持续的生命力、竞争力。我们必须建立一支市场上最优秀、最有战斗力的人才团队，并且能够保持这支队伍的稳定，保持整个公司的强大的外部竞争力，这取决于我们是否保持着一个与之相适应的用人机制和薪酬体系。

只有充分发挥市场和薪酬杠杆的作用，吸引、保留优秀人才，充分发挥全体员工的积极性、主动性和创造性，一家企业才能生存、发展，才能长期保持生命力和战斗力，创造出更大的价值。因此，一个科学合理、市场化的薪酬体系，是符合股东根本利益和公司整体利益的，也是符合整个社会经济发展需要的。这是平安22年来从无到有、从小到大，得以快速、健康发展的根本原因之一。

当然，公平与效率的关系这个重大的社会命题不是我这个只从事实际企业管理的人能够论说清楚的。但印度之行，确实让我感慨万千。个人只是有一些朴素的联想，觉得中国的改革开放实在一场非常伟大的革命，这三十多年的辉煌成就已经说明了一切。小平同志 "效率优先、兼顾公平"的思想，是这场伟大革命成功的根本要素之一，中国过去的成功，包括平安的成功都证明了这一点。

25. 形成"拿不走"的平安优势

产品可以被复制，人才可以被"挖脚"、制度可以被套用、只有企业的文化和精神是无法模仿的。优秀的企业文化，才是一家公司形成强大的内部凝聚力和外部竞争力的核心。随着市场竞争的日趋激烈、以及公司自身的发展壮大，平安的许多管理、方法、模式逐渐成为行业模仿的对象。然而，平安文化无论如何是"拿不走"、"撬不动"、"买不去"的。独特的平安文化，是平安赖以实现基业常青的最根本的竞争优势。

【关于人才流动的讲话】

标签：人才流动　竞争　机制　管理思想

记得可口可乐公司的一位总裁说过，如果有一天公司倒闭了，只要还有"可口可乐"这个商标，这家有100多年历史的公司就能起死回生。这个言论说的是显赫的品牌价值对一家公司而言极其重要的意义。

但是，品牌的背后是文化，如果只保留了商标，失去了让可口可乐公司成为百年老店的优秀文化，也许公司顶多可以"回光返照"一段时间；如果从根上保留了文化，也许即使公司改名为"开口可乐"或"口口可乐"，终有一天还会东山再起。

平安从20世纪末开始，就因为管理干部在国内保险业的频繁流动，被行业封为"黄埔军校"。不少人问我平安的人才输出这么多，把平安的很多经验和制度传给了大量新公司，平安会担心被"徒弟们"打败吗？

我的答案是否定的。

人才流动，一直是媒体和社会各界关注平安的"焦点"，对这个问题我从不避讳。平安发展20多年来，我们吸纳、培养了很多人才，而一些优秀人才被挖走也是事实。从市场的选择来看，企业之间的人才流动是很正常的，越是商业化、市场化的行业，人才流动就越普遍。合理的人才流动有利于促进行业内部的良性竞争、人才培养和长期发展；从企业自身的发展看，外部挖人在短时期内也许会稍微影响到经营管理，但长期来讲也是好事。所谓"流水不腐、户枢不蠹"，人才流动更有利于激发企业建立良好的造血机制，提升人才培养水平，同时还能调动潜力人员的积极性和爆发力，企业会有更好的发展。

1999年，外资保险企业陆续进入中国市场，可谓"兵临城下"，国内保险业的竞争更加激烈，人才的流动也渐渐频繁起来。一些熟悉的面孔离开了公司，让平安的班子多少产生了些不稳定情绪。记得在一次进行人事安排的内部会议上，我给孙建一、王利平、胡杰等人举了台湾南山人寿的例子，希望大家能够换一个角度看待人才流失。

台湾的南山人寿曾面临中层管理人员大量流失的问题，但就因为他们有良好的造血功能，在为社会和行业输送人才的同时，也为公司内更多优秀潜力人才提供了施展才华的空间。对平安来讲，一些同仁的离开，对公司来说影响既有正面的，也有负面的，但正面影响大于负面影响。一方面说明平安有良好的人才培养机制，能够培养出符合市场需要的专业人才；另一方面，适当的人才流动，有力激发了更多优秀人才的潜能和积极性，对公司的人才梯队建设起到了很好的促进作用。另外，对离开平安的同事而言，他们的离开是个人价值的实现，说明其个人价值得到了社会和行业的认可。同时，这也是平安作为行业一分子，对民族保险业应有的贡献和支持，是公司回馈社会、为国家和社会创造价值的体现。

离开平安的很多老同事还和我保持了各种各样的联系，互相之间也经常聚会。他们中有不少人找到了新的事业平台，发展得也不错，但也面临着一些困扰，其中最多的就是，很多在平安能够推动的、行之有效的制度，在新的单位里，经常推不动。不是新单位的人不愿意推动，而是文化不同，执行环境不同，效果也就不一样。

这让我想起了企业界流传的"香格里拉效应"。香格里拉酒店集团的人才在市场上也是炙手可热，但人才流动从来不会成为香格里拉的问题，因为这家公司拥有非常优秀的人才培养机制，拥有多年沉淀的独特文化和精神土壤，形成了香格里拉"拿不走"的核心优势。这样的"流"而不"失"，对平安是一个很好的启示：我们平安的机制、文化，是不是具有独特的优势？有哪些是人才流动也带不走的"平安效应"？

　　我们必须承认，人才的更替不可能对企业运转没有丝毫影响。我们所要做的，一方面是不断完善公司的人才成长机制，为员工提供公平、透明的竞争、激励平台；另一方面，是保证公司本身的运作机制少受个人因素的影响，更多地依靠整个平台和团队的力量。这样在优秀人才离开之时，才能把影响控制在最短时间和最小范围内，保证整体运作的平稳。相对于担忧人员进进出出带来的影响，我们更重要的工作，是不断增强平安文化的凝聚力和竞争力，把经营管理的根基建立在公司的制度平台上，把人才团队的战斗力建立在强有力的人才培养激励机制基础上。无论是谁，只要加入了平安，就能在平安文化的带领下，既能充分发挥自身的才智和潜能，又能深深融入整个集体，大家朝着共同的目标奋力前行。

　　因此，"香格里拉效应"给我们留下的最有价值的启发是，一个组织、一家企业的核心竞争力，归根结底是文化的竞争力，只有文化是"拿不走"、"撬不动"、"买不去"的。我们必须建立并不断强化自身的文化实力和人才培养机制，只有如此，才能形成长久不衰的内部凝聚力和外部竞争力。在平安，有竞争、激励、淘汰三者并行的人才培养机制，有倡导价值最大化的企业文化；也有以绩效为导向、公平透明的考核机制，简单的人际关系和"人人头上一片青天"的发展空间，这些正在逐步完善的平安人力资源核心，也是平安"拿不走"的竞争优势。

26. 有能力的干部是跑出来的

一群人一起跑步，有的人会渐渐落后，有的人会趋前，有的人在摔跤后又赶上来。我们允许有人暂时掉队、犯错，这是自然规律。在平安，就像是香港的赛马，有能力的干部是跑出来的。

【中国平安H股上市路演报告】

标签：人才培养　竞争　人才管理　平台

香港人十分热衷跑马（赛马），可以说跑马已经成为香港人生活的重要组成部分。熟悉香港跑马的人知道，那些夺冠的马匹，并不是提前指定的，它们在一轮轮的晋级赛中拼杀，先在低级别的比赛中胜出，再进入较高级别的赛事，最后进入顶级赛事争夺位次。

平安管理人员的内部竞争就像是一场场跑马，员工先在小的团队里竞争，连续两年排名靠前，才有被提拔的资格，然后在大的部门内竞争，逐步升级，最优秀的一些人才，最终将进入子公司、集团的班子竞争。有一次人力资源部门的同事和我开玩笑，说按照平安的"跑马"规则，一个员工要到董事长的位子，连续27年卓越就可以了。我回他说："说你行你就行，不行也行，说你不行你就不行，行也不行，这套规则，平安坚决不能搞。我们就是要竞赛制。"

平安与竞争是相生相伴的，从外部看，市场需要竞争而催生了平安，平安的诞生也带来了行业的竞争；从内部看，平安选择了竞争的机制，而良性的竞争也造就了生生不息的平安。

在20多年的发展历程中，平安像一辆不断提速的火车向前奔驰。这个过程中，几十万平安干部员工紧随其后，有的人会渐渐落后，有的人会趋前，有的人在摔跤后又赶上来。我们允许有人暂时掉队、犯错，这是自然规律。但是，公司不可能为落后的人停下来等，因为平安所面临的竞争就像一场团体马拉松赛跑，如果我们的体能状况不好，不能及时提速并抢占有利位置，那么我们就会被竞争对手甩在后面。公司能做的是帮助干部员工找出速度提不上来的根本原因，并帮助员工积极克服、奋起直追。

平安内部也是一个人才的竞技场，就像是香港的赛马场，公司为所有人创造一个透明、公平、高效的环境，提供一个英雄辈出的舞台，让所有怀瑾握瑜的人才找到体现自身价值的归宿，也为平安的事业觅得日行千里的良驹。

许多有能力的平安干部都是这样跑出来的，像养老险公司的董事长杜永茂就是这样一个优秀的开拓型干部，属于走到哪儿，哪儿就旺的干部。他筹建平安安徽分公司，然后到总部、证券公司，后来又做产险上海分公司总经理、产险东区事业部总经理。每到一个机构，他都能很快脱颖而出，带领这个机构成为业务发展的先锋。所以，他在平安的职业道路也就越走越宽。这里最关键的是比赛，产险上海分公司要和同级别的机构比，领先了，并且持续领先，那么，他就有机会成长为产险东区的一把手；到了东区，他需要和南、北、西三个区域进行业务比赛，他也做到了领先。所以，平安的优秀干部就是在这样的赛跑机制中赛出来的。

2007年，公司首次推出针对A类干部的"十大杰出经理人"奖项，包括此前设立的"追求卓越奖"，目的都是让所有在激烈竞争中脱颖而出的优胜者、佼佼者获得更进一步的成长机会，更将他们不怕挑战、勇于竞争的精神树立成为所有平安人的榜样。

要想在拥挤的赛道上赶超对手、拔得头筹，就要求平安的每一位管理人员、每一位专业技术人员、每一位销售人员都要不断提升自身技能，练就强健的体魄，从而在紧张、激烈的竞赛中挥洒自如。而公司要做的，是提供广阔的平台、指明前进的方向，让有能力、杰出的人才在竞争中不断地涌现，让大部分的员工都不断成长，跟上公司的步伐和节奏，不要掉队。

27. 排名每字值百万

"强行排名"，麦肯锡给我们的这几个字每字值100万。对于考核，我认为最精彩的就是排名，它能激发人的最大潜力。

【人事考核会议纪要】

标签：企业文化　人才管理　排名　员工激励

北欧的挪威人爱吃沙丁鱼，在海上捕获沙丁鱼后，如果能让它活着抵港，卖价就会比死鱼高好几倍。但是，由于沙丁鱼生性懒惰，不爱运动，因此捕捞到的沙丁鱼，经过长途运输后，往往一回到码头就死了。挪威人很聪明，他们在每个鱼槽中装入一条鲶鱼。当鲶鱼来到陌生环境后，就会四处游窜，而沙丁鱼发现这个外来的异己分子，就会变得十分紧张，不停游动起来。如此，沙丁鱼就能活着回到港口。

这是大家都熟悉的"鲶鱼效应"的由来。在平安的管理上，我们也引进了能"刺激"公司活力的"鲶鱼"，它就是 "强行排名"。邓小平曾经说过"制度好可以使坏人无法任意横行，制度不好可以使好人无法充分做好事，甚至会走向反面"。我把这句话引申一下：好的考核机制可以使优秀的员工更加优秀，不好的考核机制却使优秀的员工无法施展，更无从发展。

强行排名就是一个好的考核机制。

考核排名这个制度是1997年麦肯锡帮助平安做人力资源改革项目时提出来的建议。思路是先制定相应的考核标准、业绩指标，然后根据员工实际表现，分成不同的组别进行打分排序。排名结果和当年度的奖金及下一年度的工资调整挂钩。排名靠前的，奖金系数高，工资增长幅度大，并且连续两年排名靠前的，就可能晋级；排名靠后的，不仅没有奖金，下一年度还可能减薪，连续两年排名后10%的，还可能面临淘汰。针对这样的考核，当时有一些同事认为硬性排名不妥，因为排名的结果会产生淘汰，这对一些人来说很残酷。但，"革命不是请客吃饭"，公司的经营也不是请客吃饭，干不好，就要被淘汰。对于好的，我们要表扬，给予加薪；对于不好的我们就要淘汰，要把内部这个机制搞活，而要达到这个效果，就需要客观评估的制度作为保障，考核排名势在必行。

对公司来讲，排名激活了竞争。平安早在成立初期，就对人才管理奉行"能上能下、能进能出、唯才是举、按劳取酬"的原则，这在当时很长一段时间内，对渴望在全新环境下发挥才干、不受论资排辈机制束缚的年轻人产生了极大吸引力。这里的"上下"、"进出"都是竞争的结果，只有竞争才能让激励和提升的渠道畅通，保证平安的组织体时刻迸发出强大的活力。

对于管理干部而言，排名是对管理水平的考验。大家都知道褒奖易、否定难，但管理不是八面玲珑，只有通过排名来公正、中肯地评价员工、指导员工不断改进并提升，才能让庸者下、能者上、平者让，队伍才能保持旺盛的战斗力，整个团队的绩效才能很好地实现，主管自身的价值，包括他自己的排名才能获得好的结果。所以，每一位主管都应当把排名当做很好的激发队伍活力的"自留地"，而不是当做"麻烦"推给上一级。

对于员工而言，排名是有人欢喜有人愁。排名领先，加薪、升职、获得勋章等各种荣誉会纷至沓来；排名落后，就要接受降薪、降职、甚至离开，这是排名机制残酷的一面。但在平安，每一个人都清楚，企业要有很强的外部竞争力，必须使内部也充分竞争。这个概念，现在不仅体现在年末考评上，而且变成了我们日常的一个管理工具。比如，寿险公司的报表是API（年度化标准保费）、预收、承保等保费的当日数字、月累计的达成率、年累计的达成率。每个公司的干部每天都要盯着这张报表，看自己在里面的排序。排名靠前的，就要琢磨怎么样冲得更前；排名靠后的，压力自然就更大了。

当然，排名也不是生硬地把结果做出来就结束了，而是借此机会进行沟通、辅导，让领先的继续前进，让落后的看到自己的不足。我们要求每次考评结束后，主管要对每个人进行绩效面谈，通过主管的点评，大家一起探讨，及时发现自己的长、短、优、劣。所以，排名对员工个人来说，也是一次自我检视、重新定位的机会，越早知道自己的优势与劣势，越早改变越有利。公司品牌部有位员工，工作了很多年，也很努力，但是随着部门职能的变化和工作技能要求的提升，他已无法胜任现在的岗位，连续两次排名最后，终于和平安解约。主管和他沟通，讲他的长处，鼓励他换一个新的、更适合发挥自己能力的跑道。他虽然一开始有些怨言，但当他在新的岗位上找到适合自己的工作和目标之后，整个人焕发出了活力，做得风生水起。尽管换了一条跑道，但他的职业生涯有了新的起点和发展。

一个人的发展讲求"最合适的，就是最佳的"，很多员工或干部站在了对他们而言"不合适"的地点上，往往需要公司帮助他们迈出改变的一步，帮他们的人生轨迹向积极的一面扭转；而一个组织的进步不仅是发展最好的，还在于消除最差的，就像计算机的速度取决于最慢的元件，提高计算机的运行速度就要不断提高最慢元件的速度。对个人、对组织而言，考核排名都是作出诊断的关键。古时候讲究"信赏必罚"，用在现代企业里，特别是在实行目标管理的企业里，就演变成量化的、理性的、赏罚分明的考核排名制度，这也是提升平安的人才素质和竞争优势的有效手段。

平安是一家始终追求领先、持续增长的公司，每年都会制定富有挑战性的年度目标，而且每年都能超越这个目标完成任务，主要原因之一，就是我们的员工在考核排名的压力下迸发出更大的潜能，在为公司作出业绩贡献的同时，实现了自我价值。

28. 职业生涯规划不是"包一辈子"

很多人理解的职业生涯规划，是"铁饭碗"，是"旱涝保收"，是"公司包了我这一辈子"。这是典型的计划经济时代的思维模式，既不利于企业发展，也无益于个人进步。现代社会里，企业只有参与竞争才能生存；你追我赶，一日不进步，就可能落后一辈子。企业管理者最重要的责任，是搭建一个富有生命力、人人平等的平台，让员工在激烈竞争中获得养分，不断成长，愈战愈强，这才是真正的、负责任的职业生涯规划。

【勤奋，帮助他人成功——与大连同仁的对话】

标签：企业文化　职业生涯规划　人才管理

20 06年11月21日，平安年度董事会在大连举行，分公司的同事们知道我去，很希望我利用会议间隙和基层的同事及业务同仁们见个面。22日，我和大连平安产险、寿险、证券、物业各系统分公司的800多位内外勤员工见面交流。期间，一位同仁提出，在平安工作了15年，还在普通岗位，按照平安的"职涯规划、安居乐业"理念，他应该有更好的机会，长远的生涯规划究竟应该怎样做？

我首先感谢了15年来他对平安的贡献，其次针对如何认识职业生涯规划作了进一步阐释。

很多人理解的职业生涯规划，是"铁饭碗"，是"旱涝保收"，是"公司包了我这一辈子"。这是典型的计划经济时代的思维模式，即使在国有企业里，也不存在了，它既不利于企业发展，也无益于个人进步。现代社会里，企业只有参与竞争才能生存，你追我赶，一日不进步，就可能落后一辈子。企业管理者最重要的责任，是搭建一个富有生命力、人人平等的平台，让员工在激烈竞争中获得养分，不断成长，愈战愈强，这才是真正的、负责任的职业生涯规划。

平安所提倡的"职涯规划"，既是从公司的角度，也是从全体员工的角度来说的，可以从三个层面来理解：

第一层，公司为大家提供广阔的发展空间。在平安，有很多跑道可以供大家选择，专业方面如精算、IT、会计、核保、核赔等，有专业技术等级晋升通道；销售方面，有营销管理的晋级通道，如产险、寿险营销经理、资深经理、业务总监等级别。

第二层，公司要为所有员工提供公平公正的发展平台，让每一个平安人的才能得到最大限度的发挥，价值得到最大实现。

第三层，公司给员工提供培训机会，使得大家可以及时得到充电提升，充分发挥自身的才能，去挑战更具影响力的岗位和职位。

在20多年的发展历程中，平安内部一直有句话，就是"每个人头上一片青天"，这句话是"竞争、激励、淘汰"三大机制的生动写照。公司对所有员工都是公平的。必须承认的是，自成立以来，公司像一辆不断提速的火车向前奔驰，日新月异，过去只有每小时30千米，现在已经提速到每小时60千米，未来很快要达到每小时90千米，公司跑得快了，就必然会有人跟不上，会掉队。员工过去的贡献和功绩是必须肯定的，公司非常感激。但是，过去不代表未来，公司不可能为落后的人停下来等。如果我们把所有人都保住，公司也就垮了。

我们要做的，是提供最透明、最公平、最高效的环境，让有能力、杰出的人才在竞争中不断地脱颖而出，让大部分的员工都不断成长，跟上公司的步伐和节奏，不要掉队。这才是"竞争、激励、淘汰"的真谛。

因此，我们希望平安是一个大家安居乐业、成就事业的平台，但我们不能确保每一个人都不掉队，我们会努力让绝大多数员工跟上公司的发展，跟上公司列车的提速。因为，我们是跑在最前面的列车。

29. 给外籍"球员"配上好球杆

与国际标准场地相比，我们的外籍"球员"打球的环境很差、他们面临更大的挑战、困难和压力。我们不能因为场地差，就给他们差一点的球杆，甚至要求他们用羽毛球拍打出标准的高尔夫来。相反，我们要给他们一根和以前打国际比赛同样的标准球杆，这样才能保证他们打出一流的球，作出一流的示范，只有这样我们才能学到真正的技法。

【备忘录——新游戏、新规则、新观念】

标签：人才管理　海外人才　价值　贡献

20 01年12月，中国加入WTO前夕，我曾多次问过平安的干部，有没有深入想过中国加入WTO究竟对每一个人意味着什么。机会多还是挑战多？参与这样的竞争，我们是否应该更深入地了解新的游戏规则？答案当然是肯定的。否则，我们将永远只能在"练习场"上练球，永远也上不了场。我们的当务之急是我们必须尽快掌握游戏规则，练好球技。

WTO意味着国际化、市场化、规范化。而这国际化、市场化和规范化就是新的游戏规则。对于本土企业，建立国际化标准就是核心，因为只有国际化了，你才能懂得市场化的原则，懂得规范化的原则，你就能掌握整个游戏的规则。我想，明白了这个道理，就不难理解为什么这么多年来平安一直矢志不渝地推行国际化。

许多国际先进的管理经验不是能够简单拿来的。国内也有一些企业在海外开设分支机构几十年了，也派出许多人学习，但为什么还是离国际化这么远呢？因为，派出去的这些人没有机会能够真正参与到国际化的竞争中去，难以学到最本质的东西、最核心的东西。依照平安的经验，最好的方法就是请教练，请外籍球员，让他们来告诉和示范我们怎样打。因为他们懂规则，知道如何打，知道如何打得更好、更出色。看他们如何打，我们才能知道如何打。

但请外籍球员、外籍教练也有问题。中国的市场开放了，但不彻底，这就好比我们的球场还不太好，也许草都还没有长齐，也许地还高低不平。与国际标准场地相比，我们的外籍"球员"打球的环境还不够好，他们面临更大的挑战、困难和压力。我们不能因为场地差，就给他们差一点的球杆，甚至要求他们用羽毛球拍打出标准的高尔夫来。相反，我们需要给予他们一根和以前打国际比赛同样的标准球杆，这样才能保证他们打出一流的球，作出一流的示范，只有这样我们才能学到真正的技法。

那么这些标准化的球杆是什么呢？就是给予他们发挥才能的职位、配备给他们开展工作的资源以及与国际接轨的薪酬。为了让外籍员工更快地从烦琐的事情中解脱出来，更快地适应、熟悉和融入新的工作环境中，应该给予他们很多资源上的优先配置，给他们配备助手，配备不同层级的人员跟他们一起工作、一起学习。在薪酬上，要考虑他们的价值，很多外籍员工都是通过国际著名的猎头公司在全球范围反复筛选而出，称得上是数十年大浪淘金，脱颖而出的佼佼者，大都是国际市场上的"抢手货"，你要他们进国内服务，没有合适的薪酬根本请不来。孙建一曾经给我们打过一个比方，花10万元请一名一般的外籍员工，他能创造100万元的价值；而我们花100万元聘请另外一名外籍专家，他能创造1亿元的价值，那么应该请谁呢？所以，用人不是光看花了多少钱，而是要看创造的价值。

外籍员工因为他们的成长经历、工作环境以及国际视野，能够为我们贡献他们的聪明才智，创造更大价值。这里有些平安的例子可以和大家共享，他们中的有些人目前还待在平安，有些已经离开，但他们为公司创造的价值已经被平安铭记下来：

平安在寿险业迅速崛起，并且成为这个行业的领导者，与黄宜庚先生等一大批中国台湾地区的精英是密不可分的，没有他们，我们可能至今还在寿险经营的门外徘徊，不可能掌握在这个行业取胜的秘籍。我们的IT技术平台、网络系统和客户关系管理系统吸引了AIG、台湾国泰的同行前来参观学习，他们称平安的技术领先他们两三年时间，这些成绩跟张子欣、罗世礼等一批外来人才的努力是分不开的。回头看，我们这些年的外来人才确实给我们留下很多宝贵的财富。比如汤美娟，为公司的财务制度与国际标准接轨作出了突出贡献；斯蒂芬·迈尔，建立了国际领

先的精算体系，搭建了我们的精算梯队；杨文斌，将保险的投资理念引入了平安；叶素兰，建立了国际化的风险合规体系；叶黎成，让我们的证券业务快速"止血"；顾敏慎，使我们的人力资源管理体系化、规范化，并为平安引入多名高级人才；吴岳翰，帮我们建立起了KPI考核机制；顾敏，成功地搭建了平安电话销售平台；童恺，帮我们找到了信托业务的成功模式等等。

以上种种，并不能详尽罗列我们的外籍员工的贡献。但试想一下，如果以平安自己的摸索，我们不仅要花掉大量的成本，更为可惜的是我们将浪费掉很长一段时间的机会成本。尺有所短，寸有所长。我们的外籍员工把平安带向国际水准，并且帮我们赢得宝贵的时间，我们本土的优秀员工也因此将获得非常难得的学习和锻炼的机会。平安的国际化进程，也就是我们在新的游戏规则中获得优势的进程。我相信，在这场国际化的比赛中，我们会逐步打入1/8比赛、1/4比赛、半决赛、决赛，最后获得胜利。我们个人也将在这场国际化的挑战中得到才能的提升，并获得各种收益，创造价值。

30. 人才的"造血机制"才是最重要的

比较优秀的人才离开公司，短时间内总会有一些影响，但总体来说影响不大。一方面因为公司的人才"造血机制"有了相当的成熟度，另一方面，公司本身的运作机制决定了平安不会太受个人因素的影响，平安始终强调的是团队的力量。事实上，人才流动有正反两方面的影响，反面看，短时间内确实会影响队伍和业务的稳定，但正面的影响应该更大一些，就像踢足球，主力队员永远打主力，替补队员老是没有上场的机会，又怎么能发现新人、知道他的才干呢？

【人才流动的内部谈话】

标签：人才流失　员工管理　人才竞争　机制

2002年，平安捐资1 000万购买的38台献血车开到了北京的世纪坛广场，当天，平安向中国红十字会进行了捐赠，并组织了万人献血活动。我也参加了那次的献血。时任全国人大副委员长的彭珮云同志到采血车上来看望我，嘱咐我保重身体，让我很是感动。

恰恰也是这件事情前后，被誉为"保险人才黄埔军校"的平安遭遇了"挖墙脚"风潮，一部分平安的干部员工选择了离开公司。这两件事情前后发生，使我自然地将"人才流动"和"人体造血机制"联系到了一起。在我看来，参与献血活动，有利于身体的造血机制；而适当的人才流动，也有利于企业的人才培养和成长。

人体的血细胞，包括红细胞、白细胞、血小板，每时每刻都有分解、死亡，但是因为一套完美的"造血机制"，使得我们体内的血细胞能得到及时更替，保证我们每天正常的作息活动。人体一旦血细胞缺失，"造血机制"就启动运作了。首先是骨髓中处于静止的干细胞开始变化，根据需要，被制造为各种血细胞：红细胞用来运送氧气到身体各个器官；白细胞是人体的免疫大军，吞噬清除外来生物；血小板促使血液凝固，避免人体大量失血等。跟着，生成完毕的这些细胞，就被释放到血液中去发挥各自的作用。最后，在4个月左右的寿命期终结后，血细胞完成"使命"，进入脾脏被分解，然后人体再进行新一轮的造血。人的一生，体内血细胞大概要进行300轮的淘汰，因为这套体内"造血机制"的存在，保证了机体可以不依靠外来输血力量的健康成长。

对于日益激烈的人才竞争，公司要留住人，最有效的方法是形成自己的"造血机制"。只要内部人才培养的机制形成，就不需要担心人才的流动。即便出现人员流动的状态，仍能保持业务发展不受大的影响，同样，因为岗位人才的适度更新，新人才会有机会成长起来，才会有机会展示自身的才干。

首先，企业要形成良好的人才培养机制，能根据需要制造出各种"血细胞"。在平安，我们有一套完善的人才发现、培养、提高机制。在人才发现上，平安不仅重视相马（招聘过程），更重视赛马（业绩考评），我们让员工在一个公平的平台上各施其长，各展拳脚。在这个过程中，通过问责考核、硬性排名，总有各方面符合平安绩效导向文化的人才脱颖而出。他们就成为平安人才梯队的储备力量。其后，平安会给他们提供充足的、与岗位胜任与提高相适宜的技能培训，并给他们有一定压力与挑战的锻炼机会。在"鞭打快马"的过程中，有些人会顶不住压力，被淘汰出局，能留下的，则是平安需要的各系列、各方面的人才。

其次，人才的造血机制，还在于后备梯队的培养。平安要确保每一个重要岗位上，有好几个人随时可以接上来，承担起相应的职责。后备梯队的培养，是平安每一个干部年度的KPI指标。除了日常的传、帮、带，每一个考核年度结束，主管就会和培训部门商议，为考核排名领先的下属安排合适的培训课程。这样，几年下来，如果持续绩效领先，这个人就可能基本具备接替上级主管的技能和实力。

所以，造血机制就是从发现、培养到造就，一整套完整的人才再造机制，确保公司不会因某些关键岗位的人员流动，导致严重的后果。

国内金融保险行业发展迅速，专业人才短缺。平安因为较早地实施国际化战略，而使自己的人才在市场上备受青睐。当时离开平安的干部员工原因多种多样，有一些是因为新公司的筹建而获得新的发展机会，有一些是因为公司考核机制的作用，有一些是因为人际关系的因素，还有一些是对工作环境和生活城市的特殊要求而离开的，当然也不排除由于与公司经营理念上的冲突而选择离开的。

那一年，我们的总经理室有12个人，走了两位；平安协理有30多位，也走了两位，他们的离开确实让我很惋惜，这些同事中有几个人从平安创业阶段就和我们一起打拼，大家经历了很艰苦的时期，彼此建立了深厚的感情，也都是各个专业领域里的干将，他们的离开对公司来说确实是损失。

绝大部分离开平安的人，都有着良好的道德操守和职业素养，他们离开后，始终关心平安的成长，与平安保持着良好的感情联络。那一年，我们聘请麦肯锡公司帮我们作了一个调查，主要是针对保险业的。麦肯锡调查了离开平安的63人，向他们提出了几个问题。使我们感到欣慰的是，他们虽然离开了平安，但还依恋着平安，看好平安的发展，他们也希望将来有机会回到平安。至于离开的原因，也分了几类，有的认为在新的公司中有更大的发展机会，有的是在原来的单位里与同事、上级之间的关系不够顺畅，也有的是在新单位的待遇远远超过在我们公司的待遇。归纳起来是这么三类。虽然也有一些人对公司的政策有不同看法，但他们中绝大部分认为平安会成为一家很优秀的公司，100%的人都关心、关注平安，经常通过各种渠道了解平安的发展。他们虽然在平安只干了不长的时间，但对平安的关心超过了对其他任何一家公司。

金融保险人才的缺乏是当前市场竞争的一个重要特征，人才流动也就成为必然的趋势。平安的人才在市场上受到青睐，这从一个侧面反映了公司的人才成长机制是值得肯定的，也说明了平安人随平安的成长而一起成长，他们在为公司创造价值的同时，自身价值也得到了提升。

另外，人才流失和人员流动是两个概念。适度的人员流动对公司来讲是好事，所谓"流水不腐、户枢不蠹"。人才的正常流动，不仅有助于促进平安的健康、快

速成长，另一方面也为中国金融保险业培养和贡献了一大批优秀的人才，这些人才在其他金融保险企业身居要职，不仅曾经为平安作出了杰出的贡献，也在为其他金融保险企业、为整个中国金融保险业作出贡献。

　　当然，这并不是说我们不需要竭力留住优秀的人才，优秀人才的流失应该引起我们足够的警觉和重视。我们要建立人才的"造血机制"，努力改善各级、各类人才的工作环境和生活质量，努力创造实现他们价值的成长空间，解决他们在工作、学习、生活中遇到的实际困难，努力使公司的各类人才参与到公司的经营成果中来，使员工真正服务于平安、依存于平安，与平安共同成长。

31. 不管白猫、黑猫，还是洋猫、土猫，抓到老鼠就是好猫

邓小平有一句名言：不管白猫、黑猫，抓到老鼠就是好猫。借用他老人家的话延伸一下：不管白猫、黑猫，还是洋猫、土猫，抓到老鼠就是好猫。

【同舟共济，直帆远航——中国加入世界贸易组织前的内部讲话】

标签：人才管理　海外人才　本土人才　国际化人才战略

小平同志曾讲过，不管白猫、黑猫，抓到老鼠就是好猫。结合公司的用人实际，我对这句话的深刻领会就是：不管海外人才，还是本土人才，只要能将公司发展起来，并且带领公司保持持续领先，就是好的人才，就要大胆为公司所用。

20世纪90年代中期，平安开始推行国际化管理战略。中国企业的对外开放是大势，国内企业要"国际化"，海外企业要"本土化"，这两个"化"就是一场比赛。本土企业要赢得这场比赛，必须要跟经验丰富的竞争对手站在同一条起跑线上，必须有一个能参与竞争的国际化管理团队。

管理的国际化，关键是人才的国际化。一个产品的领先，顶多就是一年半载；一个系统的改进，顶多也就两三年的优势，而一支国际化的优秀人才队伍才会带给我们持久的领先优势。因为他们不但能创造巨大价值，更会带给我们价值观、经营理念、职业操守等方面的巨大变化。这些变化，最终将促进本土化人才迅速成长，逐渐成为企业中坚力量，占据决策与管理的主导地位。这才是最持久的优势！

平安用人不拘一格。10多年来，在平安兼容并蓄、以绩效为导向的文化和制度化平台上，来自不同文化背景、不同经历的人合作顺畅、高效，已形成了强大的国

际化人才队伍，这些外籍管理人才在各自的岗位上发挥了巨大的作用。如来自中国台湾的黄宜庚，将个人寿险的先进营销体系带进平安，带动了全行业的快速起步；再如平安的常务副总经理兼首席保险业务执行官梁家驹先生，2003年从保诚来到平安，使得平安的业务无论是发展速度还是品质都保持了亚洲最高水平，同时他也为平安培养了一大批业务骨干。

"空降部队"、"洋猫"们能不能融入本土企业的文化？就我们所看到的，成功者不算多。这些人要么水土不服，四处碰壁，要么一看情势，选择"双手插兜"，作"壁上观"。但在平安，我们却很少发生这种情况。有两点举措可以保证"洋猫"们成功融入组织：一是平安对这些空降人才充分信任、充分授权，帮他们融入组织，让他们不光承担责任，更有能调兵遣将、调配资源的权力，充分保证他们决策的独立性和权威性。再一个，要对外籍人才有一定的容忍度。人毕竟不是神仙，他们也可能有缺点，我们要容许他们犯错误，同时要积极主动帮助他们有效地成为组织的一部分。

人才国际化并不仅仅指引进海外的"洋猫"，更主要的是要落脚在"土猫"的成长上。毕竟，平安干部队伍还是以本土为主，他们的管理水平、技能及职业理念上的国际化水准才是评判公司与国际接轨程度的真正标准。人才国际化的最终目标是实现本土人才的国际化。平安有一大批聪慧、忠诚、有干劲的年轻干部，但光有干劲、光年轻是远远不够的。我们不可能大批量地送他们出去学习，并且在课堂上学习获得的知识远不能与直接在国际市场上打拼获得的经验和知识所比拟。而通过海外人才的传、带和各种各样的培训，可以使他们足不出户，却能建立国际化的视野、专业技能和职业素养，带动整个公司、整个行业迈向国际化。到目前为止，可以肯定的是，平安本土的优秀员工因此获得了非常难得的学习和锻炼的机会，获得了毕生取之不尽的职业生涯财富。

引进"洋猫"的国际化人才战略不是平安的权宜之计，而是平安实现国际领先的综合金融服务集团抱负的必然选择，平安将一如既往实施国际化人才战略，吸引来自世界各地的优秀人才加盟平安，建设平安。公司本土员工和外籍员工是一个相互配合、相互支持的团队关系，没有外籍员工的引导和帮助，本土员工不可能短时间内达到国际化标准的要求；没有本土员工的支持和协助，外籍员工也无法开展工作。

当然，我们不应奢望国际人才能够包治百病，并且能够一劳永逸地解决平安前进中出现的所有问题。他们是人不是神，食人间烟火，有这样或那样的缺点，也不可能在一两天内就能改变我们的绩效。这正是"尺有所短，寸有所长"的道理。

总之，人才国际化战略的成功，要靠我们有一个开放的心态。经过几十年的发展，早期对平安引进"洋猫"战略的质疑已经消失，争论已偃旗息鼓，相反的，越来越多的中国企业开始引入"洋猫"，实施国际化人才战略。

32. 高处着眼、低处着手

海外人才的选择是很大的挑战，选不好会"水土不服"。平安甄选海外人才有三大标准：既具备丰富的专业经验，又具备很强的再学习能力；高处着眼，低处着手，既具备战略规划能力，又具备很强的动手能力；既具备很强的原则性，又具备一定的灵活性与相容性。

【接待国家人事部副部长兼国家外国专家局局长季允石一行来访的讲话】

标签：人才选拔　海外人才　人才管理

平安的海外人才战略一直备受业内外关注。2007年，国家人事部委托深圳市政府承办"中国国际人才交流大会"。会议筹备过程中，3月21日，国家人事部副部长、国家外国专家局局长季允石一行到访平安。我在平安金融培训学院接待了季部长一行。

季部长很关心平安海外人才的选择标准。我认真仔细地作了解答，这也是我们第一次比较全面地梳理了平安10多年来国际化人才战略的一些核心策略。

平安甄选海外人才有三大标准：既具备丰富的专业经验，又具备很强的再学习能力；高处着眼，低处着手，既具备战略规划能力，又具备很强的动手能力；既具备很强的原则性，又具备一定的灵活性与相容性。

平安选择一个人，候选名单通常有10人以上，通过国际一流的猎头公司在全球范围内反复选择，反复动员，用文化、管理、待遇、事业去动员，有时候要历时一年，甚至更长的时间。当平安需要选拔相应岗位上的人才时，先确定岗位要求，制定明晰的任期目标和发展规划，再锁定全球最优秀的公司、最优秀的人才，通过三大猎头公司在全球物色，反复比较，优中选优。聘任上岗后，再进行持续的市场化业绩考核，通过平安"竞争、激励、淘汰"机制使其发挥最大效能。

这些年，我们聘请的海外人才前后加起来有数百人，不少人是"高处着眼，低处着手"的典范。比如，我们的首席保险业务执行官梁家驹先生，被尊称为"亚洲保险教父"，来平安前，他是保诚亚洲的行政总裁，在亚洲及华人保险圈打拼30多年，对行业的认识、对中国市场的判断、对平安寿险的发展战略当然是驾轻就熟。"高处着眼"就是指具有非常清晰的战略眼光，能对行业方向及前景有精准的判断，对公司经营管理中的强弱点有很清醒的认识等。而"低处着手"，就是对产品的设计、营运的流程、促销的环节都能关注到细节，推进到实处。梁家驹先生每一次到机构，针对分公司甚至营业部的经营层面，能够手把手地教基层管理者很具体的营销手段和方法，所以，机构的同事们都受益无穷。

平安的寿险经营在这些年里真正成熟起来，与梁先生的这种品质和能力有很大的关系。

平安银行的行长理查德先生也是这个方面的典范。他是花旗集团的少壮派代表，曾在花旗银行位于匈牙利、韩国等地的4个分行担任领导职务，操作过至少5次全球范围的银行收购、兼并项目，尤其对经营新兴市场国家的新品牌银行很有经验。

理查德先生在平安工作的最初这段时间，我们的银行业务只有合并前的平安银行，在上海和福州有两个经营网点，业务规模非常小。但他一方面参与我们银行收购的一些重大行动，另一方面沉下心，去关心这家银行的经营细节，发现了它的后台流程中不小的漏洞，然后亲自参与设计新的流程。他很喜欢和员工交流、讲话，会在下班时到一个营业网点去接待最后一位顾客，并征求客户服务意见。重要主题的讲话，他会很认真地准备讲话稿，都是自己动手写，然后由翻译转成中文。

"高处着眼，低处着手"这样的用人理念，不仅在海外人才的选拔上，也在我们日常的干部管理和选拔的过程中得以体现，通过集团管理层及海外人才的言传身教，平安的干部绝大部分都能够"入得厨房，出得厅堂"，既有大局观和战略意识，又有很强的实际动手操作能力，所以在市场上很有竞争力。

33. 好的人才是用心请回来的

平安从1994年开始进行人才国际化的尝试，经过若干年的实践，我们得到了一些经验，比如好的人才一定是要用心才能请来。岗位分析、全方位物色、优中选优————这是引进人才的一个简单流程，与之相配套的是留人、用人、激励制度，对此平安在实践中也有些得失体会。

【向银监会汇报人才引进工作】

标签：人才选拔　海外人才　人才管理

现代金融是人力资本密集型的产业，人才是企业竞争力中最重要的要素之一。随着中国改革开放的深入，越来越多的外籍人才进入中国，而中国企业也更加主动地把橄榄枝伸向了海外。如何引入企业实际需要的关键岗位人才，成了很多企业在发展过程中面临的现实问题。

平安在选择核心人才时，一般会按岗位分析、全方位物色、优中选优这一套简单的流程来操作。第一，分析清楚岗位是什么特点，制定清晰的3~5年的任期目标和发展规划。第二，按岗位要求，先在内部寻找人才，内部没有的，在国内寻找，国内没有的，在海外寻找。第三，通过猎头，全球海选，优中选优。

什么是顶尖的、优秀的人才？在平安的概念里，是那些在原单位受到表彰与重用，处于事业上升期的人。在平安的用人之道中，他们是最优秀、最顶尖的人才，值得用心来请。

一个岗位，平安一般会通过国际猎头公司物色，海选出5~10个候选人，然后反复比较，优中选优。优秀人才有什么特质？平安看中的是那些既有专业经验，学习能力又强的；既能高处着眼，具备战略规划的，又能低处着手，执行力优秀的；既有原则性的，又有相容性，具备较强文化融合和沟通能力的人才。对于这些优秀人才，平安往往长期反复动员。理查德先生就是个典型的例子。他来平安之前是花旗银行韩国分行的总经理，是花旗集团系统内很出色的管理干部，正处在事业的上升期。猎头公司物色到他的时候，他是拒绝的态度，完全不考虑国际最有名的猎头公司给出的邀约。我们就"怂恿"猎头公司的老板亲自出马，住在理查德先生家门口的酒店，用一周时间来等候他。诚意所至，他终于同意和平安接触。我建议他到中国的上海走走看看，他就带太太到了上海。我们集团的几个高层，特别是几位外籍高管都与他会了面，向他介绍中国经济的未来、中国银行业的前途、中国平安的愿景。为了得到大后方的支持，我们还安排几位英文功底优秀的同事专程陪着他的太太，让她对上海产生好感。几经波折反复，经过近一年的时间，他终于下定决心，加盟平安。整个过程，平安真的是很用心，表现出了求才若渴、惜才如金的诚意。现在，在平安工作的海外专才，基本上没有谁是公开招聘或者自己找上门来的，都是在其他公司发展最好的时候，正处于上升期的阶段，我们通过国际猎头公司把他们请过来的。

海外人才加入国内企业，一般最忌惮的是企业内复杂的人际关系和不透明的管理制度。平安恰恰拥有一个适合海外人才留存的文化平台。平安经过这20多年的

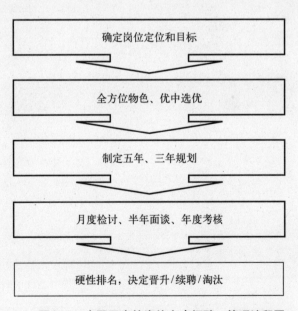

图2-1 中国平安的海外人才招聘、管理流程图

发展，打造了一个"兼容并蓄，海纳百川"的用人平台，公司有规范的治理结构、透明的管理平台、清晰的价值导向以及简单的人际氛围，很多海外同事对此很欣赏，在平安工作得很开心。

平安用心把这些专才请来，目的有三：做事、做平台、培养人。第一，请他们来做事，充分发挥他们在理念、技术、经验等方面的优势，在促进业务发展、提升投资收益，防范经营风险等方面直接创造价值。第二，用他们来搭建平台，帮助建立起能与国际接轨的经营管理体系、制度、标准和流程。就平安而言，我们在上海张江建立的具有世界领先水平的集中后援平台是这一目的的直接体现。第三，用他们来培养本土人才，通过传帮带、轮岗等多种方式，把我们的重点培养人才交给他们来带，最终带动本土人才的成长。

34. 不同阶段选用不同的人才

　　1988年的平安是一只在小河里航行的小舢板，经过不断的发展，今天的平安已经是一艘在大海中航行的航空母舰。平安能取得今天的地位，很大程度上应归功于平安的用人观——在不同阶段选用不同的人才。

【如何驾驭平安这条巨轮——在麦肯锡全球合伙人大会上的讲演】

标签：人才管理　企业管理　制度　海外人才

1988年的平安是一只在小河里航行的小舢板，而我就是小舢板的船长。经过不断的发展，今天的平安已经是一艘在大海中航行的航空母舰，驾驶航空母舰需要的技能与操纵小舢板自然不同，所以要么换一个船长，要么找到帮助他驾驶巨轮的大副、二副、水手等专业人才。平安选择了后者。平安能取得今天的成绩，很大程度上应归功于公司的用人观——在不同阶段选用不同的人才。

　　经营一家十亿、百亿元资产的企业，和经营一家千亿元资产的企业相比，规模不同，需要的人才和团队不同；经营一家单一业务的公司，与经营多元化发展的企业相比，复杂程度不同，需要的人才和团队也不同。

　　我们的创业团队成员为公司的发展作出了不可磨灭的重大贡献，但是，随着公司发展不断进入新的阶段，很多"老人"多多少少感到了压力，有时候公司不得不说服创业团队成员从一些重要岗位上退下来，为更合适的人才提供发挥聪明才干的空间。这对全世界任何从小到大发展起来的企业而言，都是一个巨大的挑战，关系到企业的成败存亡。对于因为个人能力不再适应公司发展速度和需要的创业团队成员，我始终在为他们寻找新的定位，鼓励他们学习新的技能，帮助他们适应新的岗位，这一做法得到了他们的理解，调整过程总体上是平稳、顺利的。难能可贵的是，我们有些创业元老，为了平安未来的事业，主动退出。比如我们有两位前任副总经理杨秀丽、胡杰，她们都在平安创业初期为公司的发展壮大作出了许多贡献，当公司不断跃上新的台阶之后，她们又在未到退休年龄时，主动提出退休，为新人腾出位置，这种高风亮节很了不起。我们充分肯定这些创业元老的成就和贡献，更深深敬佩他们的精神和胸怀。相反，国内很多企业都过不了这一关，在快速成长、短暂辉煌之后，因为人才更替问题不能解决而开始走向下坡。

企业在规模小的时候容易管理些，一旦规模变大，新老换代速度跟不上，往往容易发生危机。平安很幸运地避免了这点。我常对大家说，"2002年的马明哲领导不了2004年的平安"，我自己始终在不断地学习和思考，同时也始终在为平安下一步的发展寻找最合适、最优秀的人才。随着平安综合金融业务的发展，我们各个业务单元及总部的各个职能部门都需要更加科学的方法、更加专业的人才来设计操作。这些年来，我们在调整创业员工的同时，持续不断地引进优秀海外人才，择人任势。在《做好CEO的30个要素》一文中，有一条是这样写的，"让合适的人做合适的事，远比开发一项新战略更重要。如果只有世界上最好的策略，但是没有合适的人选去发展、实现它，这些策略恐怕也只能光开花不结果"。我认为这话讲得太精彩了。这实质上是一种"人为先，策为后"的用人理念。没有合适的人，再好的策略也没有意义。没有合适的人，也不见得能制定出好的策略。

很多人对平安引进海外人才的做法有过疑虑，"海外人才能适应中国的企业吗？国外的观念在中国行得通吗？"那些海外人才对进入一家中国企业也有自己的疑惑，"你会充分授权给我吗？还是只是找来当一个摆设，做标榜之用？"事实胜于一切。我们既然要让合适的人干合适的事情，就会充分授权，帮助他成功。我们充分信任这些人才，给予足够的支持、足够的权力，鼓励、协助他们大胆变革，将先进的管理理念、管理技术注入平安。慢慢地，这些方法、观念凝聚成一种文化，大家习惯了向国际标准靠拢，习惯了变革，习惯了和外籍员工相处，也习惯了外籍员工拿比较高的薪酬，平安因此活力四射。我相信，形成这样的文化才是最重要的。许多外籍员工来平安工作，除了工作环境的变化外，感觉不到文化上的冲突，觉得很快就能适应，并找到自己工作的状态和氛围。

2005年，我曾与一位35岁的浙江人在汤臣打球。这位球友是浙江一家纺织品工厂的老板，专做成衣出口，他的工厂雇有12 000多名工人。当时，中国纺织品正遭到欧美围堵，频繁地被反倾销制裁，我心里想，现在纺织品出口生意这么不好做，他还有这么多工人要管，工厂在浙江，自己却在上海打球，可真够悠闲的。他似乎明白我的意思，给我讲了他的管理之道。原来他的工厂也走过一段弯路，找来亲戚、朋友经营，慢慢有了家族企业的一些弊病。这个浙江人很有眼光，他趁问题还没爆发时，采取了当时还是非常超前的做法：雇了一大帮日本职业经理人帮他打理企业，这些职业经理人逐渐取代了家族里的人。他分析说，这样做有三个好处：

1. 请中国人来管，无法避免他们终有一天要另起炉灶，独立门户来和我竞争，中国人"宁当鸡头，不做凤尾"的观念很强烈，但日本人不会。

2. 很多中国人一看老板赚得多，就不情愿了，不全心全意地工作，即使是"海归"也不行，总觉得钱拿得不多不服气，随时会离开；可是日本人拿了你的工资，就会为这份工资和工作负责到底，做好自己的本职，而且质量非常好。

3. 国外成熟的职业经理人工作非常认真专业，有经验有条理，数量和质量控制都非常严格。

高峰时，这位浙江老板请过12位日本人帮他管理工厂，工厂产量比其他厂家平均高出25%，而且质量有保证；同时，由于这家工厂的订单销往日本，有日本经理，与日本经销商打交道完全无障碍，以优秀的产品质量为基础，公司迅速在日本市场打出品牌，市场份额很高（连我当天身上的球服都是他们厂生产的）。他的厂里当时只有6位日本经理，管理12 000多名工人绰绰有余，他已经可以基本放开经营不管。他的企业制度化平台建设得非常好，管理也十分精细。精细到什么地步？自行车停靠都有人管，前车轮要摆成一条直线，就餐后餐具摆放也有人管，汤匙的摆放朝向都要求一致。他说，这些日本经理人的价格并不高，最高职位的一位每年是120万元，最低的45万元，但他们为他的工厂创造了几千倍、几万倍的价值！听完他的介绍，我感慨：这真是两种最高智慧的最佳融合——日本人的管理智慧和中国人的商业智慧！

当然，他对中国职业经理人的素质进步和成长可能过于悲观了一点，以平安的经验，我们的本土干部进步也非常快。但这个故事确实印证了平安这十几年来为什么会成功的道理：正是我们大胆引进了一大批拥有国际先进经验的海外管理精英，他们带来了领先的理念、机制和技术，培养起了国内本土的经理人队伍，使平安在国内率先跨上国际化的征途，平安才有了今天的发展！

审时度势，因时用人、因事用人，让老人心甘情愿地让出位置，让新人有职有权充分发挥才干，这是平安未来持续取得成功的一大关键！

35. 将知识转化为价值

面对经济全球化的挑战和知识高速更新带来的压力，要建成国际领先的综合金融服务集团，平安只有加速成长为一家高效吸收知识、将知识转换为发展动力和能量的企业，才能时时刻刻在市场上保持领先。平安的培训工作就是要实现高效地将知识转化成价值，走实实在在的知识价值最大化之路。

【2006年在平安金融培训学院开业典礼上的讲话】

标签：人才管理 培训 知识型人才 价值

有一位管理学教授给学生上课。教授拿出一个玻璃瓶放在桌上，随后他取出一堆拳头大小的石头，把它们挨次放进瓶子里，直到无法再放。教授问："瓶子满了吗？"学生们都回答："满了。"教授不说话，从桌下取出一桶砾石，倒了进去。砾石填满了大石头中间的空隙。教授仍不说话，又取出一桶沙子，倒了进去。沙子填满了砾石中间的空隙。他再问，"现在呢？"大家似乎明白了，都不说话。教授笑着又提出一桶水，缓缓倒进玻璃瓶，直到水面与瓶口齐平。

对这个富含哲理的故事，每个人都有自己的见解。在我来看，它告诉我们，在人的职业生涯中，接受新知是永无止境的，不要满足于学习一套本领，要活到老学到老。

当代社会，知识更新的周期越来越短，在工作环境中，"胜任"变得稍纵即逝，不断学习、不断接受培训才是一种常态。知识经济把知识视作最重要的资源，把人创造知识和运用知识的能力看作是最重要的经济发展因素。对于一家企业来说，人是最重要的资产，只有每一个员工的内在价值获得挖掘和不断增值，并运用到工作和生活中，才能真正地为企业创造持续的效益和价值贡献。员工的贡献要获得增值，除了公司为其匹配合适的岗位和分配可以通过潜能发挥而逐步达成的目标之外，还需要不断注入最新的能够促使每一位员工在现有岗位上迅速成长和提高的知识，并通过深入学习和实践指导将这些知识转化为工作能力，转变为企业价值，也只有这样，才能推动个人、企业、行业乃至整个社会经济向前发展。

现代人力资源管理围绕着如何挖掘和提升组织中人的绩效和价值，建立了一系列人力资源识别与评价、培训与提高、企业文化和组织建设的制度和理念。平安的人力资源管理不仅将人视作最重要的资源，将企业文化列为公司的核心竞争力，更将员工培训作为公司的核心发展战略，以"将知识转化为价值"为导向推动公司培训体系的建立、发展和完善。

从创业至今，平安都非常重视培训方面的投入，员工培训费用占薪酬总额的比例基本上保持在5%~7%之间；个险代理人培训费用占销售额的比例一直稳定在0.6%~1%的水平，即使与国际上著名的大企业相比，都是最高的。2008年金融风暴席卷全球，平安又面临富通投资带来的巨大利润压力，但即便这样，我们没有压缩培训费用也没减少培训人员，而2009年培训预算比上年还增长了41%。

2006年初，耗费4.5亿元"巨资"建设的位于深圳总部的平安金融培训学院投入使用。此外，平安在上海张江、各省省会及中心城市还有100个左右的培训中心，每家平均面积均超过2 000平方米。除了学院的专职教师外，我们有2 500名员工从事培训工作，有25 000名内部兼职讲师活跃在平安讲台上。

除了面授课程外，平安还创建了国际最先进的远程教育系统，学习资源非常丰富：有平安自主开发的600门网络课程，供外部采购的170门课程，在线考试项目200个，电子图书和期刊100万册，其中"虚拟教室"技术可对公司内网中的400台电脑远程授课，并同步录制成网络课程。到2009年，我们的远程教育覆盖到了

98%的平安员工，完成网络课程学习70万门次。

平安金融培训学院投入使用时，很多媒体十分关注平安为何建造这所企业大学，甚至质疑这样的投入"值不值"。平安为员工培训倾注了这么大的人力、财力、物力，自然非常关注这些投入的实际效果，重视如何更好地"将知识转化为价值"，转化成"提升平安利润的能力"。通过多年的培训实践，我们发现，并不是所有的知识都能转化成价值，"将知识转化为价值"这一导向要求发现和识别对企业有用的知识，培训课程要因人而设。因此，我们会定期了解员工希望学到什么，获得怎样的提高，分析什么样的知识和技能对于特定的员工是最欠缺、最能够应用到工作岗位中来的。如有的干部缺乏规划能力，就应该为其开设规划能力提升课程，这类培训创造的价值将远比开设一个亲子训练活动营要直接和有效。针对刚刚进入高级领导岗位的员工，为了提升岗位适应率，我们专设了"迈向高级经理"课程，其中与平安业务相关的部分由8位集团专业子公司的CEO讲授，让学员直接观察和学习平安最成功的榜样人物，更能让学员触摸到平安的决策者的思维方式，为日后的合作打下基础。

"将知识转化为价值"同时要求培训后的员工是"能力分子"，而不是简单的"知道分子"，不仅知其然，知其所以然，而且更要学习如何将这些知识应用到实际工作中，创造价值、贡献利润。因此，在各类培训课程中我们引入模型建立、案例讨论和情景演练等环节，促进员工将所学知识迅速应用到问题解决和行动过程中。"迈向高级经理"课程中就有一门行动学习课程，要求学员组成团队，将所学理论框架、战略思维与实战经验结合，一起讨论专业公司董事长们提出的实际问题，为业务发展献计献策。学员的作业常常成为集团及子公司高管们的战略考虑内容，具有相当重要的参考价值。

"将知识转化为价值"还要求对员工培训的实际效果进行严格的评估和追踪。在培训的过程中和完成后，我们会有意识地设置一些对学习效果的"监控环节"，让学员定期地回顾和检查自己的学习效果，审视学到的知识在日常工作中的运用情况。培训部门经常收到非常积极的反馈，有来自学员的，也有来自学员领导的。某个子公司董事长就在信件中提出有位学员通过培训学习，提出了一个非常有实用价值的业务建议，被列入该子公司2010年的工作规划之中。此外，通过课程满意度调查和日后的应用追踪，我们能够及时发现培训课程的不足，不断丰富和完善课程的内容和形式。

　　从这些事例可以看出，平安重视员工培训，不是做学历教育，不是做培训秀，而是踏踏实实地根据公司的战略确定各级员工所需求的知识与技能，并通过面授或者网络课程方式，将知识、技能转化成行为习惯和个人产能，以此实现知识向价值的转化。日本松下电器公司创始人松下幸之助曾经说过："松下公司是制造人才，兼而制造电器。"他这里说的人才，即是指高素质人才，是可以将知识转化为价值的人才。将员工素质教育和价值增值相关联，并视为企业文化的一部分以及公司发展的根本，这正是汇丰、IBM、通用电气等企业能够历经无数次知识更新浪潮还保持着强大竞争力，并赢得国际市场的原因。平安也要坚定不移地走以价值为导向，加速实现知识转化的培训之路。

平安

36. 创造公司和个人双重价值的最大化

大河有水小河满。公司价值和员工个人价值是合为一体的，没有公司价值的成长，个人价值无法实现；没有个人价值的创造，公司价值无法成就。公司价值是个人价值创造的基础和前提，个人价值是公司价值创造的结果和表现，要努力创造公司和个人双重价值的最大化。

【关于"新价值管理文化"的讲演】

标签：个人价值　公司价值　员工与企业

西方国家自16世纪开始工业革命，大规模工业化生产组织要比我们发展早很多。基督教新教伦理以及工业革命所形成的商业游戏规则、制度化规则融入了西方人的日常行为之中，人与人之间的关系、人与组织之间的关系、人与社会的关系都有了清晰合理的规范和指引。

我们过去一直是一个农业国家，20世纪80年代开始包产到户，探索市场经济，90年代才正式把市场经济作为经济模式的发展目标，而商业社会强调的制度意识、契约精神长期以来是我们管理的盲点。在1999年，平安也面临着这种现实，为此我们大力倡导"新价值管理文化"，力图通过观念塑造来认识个人与企业的关系，认识"大河有水小河满"的道理。

一个人的价值是如何体现的？

人活着，特别是成年后，成为一个职业人，领一份薪水，能让自己和家人安居乐业，这可以算是最基本的追求。然而，我们实际上又不单单是为了薪水而工作，我们还追求个人素养的提高、技能的改善、职业的发展，乃至荣誉感、自豪感，追求自我的实现。可以说，一个职业人的价值是多层次的。

除此之外，个人的价值还反映在他所处的环境中，如家庭、朋友、公司和社会等。赡养父母，抚育儿女，关爱配偶，改善生活条件，得到家人的尊重和支持，享受天伦之乐，这是个人价值在家庭上的体现；分担困难，解答疑惑，乐于助人，雪中送炭，体验友情和尊重，分享快乐与幸福，这是个人价值在朋友间的体现；忠于职守，尽心尽责，不计得失，全心奉献，发挥聪明才干，为公司创造价值，得到同事认可、领导赏识，获得一份快乐的心境和成就自己的愉悦，这是个人价值在公司里的体现；奉献爱心，承担责任，弘扬社会正气，得到社会尊重和认同，建立稳固的社会关系和地位，这是个人价值在社会上的体现。

价值意味着尊严和幸福，快乐和自由，每个人都应该将价值最大化看做是一生努力与奋斗的目标。

职业人价值创造的平台离不开公司这个基础。公司的价值是与员工的价值密切相关的，公司为员工个人价值的实现提供广阔的发展环境和空间，提供学习知识、锻炼才能、积累经验的平台。只有当公司的价值不断增大，才能为实现员工价值最大化提供充足的机会和条件，只有公司有良好的发展前景，员工才能借助公司的品牌和资源，更加从容自信地成就自己的事业。

个人价值最大化是每个人的追求目标，个人价值又在实现公司价值最大化的过程中得到体现。很难想象，如果我们在公司里的每一项工作不能有效地为公司创造价值，我们每时每刻不是在努力地为公司创造价值，我们的人均绩效、人均产出不能领先于同行，我们如何能获得优越于同行的工资和福利；也很难想象，我们为公司创造的价值如果没有领先于我们的前后左右，我们怎么能期望获得超出别人的薪酬和事业进步的机会。因此，我们只有不断以更低的成本创造更大的价值，才能有个人价值的提升，才能收获更加健康丰盛的人生。

同样，公司也要为员工价值的实现积极创造良好的环境和空间，要在公司价值实现的同时，努力让员工获得安身立命的家园感、事业进步的成就感和自我实现的满足感。公司需要通过不断完善我们的绩效考评体系、培训体系、薪酬和激励机制、职业规划及企业文化，让员工的个人价值有充分实现的舞台。

员工个人价值实现所激发出的激情与潜力是公司价值增长的无限动力。没有千千万万平安人的竭诚奉献，平安不可能有今天的辉煌。也正因为有了今天的辉煌，我们的员工才有了属于自己的职业历练和专业积累，有了属于自己的发展平台和事业空间。

37. 部门经理不是"二传手"

什么是优秀的部门经理胜任模型？我以足球来形容。他不仅是一个一流的前锋，也是一个优秀的教练，还是一个全能的领队，更是一个公正的裁判，甚至就是比赛规则制定者。部门经理的工作不单单是一个承上启下的环节，也不是"二传手"，而是一个开放式的平台。

【在2000年寿险部门工作会议上的讲话】

标签：人员管理　工作作风　企业文化

什么是优秀的部门经理胜任模型？我以足球来形容。他不仅是一个一流的前锋，也是一个优秀的教练，还是一个全能的领队，更是一个公正的裁判，甚至就是比赛规则制定者。说他是前锋，是要求这个部门经理要懂得踢球，对负责的工作如何开展要了如指掌；说他是教练，是要求他能带领团队制定战略、研究战术，并确保在赛场上贯彻执行；说他是领队，是要求他能保障后援，为前线提供强大的支持，鼓动组织的斗志；说他是裁判，是要求他能在组织中公平、公正、公开地处理问题，协调进度，保证比赛顺利进行；最高境界，当然希望他就是足协主席，制定规则后，跳出圈外，宏观把握整个项目的方向甚至引领某一方面的变革。所以说，部门经理的工作不单单是一个承上启下的环节，也不是"二传手"，而是一个开放式的平台。

2000年9月下旬，寿险机构召开了部门工作会议。在会议上我就寿险经营管理有关问题作了发言，其中针对很多部门经理不适应当时机构扩张的情况，强调了部门经理的角色定位和角色转换。

　　公司发展的关键在于人，而高级管理人员更是公司快速健康发展的关键中的关键。我们要建成一个强大的平安，就需要一个强大的后台支持，要拥有强大的后台支持必须依赖于强大、高效的部门，而强大、高效的部门关键在于强大的部门经理。只有拥有强大的部门经理作为支撑，才会有强大的平安的出现。可见部门经理的角色和定位对公司的发展非常重要。

　　假设我把一项工作交给某一位副手去做，副手说把它交给一个部门经理，部门经理把它交给办公室主任，办公室主任又把它交给一般员工，老的员工架子还比较大，他说我不干，于是把它交给一个刚刚来的还在试用期的员工，让他写一份报告。一项至关重要的工作，让懵懂的新人做。新人做好后，同意、同意、同意，一路交上来。结果拿过来一看，对公司根本不了解，然后我再一个个地找人来谈话，告诉他们怎么写，整个上下程序重新来一遍。我举这个例子是说，表面来看，公司有强大的管理知识积淀，结果重要决策的依据是建立在新人水平之上，这是多么可怕的事情。部门经理不能仅仅做一个"承上启下"的"二传手"，一个"上传下达"的"传声筒"，而是要做一个开放的平台，要形成具有前瞻性、主动性的工作作风，要把培养下属、培养人才作为一项重要的本职工作，激发下属潜能、培养下属技能、引导思维、改变观念。

　　首先，干部要做开放的平台，要形成具有前瞻性、主动性的工作作风。我的日常工作比较多，但对很多细节工作还是要求自己亲历亲为，比如一篇对外发言的稿子，我都亲自参与修改，反复十来稿、二十几稿都有，可以说字字斟酌、句句留心。而我们的"二传手"干部，既不对事情的方向进行把握，也不主动对核心的细节进行探讨、分析、沟通，把精力都放在别的地方了。

　　其次，干部要把培养下属、培养人才作为一项重要的本职工作，要让员工在你这个平台上得到指点、得到成长、得到价值实现的机会。

　　2001年的时候，当时的组织人事部对集团总部新员工进行了一次调查，结果让我非常震动：相当一部分新员工进入公司后没人理睬，部门主管从来没有安排人对其进行谈话，部分新员工不明确自己的工作职责，工作上有问题也不知道向谁请教，有接近40%的新员工对公司感到失望。这是当年的一个情况，现在我们要好很多了。当年为什么会出现这种情况？我们分析有两个原因：

　　第一个原因主要是技能问题。我认为部门经理有四个方面的职责：管理经营、管理质量、管理财务和管理人，其中最重要，也是最基础的是管理人。平安的部门经理大都是以前业务或管理非常优秀的人才，应该说是懂得经营和管理的，但随着公司发展，这些部门经理的基本素养中的短板就暴露出来了：缺乏辅导和培训员工的职责和意识，不知道帮助员工提升什么技能，如何提升。这主要是部门经理的技能问题，不只是态度问题。

第二个原因是远离市场。有些部门经理心目中的直接"客户"不是市场上的真正客户，而是直接领导，完成上级交与的任务比其他任何事情更为重要，因此他们注意力的重点不太会放在提升员工技能和帮助员工发展上。话说回来，部门经理不能就公司的决策与员工及时有效沟通，员工就不知道自己努力的方向，这样就难以形成认同感和参与感，对公司的满意度也就会下降，整个部门运作的效率也不会高，反过来还会影响了部门经理的管理水平。对我们的管理干部来说要弥补这些不足，要有开放的心态，学会如何激发下属潜能、如何培养下属技能、引导他们思维进步、改变他们落后的观念。

干部要做开放的平台，这是我们干部管理文化的一个方面。另外，我还想强调我们的干部管理文化的另两个方面。

一、要敢于追求无边界的工作。处理好分工负责与协作的关系，打破"画地为牢、以我为主"的壁垒，打破地域的限制，提倡分工不分家，要敢于超越自己的工作范围、敢于挑战现有的工作制度，提倡以主动帮助其他部门为乐的精神。

二、工作习惯要提倡"三化"，即"具体化、时间化、责任化"。具体化，是指具体要求什么要明确地讲出来；责任化，是指必须明确由谁来负责；时间化，指的是对于日常工作的每一件具体事务，要做到"项清、日清、时清、分清"。每一项工作清清楚楚，每一天的工作尽可能提早做。我们要督促每一位员工提高效率，急前线所急、急业务所急。也许我们这里提前一分钟，或者推迟一点下班，能把相关工作完成，那么，我们给分公司争取到的就不只是一天的时间；如果我们每个部门能够提前一分钟、提前一小时，我们给分公司带来的就不只是几天、十几天的时间，我们将赢得市场竞争的主动。

做开放的平台，敢于追求无边界的工作，将工作习惯"三化"，这是我强调的管理干部文化的三个方面。每个干部都做好这些工作，平安国际化管理水平的实现就指日可待了。

38. 保护"出头鸟"

平安需要"出头鸟"，更要保护"出头鸟"，我倡议平安所有的干部面向客户、面向市场、面向一线，本着公司利益最大化的原则，向各种原有的、不适应市场需求的制度和观念挑战。

【关于2001年寿险营销计划的备忘录】

标签：人才管理　企业文化　竞争机制　出头鸟

公司有很多这样的干部，因为惧怕"枪打出头鸟"而不愿挑战目标、畅所欲言。但是，平安需要"出头鸟"，更要保护"出头鸟"，我倡议平安所有的干部，都要敢于面向客户、面向市场、面向一线，本着价值最大化的原则，向各种陈旧的、不适应市场发展的制度和观念挑战。

像平安这样一个市场的主要竞争者，在公司内部也应该形成竞争机制，有一大批"出头者"和"挑战者"出现，平安才可能持续地发展。在公司的政策下，我们要防止出现"枪打出头鸟"的情况，要鼓励他们，保护他们，同时，要坚决堵住这些枪口。

平安的文化中，我们既强调协作也强调竞争。平安文化以价值最大化为导向，三大机制为核心，强调团队协作，同样也崇尚英雄主义，鼓励员工出类拔萃，追求卓越。

从干部使用的角度，我们为什么使用专业型、敢冲敢拼的干部？比如现任平安集团副总经理、平安新渠道董事长兼CEO顾敏，40岁不到就被赋予重任。他就属于那种有棱角的干部，他们可能会得罪人，但是一个不得罪任何人的干部不可能具有开拓精神、有冲劲。正因为他们敢于质疑，敢于发问，敢于改变不合理的程序，才开创出一片新天地。墨守成规，上下周围打点得妥妥帖帖的干部，工作上不太可能富有新意。

现任平安银行副行长谢永林，从平安寿险江苏分公司的基层做起，后来担任过平安寿险浙江分公司的一把手、发展改革中心的副主任等职务，在集团银行业务快速发展的时候，被委派去银行工作。他对前线业务很熟悉，在寿险改革的一些项目设计过程中，他勇于向麦肯锡提出反对意见，包括对我的许多观点也大胆提出不同意见，感觉有点"刺儿头"，但正是他的坚持，我们避免了方案设计上会走的一些弯路。当然，他的"刺儿头"更表现在其他实际工作中，所以有不少人对他不怎么满意。放在这里评价他，并不是说他的工作方法不需要改进，只是强调说，在平安的文化中，我们需要敢于坚持原则，积极开拓，勇做"出头鸟"，并且不怕得罪人的干部。面面俱到，人人说好的干部我觉得是几乎不存在的。

在公司价值导向上，我们要保护"出头鸟"，不求全责备，要允许他们犯错误，为他们营造一个良好的人际环境和充分的创新条件。平安以KPI衡量绩效，以价值最大化为工作导向，"出头鸟"在这样的平台上自然脱颖而出。

当然，辩证地看，"出头鸟"也要讲规矩、讲原则，按照既定的程序、流程办事，不能动不动就越级汇报。"出头鸟"本身要遵循必要的决策机制，不要拿尚方宝剑压人。对"出头鸟"，我们要更好地训练他们的管理、沟通技能，保护好他们的工作热情。

这些年，随着我们考核机制的完善，特别是KPI的执行体系越来越完善，"出头鸟"在平安被钳制、打压的可能性越来越小。可见，如何保护"出头鸟"，文化问题、认识问题解决后，机制非常重要，只要把具体的制度平台设计好了，"出头鸟"就不会显得另类了。

39. 人力资源经营是人才工作的最高境界

人力资源管理有三重境界：人事管理、人力资源管理、人力资源经营。在平安，人力资源经营是对人力资源工作的最高要求。

【2007年与集团人力资源管理干部的谈话】

标签：经营　企业管理　人力资源

每个人在发展的不同阶段都有职业标签。比如目前，在大部分人眼里，我是一个金融企业家。但是，早期，我的职业出身其实是一个人力资源经理。我在蛇口的第一份工作就是人事工作。这个背景也使得我特别喜欢思索人力资源方面的发展。

在我看来，人力资源工作，有三层境界——最基础的是传统人事管理，再进一步是人力资源的管理，而最高境界则是人力资源的经营。

我们国家在很长的时间里，只有"人事工作"而没有"人力资源"的概念。工作停留在调档案、发工资、查考勤等一些最基本的事务性层面，也没有很专业的考核工具，每个人论资排辈，工龄或者资历到了，按部就班地晋升。这个时候，"人事"工作就是具体的"人的事务"，对人的价值的理解与挖掘比较浅薄。

改革开放以来，人的价值显得越来越重要，企业关于人的工作也显得越来越重要。平安经过几年的实践，从1997年开始，逐步形成了完整的人力资源管理体系，完善和健全了招聘、员工关系、绩效管理、薪酬管理、培训等各个人力资源模块，从传统人事迈向了规范、系统的人力资源管理体系。这个阶段，招聘上有了更专业的人才甄别系统，对员工关系的疏通强调更人性化、便捷化的服务，对于绩效、薪酬，引入专业的外脑帮助实现更具竞争力与市场化的管理，而培训也越来越有针对性与体系性，不仅师资力量庞大，而且建造了亚洲规模最大、设施完善的金融培训学院。

人力资源管理在企业实践中很容易变成静态的东西，成为一个个僵化死板的流程和要求，时间长了很容易和业务脱节，引起各种各样的矛盾和问题。这些问题的根源在于，人力资源管理本身不能解决人的价值问题，必须在经营的过程中才能发挥价值。好比土地里出产的产品，只有在流通中才能实现、发挥商品价值。同样，人力资源部门只有与业务融为一体，前瞻、动态地开展工作，才能真正让人的价值在业务运营中有效发挥、持续增长。

所以这几年，我们说得比较多的，是人力资源的经营。人力资源经营就是要把"人"作为资源来经营、开发、配置，从人力资源的角度来解读企业经营，用人力资源的方法与工具来支持公司经营战略，让人与业务的配置更加紧密高效，通过推动公司所拥有的人力资源持续增值，从而推动企业价值的增长。

要做到这一点，人力资源工作的视野要打开，要更加深入地参与到整个公司的经营活动中来。近年来，人力资源部门基本参与了公司所有重大战略业务的研究、讨论，了解业务赢利模式，研究成本结构，参与相关分析、测算，提供决策意见，通过分析人力投入与产出之间的关系，确定微观层面相应的人力资源策略。从后援集中到PE业务的设立，从个人银行到新渠道，人力资源深入参与着大大小小的各项变革，不仅从人力投入产出模型、组织架构确定、人员配置等各个方面提供了前置、有效的人力资源支持，甚至还帮助公司主导了一些重大项目，推动了公司业务的发展。

除此之外，人力资源经营还特别需要把各级管理干部培养成人力资源经理。我们要求各级干部有这样的技能：第一，善于招聘，学会在人海中发现有价值的人；第二，善于训练，努力使人才增值；第三，组织协作，把每一个人才的价值充分发挥出来；第四，敢于使用，在使用中发现最适合某一人才发挥潜力的岗位；第五，善于激励，通过科学的考评机制，强化绩效评比。

人力资源经营还要学会使用企划的职能和工具，要有很强的规划能力、投入产出的分析能力、建立数据化管理和经营的平台等等。2009年上半年，平安所有的专业公司都在制定五年规划。我们要求人力资源要进入投产模型。各个专业公司的五年规划中，人力资源模块要单独拿出来做方案。如果达成业务目标，人力资源上要投入多少成本总额、投产比是否能保证逐年提高、投产指标如何优化、费用率优化后带来的利润贡献等问题都是要考虑的。

从人力资源管理到人力资源经营的彻底转变，使得平安的人力资源工作站在了集团经营的高度，同时与企划、财务等核心部门有机配合，成为平安管控、驾驭、驱动整个系统的推动器。

平安

平安 心语

第三篇　法规·道德·企业文化

企业竞争归根到底
是企业文化的竞争

优秀的企业文化
一旦形成，就如
磁铁一样，会形
成一个有效的磁
场，产生强大的
凝聚力与向心力。

40. 企业竞争归根到底是文化的竞争

对一家企业的发展来说，资本、人才和技术都很重要，但最重要的当属文化。资本可以通过市场募集，人才可以通过高薪招聘，技术可以引进，文化却不是一朝一夕能形成的。但是文化的重要性又毋庸置疑，卓越的企业文化能够将资本、人才和技术有机地贯穿起来，从而能够强有力地积聚和吸纳资本、调动人才的积极性、激发他们的创造性、最大程度地发挥技术的优势，最终形成企业的核心竞争力。

【关于举办高级管理干部企业文化系列讲座的意见】

标签：企业文化建设　竞争力　信仰

20**09年10月1日**，是新中国成立六十年周年纪念日。报刊、杂志刊登了很多回顾历史的文章。我注意到其中有些话题，也是平安早年进行企业文化建设时讨论过的。比如，解放战争的话题。

众所周知，解放战争交战的双方，实力相差悬殊，但结果却是初期军力较弱的共产党军队获得了大胜。战争初期，共产党军队人数上不占优势，武器装备、后勤保障等方面更是相差甚远。国民党的军队有强大的国家物质基础保障，武器装备精良，共产党方则弹药匮乏，艰难时刻整个队伍甚至食不果腹、衣不遮体。但就是这样的差距，随着战争的进程，却产生了戏剧性的结果。最终，依靠小米加步枪起家的共产党战胜了飞机加坦克的国民党，赢得了胜利，解放了全中国。

这是战争史上值得探讨和深思的话题。共产党的军队能取胜的原因是多方面的，但其中一个很重要的原因就是：共产党的队伍有文化信仰，他们有理想、有追求，用现代的术语说，就是拥有一套自己的核心价值观——共产主义信仰。在艰苦的环境下，并不纯粹靠纪律管理队伍，也不拿奖金鼓舞士气，却依然能有嘹亮的歌声、昂扬的斗志，这就是信仰的力量。

信仰是什么？信仰就是文化。文化在战争年代就是战斗力，在和平年代就是生产力。

平安早在成立之初，就非常重视组织的文化建设。1996年的系统工作会议上，平安提出了"现代企业的竞争归根到底是企业文化的竞争"的观念，将文化放到了企业核心竞争力的位置上。

平安看重文化建设，是当今时代国际竞争的现实需求。当今国际竞争的核心，已经从弱肉强食、攻城略地的武力争霸模式，转换成没有硝烟的经济之战、货币之战。各国的经济竞争，也已经从以国家为主导转移到了企业层面，跨国企业在输出本国资本、服务、管理等资源要素的同时，也在输出它们所代表的制度、价值观和文化，而正是这些高附加值的要素，才使得它们牢牢地稳固在竞争链的上游。企业竞争，有硬实力的竞争，但更重要的是软实力的竞争。中国企业要想在未来的竞争中获胜，归根到底是文化的竞争，有远见的企业就必须看重企业文化建设。

通过对国际优秀跨国公司的观察与自身实践，我们认识到企业文化能产生强大的生产力。卓越的企业文化能够将资本、人才和技术有机地贯穿起来，从而能够强有力地积聚和吸纳资本，调动人才的积极性，激发他们的创造性，最大程度地发挥技术的优势，最终形成企业的核心竞争力。

优秀的企业文化通过"组织内影响"和"对外辐射"两种途径发挥作用。在内，能形成强大的凝聚力、向心力和执行力；在外，则能塑造组织与别家企业的巨大差异优势，为公司品牌提供附加值，增加品牌美誉度，进而助推公司业绩，在竞争中实现"以柔克刚"、"春风化雨"式的制胜目的。

首先，优秀的企业文化一旦形成，就如磁铁一样，会形成一个有效的磁场，产生强大的凝聚力与向心力，整个组织始终保持强大的战斗力、旺盛的生命力和持续的执行力。

解放军从几个人、一面旗帜建军到成为有强大战斗力的军队，文化的作用不可小觑。"人民军队为人民"，"民拥军、军爱民"，"军民鱼水情"，"官兵平等"等团结、友爱的组织氛围吸引了大批人民子弟参军，"解放全中国"、"为了新中国"等目标、愿景鼓舞着队伍抛头颅、洒热血，为了国家的独立自由，人民的富裕幸福而无畏前进。最近一个时期，"谍战"军事题材影视作品颇受关注，地下党同志对组织的忠诚，对信仰的执著精神让人十分震撼。很难想象，没有强大的文化信念与理想追求，这些地下党怎会甘愿牺牲一己之身，去坚决捍卫党和人民的利益！

平安初创时期，虽然不能和解放军建军的艰苦条件相提并论，但也非常困难。我常常想，我们的同事们为什么能有那么强的凝聚力，有那么高的工作热忱？

我还记得曾在中国工商银行12楼工作的孙建平、徐斌等同事，还有已经离开平安的孙兵、蔡生，他们完全以办公室为家。白天骑着唯一的展业工具自行车外出，顶着烈日、冒着暴雨，四处展业；晚上回来，用最原始的铅字打字机一个字一个字地打印保单，经常工作到深夜，然后就在沙发上、办公桌上休息，甚至席地而睡。当时，中国工商银行大楼晚上不允许过夜，我们的同事每天都是快到19点，先把灯关了，不敢出声，待检查的保安走了，再偷偷爬起来，一单一单地敲出第二天要使用的保单。

除了特区企业的名头外，平安在用什么名义凝聚人、团结人、激励人？我想就是早期公司朝气蓬勃、奋发向上的创业文化吸引着他们。那时，工作之余，我们办报、办活动、办表彰仪式，举行辩论比赛、卡拉OK大赛，文化联络了大家的感情，丰富了大家的心灵。在这样的一些文化氛围的熏陶下，在特区创业热情的鼓舞下，大家在南方热土上挥汗如雨，全心投入公司的发展大计中。

文化的意义在于它无处不在，在整个组织和组织生活中发挥潜移默化的作用。优秀的文化一旦被塑造出来，就会形成磁场般的向心力、凝聚力，整个组织将拥有旺盛的能量和高效的执行。因此，有这样一种文化，创业时期平安必定是精诚团结，坚不可摧的。

其次，优秀的文化能形成与其他企业的领先差异，这种差异转化成企业的品牌附加值而成为生产力，对业绩的提升有很大作用。

金融保险是一个现代文明概念，作为一家现代商业企业，我们必须以现代商业伦理和国际化的标准打造学习型、文化型企业，塑造平安独一无二的文化竞争力。在销售产品、提供服务时，我们每个人都应该身体力行，通过文化力量来塑造个人、组织的品牌差异，并通过良好、正面的形象，使客户忠诚于平安。

三大纪律、八项注意，这是人民解放军初创时期，由毛泽东提出，并在实践中总结提炼，逐步形成的。三大纪律是：一切行动听指挥，不拿群众一针一线，一切缴获要归公。八项注意是：说话和气，买卖公平，借东西要还，损坏东西要赔，不打人骂人，不损坏庄稼，不调戏妇女，不虐待俘虏。这些要求很具体、很细致，既有针对解放军自己的，也有如何对待人民群众和敌人的。解放军通过严守这些纪律，不仅成为了"威武之师",更是被誉为有别于国民党军队的"文明之师",所到之处,深受广大人民群众的拥护与爱戴。

有文化的队伍赢天下。一家企业的产品、服务以及企业形象,要像解放军被人民拥戴一样,被广大客户所高度认可,那这家企业的文化、品牌必须要被客户所接受,并忠诚。企业的文化通过客户与公司产品、服务的接触而被感知到,进而转换为客户的消费体验。如果客户对企业文化的感受是良好的,是正面的,他则会进一步认可企业,在产品质量、价格相差不大的前提下,愿意选择这家企业的产品、服务,并乐意将这种感受介绍给更多的人。这种"口口相传",就是优秀企业文化的价值体现,它可以在销售量、营业额等业绩指标上反映出来。

平安产险重庆分公司的一位负责人曾向我讲过一个故事:一个电力系统的大项目,在多次拜访客户后,仍然没有进展。我们一位主管在一次拜访时,将一套平安书籍送给了对方,包括《平安故事》、《平安新语》、《平安理念》等书目。结果,对方的外籍高管和我们半个小时的商谈中,几乎都是围绕平安文化的话题。我们的人讲企业文化的四大责任(股东、员工、客户、社会),对方也说,我们的责任几乎完全一致。这个项目最终落在了平安。这是文化促进销售、文化转化为生产力的经典故事,是企业文化的魅力所在。

综合以上,对一家企业的发展来说,资本、人才和技术都很重要,但最重要的当属文化。资本可以通过市场募集,人才可以通过高薪招聘,技术可以引进,文化却不是一朝一夕能形成的。从开始的创业精神到1992年的儒家思想,从1994年的国际战略到1999年的价值文化,从2002年的制度文化、执行文化,再到2006年至今的"平台竞争,领先文化",平安的企业文化是在20多年的成长过程中,经过风浪涤荡而凝练出来的。经过时间的磨砺与考验而形成的平安文化,将助力平安在中国复兴的伟大时代,以文化的力量屹立在世界金融品牌之巅。

41. 精诚协作是平安文化的灵魂

　　跨部门之间的协作可以用制度、流程来保障，但协作的速度、效率等很难用具体的制度进行约束，要做到一个部门有需要，所有部门一呼百应，这需要精心营造一种文化氛围——精诚协作。只有加强跨部门的精诚协作——高效、积极，以整体价值为上，平安集团化运作的优势才能得以最大限度的发挥。

【备忘录——精诚协作是平安文化的灵魂】

标签：企业文化　团队合作　服务

20世纪30年代，美国是全球最大、最强的汽车制造生产地和消费地。半个世纪后，它的本土市场却被日本汽车攻占了。日本汽车成功的原因之一就是精诚协作精神。

　　我们知道，一家企业的产品一般要经过市场调研、产品设计、成本核算、生产、销售、服务等环节。美国的汽车制造业也遵循这个流程，一般5年左右形成一个产品的运作周期。但是日本企业通过跨单位合作，从市场调研开始，各个部门就共同参与、协作进行，只需18个月就能形成一个产品从调研到销售的周期。20世纪80年代，利用能源危机，日本汽车一举打入了美国汽车市场，让欧美人见识到了充分体现部门合作精神的"零库存"、"精益生产"等概念。

　　通过这些国内、国际企业的案例以及平安的实践，我们认识到，如果说一个单位间纵向的无缝合作容易实现，那么横向的、跨部门的项目则需要更大的协同能力。而跨部门之间的协作很难用具体的制度进行约束，要做到一个部门有需要，所有部门一呼百应，这需要精心营造一种强大的文化氛围——精诚协作，以公司价值最大化为原则，紧密配合、高效支持。

精诚协作的文化是平安的战略愿景、公司使命和抱负的必然要求。

第一，平安的战略目标是要成为国际领先的综合金融服务集团。综合金融的业务体系使得平安的组织架构日趋庞大、复杂。平安从一家单一产险企业，已经发展到拥有寿险、养老险、健康险、银行、证券、信托、资产管理等全面的金融业务。但我们不同的专业公司在服务客户时，是用一个统一的平安品牌，在客户的印象中只有一个"中国平安"。品牌的一致性，要求我们的服务品质体现出高度的一致性，要求我们尽可能用简单的方式为客户提供一站式、个性化、全方位的服务。这就要求我们各个专业公司之间、各个部门之间更加紧密协作，建立高效的沟通平台、整合的服务体系、快捷的服务响应，才能使我们的客户愿意选择平安，并且忠诚于平安。

第二，在综合金融的战略下，集团建立了以矩阵式管理为基本模式的管控机制，这个机制要求我们有与之相适应的文化。平安是从早期的"块块管理"，过渡到"条条管理"，再过渡到现在的矩阵式管理，可以说，管控的精细度、复杂度、程式化都在不断地提高。集团总部从财务企划、品牌行政、合规风控到人力资源、战略协同等各个管理模块上，都建立了清晰的管理制度和运作流程，而到了每一个子公司总部及其分支机构，也还有业务发展、营运管理、共同资源等专业化的分工。可以说，我们的组织体越来越庞大，而专业分工越来越精细，员工岗位职责的界限也越来越清晰。这样带来的挑战就是：某一个单位的目标如何服从组织的总体目标？某个个人的绩效如何服从企业整体的绩效等等。还有，工作界限之间的空隙如何及时弥补？岗位职责之间的缺漏如何有人担当？这些都要求我们在公司、组织整体价值最大化的指引下，营造精诚协作的文化。

第三，综合金融不仅是牌照的齐全，更重要的是不同业务之间在法律许可、风险可控的前提下实现强有力的交叉销售。在前端，我们需要平安的客户经理能掌握保险、银行、投资等系列的产品，并且得到以高科技为背景的强大的展业系统支持；在中台，要求各个专业公司通力合作，开发彼此优势互补的金融产品，形成体现客户个性化、一站式需求的产品组合；在后台，则是全方位、跨系列的营运、技术和服务支持。所有这些，如果没有一个精诚协作的文化，很难保证各个子公司、部门能合作顺畅。

2009年，平安的VIP俱乐部整合了产险、寿险、养老险、证券、信托、资产管理公司的资源，联合开展了"纵横四海　平安领航"的VIP客户航海体验活动。在从大连到上海，从厦门到深圳的各个站点中，当地的专业机构都彼此协作，紧密配合，共同保证我们的客户安享了此次平安提供的服务，获得了客户的大力赞誉。从这个活动中，我很高兴看到协作精神正发挥着作用，平安正朝着一个高效有序、有着巨大竞争力、大规模集团化的运作模式快速转变。

这只是一个相对简单的案例。实际上，我们这些年最大的挑战是打通产品线的创新。比如，我们2009年推出的"一账通"。这是引进国际先进技术，将复杂的各种客户账单通过一次登陆、一个密码，整合在一个系统平台上。我们不仅需要强大的IT团队进行技术开发，需要各子公司的产品部门、服务部门、营运部门进行联合作战，围绕"一账通"的推广，我们还要整合子公司的销售平台、服务体系、集团的多个职能部门一起推动。"一账通"产品最终如期上线，短短几个月时间，注册用户就达到了300多万。

一切管理活动都是为提升经营水平服务的。好的管理就是互相服务，就是彼此协作，就是"人人为我，我为人人"的协调氛围。

第一，协作是否顺畅，就是看各子公司、各单位负责人和各级干部是不是树立起了"管理即服务"的意识。

领导为员工服务、上级为下级服务、后线为前线服务、集团为专业公司服务、员工为客户服务。我们把集团的一个职能定位为"加油站"，就是说，集团像一个大的油库，每家专业公司则是一辆辆奔向目标的赛车，只要开进油库，提出加油的需求，集团各部门都要通力供给，帮助赛车奔向目标。其他专业公司也一样，当兄弟公司提出销售等方面的支持上的需求时，要毫不犹豫地给予配合与帮助。

第二，不仅在子公司之间，部门之间、每一个具体的岗位之间也是如此。当一方有需求时，大家也把全力提供支持看作是分内的事情。

一个篱笆三个桩，一个好汉三个帮。协作反映的就是一个人或者单位与别人合作的精神和能力，是现代企业对员工、干部的素质要求。一个优秀的干部要具有强烈的团队合作意识，认识到成员间是一种信任关系，相互帮助、互相关怀，利益和成就共享，责任共担，大家彼此共同提高。

麦肯锡有这样一个案例：招聘新人时，一位女士一路过关斩将，最终冲进了最后一轮面试。面对考官的发问，她伶牙俐齿，抢先发言，在她这种咄咄逼人的气势下，其他面试者完全丧失了说话的机会。尽管她的履历与以往表现都非常优秀，但

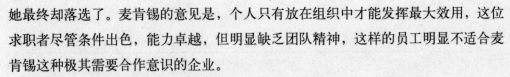

她最终却落选了。麦肯锡的意见是，个人只有放在组织中才能发挥最大效用，这位求职者尽管条件出色，能力卓越，但明显缺乏团队精神，这样的员工明显不适合麦肯锡这种极其需要合作意识的企业。

这样的应聘者如果从平安的文化角度去评判，也一样是不合适的。

第三，平安一直在倡导团队合作下的竞争文化，强调"赛马"、做"出头鸟"，在市场开拓中树立营销的英雄主义精神，但作为一个组织，我们同样重视精诚协作的协同文化，我们要实现个体与整体价值的统一。

平安能有今天，是因为有个好的团队，在这个团队里，每一分子都拥有追求成功的欲望与技能，同时每一分子都要有大局意识、团队观念、集体精神，大家相互支持，通力协作。所以，平安倡导的英雄主义，是团队下的个人英雄主义。

今后，平安的业务领域不断拓宽，加之前后线分设模式的成熟，平安内部分工将越来越细，越来越专业，每个人都将专长于某个领域，整个集团的很多工作越来越需要更加全面、快速的配合才能完成。因此，高效的协作将是决定平安今后经营成功的关键。精诚协作，应成为平安文化的灵魂。

42. 价值最大化是检验工作的唯一标准

对企业而言，价值分为财务价值和内在价值两种，财务价值反映在公司的各种财务表现指标上，如利润、市值等；内在价值则是公司可持续发展的动力，如优秀的企业文化、强势品牌、核心技能、牢固的客户基础、多元的销售渠道等。那什么是价值最大化？我们认为这个最大化表现在外是市值等财务指标，表现在内则是公司的四大责任（对股东、客户、员工、社会）的平衡。

【平安新价值管理文化】

标签：企业文化　价值最大化　标准

十几年前，一家外贸企业来平安购买保险，保费已经支付给我们，但是因为对方的疏忽，需要增补手续，导致保单需要推迟几天才能批复。天有不测风云，不巧在这个时候，台风不期而至。这家企业囤积在堤坝上的货物损失过半。当时，外贸企业的人前来索赔也有些顾忌，因为我们并没有给他们出单。那我们到底要不要承担责任呢？

当时，公司内部确实有争议。有人说对方的疏忽、拖延，导致出单延误，按照惯例，我们不需要承担责任；也有人认为，内部程序已经履行完，只是保单没出，我们应该承担责任。经过讨论，根据有利于被保险人的解释原则，我们还是按照合约全额履行理赔义务。这件事的结果，就是这家企业今后所有的保险都投在平安，而且还推荐了多家企业在平安投保。

这则事例的意义是，短期来看，公司赔偿客户损失，自己吃亏了，但长远来看，因为我们谨守了诚信的价值理念，更加为客户着想，赢得了客户的信赖，从而吸引了更多企业投保，实现了企业价值的最大化。

那么企业价值最大化的内涵是什么？

企业价值最大化的内涵，即在有利于四大责任（对股东、客户、员工、社会）平衡实现的情况下，保持公司利润持续、稳定、超越市场的增长。对企业而言，价值分为财务价值和内在价值两种。公司利润持续、稳定增长是讲财务价值，反映在公司的各种财务表现指标上，如利润、市值等；有利于四大责任的平衡实现是谈内在价值，如优秀的企业文化、强势品牌、核心技能、牢固的客户基础、多元的销售渠道等。企业价值最大化就是两者的辩证统一，利润的强劲增长有利于我们拥有更多资源投入对四大责任的履行，而四大责任的良好实现，对内则能有效提高企业的凝聚力，对外则能显著提高企业的品牌形象等，对企业利润增长有显著促进作用。

因此，价值最大化原则就应该成为我们检验一切工作的唯一标准，成为平安人为人和处事的桥梁，成为平安经营管理的行动纲领。

第一，价值最大化是检验一切工作的衡量标准，当我们在现实工作中面临一些决策困扰的时候，当我们因为不同的立场、角度出现一些争执的时候，价值最大化就是我们抉择方向的灯塔。

企业经营管理中，常会就某个问题产生不同的看法。比如在业务政策制定的指导方向上，有些人希望激进，有些人宁愿保守；比如内部管理制度的价值取向等，有的意见偏向以和为贵，有的意见侧重信赏必罚。有时候意见一多，常常容易让人失去方向。但在平安，我们有普遍适用的准绳与标尺——那就是价值最大化原则。如果以价值为标尺将各种意见进行优、劣势，长、短处的分析，就很清楚该向哪个方向前进。

许多人问过我一个问题，平安金融培训学院为什么不搞学历教育？从价值最大化的角度来看，这个问题很容易理解。价值最大化要求我们成为能创造价值的"能力分子"，而不是简单的"知道分子"，而只有和我们的业务发展，和我们管理干部的实际管理素质息息相关的教育才能真正创造价值。所以，平安投入大量资源做培训，重点放在了员工不同职业发展阶段所需的专业知识和技能的培训，业务员业务能力、素质修养的提高上，而不是执著于一纸文凭。

因此，以价值最大化为指导，我们要时常检讨哪些行为创造价值，哪些行为破坏价值，以后如何纠正破坏价值行为，如何创造更大的价值。比如，在人力资源工作上，招聘时，我们要考虑岗位用人的标准是什么，被聘人员能否为公司创造价值；提升干部时，我们既要考虑他过去创造的价值，更要考虑他将来能否创造更大的价值。每年集团、专业公司以及各个部门都会召开各种主题会议。有些会议，参会人员会从全国各地赶到会议举办地点，动用的人力、财力不可谓不大。我们要思考，我们举行会议的目的是什么？是注重会议形式，还是要看会议效果？是看重会议的一团和气，还是看重会议实际能解决的问题？每年年底，各专业子公司、部门都会制定年度计划，计划的制订能否以公司价值最大化为准则，自觉考虑上级单位的整体利益以及未来发展趋势？而不是在个人、小部门、小团体的利益上讨价还价？……

第二，在平安，价值最大化不只是部门、单位的行为准则，更是每个员工的行为准则，无论资格老还是新，岗位重还是轻，前线还是后线，每个人都应该积极寻找创造价值的途径与方法。

在平安，我们营造积极、向上的工作氛围，创造让每个人都能施展才能、创造最大价值的环境。对新员工，通过公平、公开、公正的绩效考核来促进其工作效率的提高，鼓励创新进取，营造人才脱颖而出的环境和氛围，不搞论资排辈，不搞山头主义；对老员工，除了公平考核之外，还要为他们提供更多的培训机会，发挥他们的潜能，创造成长进步的机会和平台。就新人自身来说，要主动、积极地适应平安以绩效为导向的企业文化，处处以价值最大化来衡量自己的言行，以价值最大化为行事标准。对资格老的同事，则要注重工作方式与内容的开拓，寻找创造价值的新途径、新方法。

有个别老员工，自觉在公司工作多年，贡献不小，但却没有什么晋升的机会，难免有些情绪和牢骚，这一点外面其他各种单位都会有。但在平安，这种情况比较少，最主要的是我们的老员工绝大部分学会了用价值最大化来衡量自己的得失。大家都知道，平安干部提拔与任命，有一套科学、严谨的考核制度，如果没有得到任用，大家更多会从自身发现问题，而不是一味归咎于外。是不是因为自己不能与时俱进？公司进步了，需要新的价值增长点，自己的工作思维却还停留在过去、工作不能大胆创新。或者是不是因为自己的个性不适合领导岗位？因才施用，因才适岗，自己的技能走专业晋升路线是不是更有发展前景？……总之，换个角度思考问题，把心思放在如何创造更大价值，而不是一味抱怨、发牢骚，对个人发展、对组织进步都更有好处。在平安，每位同事都处在不同岗位，承担不同责任，和不同的部门、同事打交道，如果时时、事事，都能以追求价值最大化为做人、处事的标准，整个组织将变得更加有效率，才能创造更大的公司价值和个人价值。

第三，价值最大化作为平安经营管理的行动纲领，要求我们要更注重公司长远价值的塑造与培养。

长远价值重要于短期价值，价值最大化原则要求我们在两者不能兼得时，要优先考虑前者。平安后援集中平台的建设是长远价值，其间，个别机构后援人才因为不愿离开原来的岗位而导致流失是短期价值；平安花八年多时间进行分业经营模式探索是长远价值，其间，一些机构开业被喊停、产品销售被暂停是短期价值；平安建设软、硬件达到国际一流标准的金融培训学院是长远价值，期间投入的资金对短期利润的影响是短期价值……

平安人寿董事长李源祥最近给我讲了一个故事。2009年11月中旬，深圳一位姓赵的女士因手术，申请千元的医疗保险费，却没想到意外获得了我们超过10万元的理赔。这位赵女士在平安投保了3份保险，保额都是10万元。10月份赵女士剖宫手术发现有"卵巢包块"，做了切除，出院后她向平安人寿申请了医疗费用的理赔。由于客户只申请医疗费用，平安人寿只需简单赔付客户申请的医疗费用就可以。但平安人寿理赔人员却发现，客户赵女士手术切除的包块送去做病理检查，病理报告却没有出现。抱着维护客户利益的想法，理赔人员马上到医院调阅病理检查报告。结果，这个切除的包块被证实是一个低度恶性卵巢肿瘤，按照重疾险条款规定，可以获得10万元的重疾保险金。依据"有利于客户"的原则，平安人寿在合约范围内最大限度主动帮助客户理赔，并最终赔付保险金10万元。

这件事，如同开头所讲的例子，短期来看，平安是吃亏了，但长远来看，我们努力改变社会对保险行业"理赔难"的看法，提升了全行业的服务形象，也为公司长期的价值增长创造了坚实的基础。从价值最大化的角度来衡量，平安人寿这种理赔理念的主动革新，是在正确的道路上，用正确的方法，做一件正确的、有长远价值的事。

最后，要强调的是，价值最大化不是唯利是图，不是不顾一切地追求利润，要辩证地看待财务价值（利）和内在价值（义）的关系。取利是为了实现义，而义又能促进企业在利润上的长远增长。以公司为例，在公益、慈善事业上，我们投入大量的人力、财力、物力，短期来看，是财务成本上的支出，长远来说，不仅是公司品牌美誉度、品牌内在价值的提升，更是我们对社会所承担的责任的体现，是我们在四大责任之间寻求更高层次的平衡，是对价值最大化更深刻、更深入的贯彻与执行。

作为一家商业金融公司，平安的价值在于承担使命和责任，对股东负责、对客户负责、对员工负责和对社会负责。为实现这种价值，我们正集中所有力量建设国际领先的综合金融服务集团，这是目前公司价值最大化的集中体现。

43. 驱动平安前进的三驾马车

　　竞争、淘汰、激励三大机制就是驱动平安前进的三驾马车。平安的三大机制，就是要让优秀的人才脱颖而出。我以前讲过马栏的故事，如果马栏小了，所有的马挤在一起，你就分不出千里马；现在把马栏扩大，让有能力的马跑出来，让有能力的人跑出来。这个赛跑的过程，就是人才培养、甄选的过程。平安要做行业领先，希望自己在市场上打拼出来，平安的人才也必须在内部的竞争中打拼出来。

【《做好CEO的30个要素》评点】

标签：人才竞争　　激励机制　　淘汰

　　早期的平安，制度建设尚待完善，养不起那些有个性的、做事有"爆炸"思维的人才，就像养马一样，我们的马栏小，不结实，好马、烈马在其中跑不开，也不允许他们有太大的发挥余地，不然马栏就垮掉了。

　　今天的平安不同了，马栏不但高、结实，而且圈地范围广，可以让人才尽情地跑。换句话说，过去平安选干部，只能选择老实听话、按部就班、规矩做事的，但是现在，平安完全可以在用人上放开手脚，在品德良好的前提下，尽量选择敢于突破、敢于创新、敢于冲击"围栏"挑战规则的人才。死水微澜，这个局面不好。只有冲击力强的干部多些，企业才显得有朝气、生气，大家跑起来才热闹，才有你追我赶的气氛。在平安，不允许论资排辈，我们需要关注的是，在企业内部形成真正符合市场原则的用人机制，让优秀的人才在组织中留存并能跑出来，让表现不好的员工得到绩效改善或者退出。

　　中国企业改革经历了二三十年，有些企业虽然早已完成产权结构股份制改革，但在内部用人方面并没有形成良性的机制。没有竞争、不能淘汰、论资排辈、人浮于事、得过且过、企业文化政治化、行事原则官僚化等。平安是幸运的，诞生在改革开放的前沿，经历了蛇口用人制度的改革，最大的突破就是激发了个人的能动性和积极性，释放了个人的创造性，让人"活泛"起来。这种基因传导到了初创的平安的血液中，帮助平安建立了一套"竞争、淘汰、激励"的市场化用人机制，使得平安实现了20年快速、稳健的成长。市场化的用人方式是这套机制的灵魂性内容——平安要想在市场上打拼出来，优秀的干部也要从内部组织里拼杀出来。

一、竞争面前人人平等，通过内部竞争带来发展的动力，并促进外部竞争。

平安认可的竞争是所有人参与的公平竞争，既包括普通员工，也包括高级经理人，甚至包括我自己。在竞争面前人人平等，谁也不能脱离竞争环境，搞"局外人"、特殊化。普通员工竞争的范围是小团队以内，经理们竞争的范围是部门间，我的竞争对象就是上一年的自己、去年的成绩、外部的市场等等。平安的考核是即时的、全面的，计划在年前做，但考核随时都可以查询到。我们的KPI（企业关键绩效指标）充分考虑到市场因素、同业状态，进行了合理设计，业务单位每天都可以打开企划日报，几大区域和各个分公司的业务收入、达成率、排名等指标，谁领先、谁落后，一目了然。不但是业务单位，内勤岗位同样面临无处不在的竞争，因此，整个公司形成了蓬勃、积极、向上的工作氛围。

只有内部的高度竞争，人人有压力，人人有动力，跟同级比、跟兄弟单位比、跟自己的过去比，才能更好地形成外部竞争的优势；跟市场比、跟目标比、跟同业比、跟全行业比、跟全球最好的公司比，我们的人才才能不断地脱颖而出。

竞争不等于竞赛。竞赛是阶段性、局部的，有缓冲期，而平安提倡的竞争是持续的、全方位的、深入骨髓的。一旦进入竞争轨道，每个人都必须面对自己的能力极限，勇于接受具有压力性的任务，挑战自己、超越自己，在竞争中实现公司价值与个人价值的创造与统一。

二、通过激励激发员工潜能，让员工享受到事业感、成就感和满足感。

通过竞争取得的好的结果要表彰、要激励。激励是激发个人潜能的催化剂。平安在物化激励层面上采取"721"的原则，绩效排名靠前的员工，将获得大幅的加薪，而靠后的则不加薪甚至可能降薪。公司保证不同业绩表现的员工，在激励水平上拉开层次，这种层次不仅体现在工资、奖金、福利上，连续排名靠前的人还会成为人才发展计划培养的对象，有更加好的发展机会，如培训向高绩效人员的倾斜等，保

证其职业生涯的成长，获得工作的成就感。

在平安，激励导向更倾向于前线的销售单位，奖励也要优先考虑前线单位。这是我们倡导的销售文化。对营销人员的表彰激励是公司每年最隆重的表彰奖励活动，比如从1996年起，高峰会成了每年公司最舍得花钱的会议，而内勤的表彰会，相对要简单很多。在高峰会期间，不管是住宿、游览，还是邀请知名人士互动、讲演，都是为了让我们的精英们体验荣耀感，激励他们勇于冲锋，取得更佳的业绩。对有功之臣、优秀员工我们就是要大力表彰，高调表彰，要树立为公司楷模，推到公司英雄的地位上。

激励的目的是提高员工士气、增强内部凝聚力，保持公司健康、持续发展，所以竞争之后的激励要及时、要到位。同时，激励的导向要清晰——公司价值的最大化；规则要清楚——通过企划、预算及人力资源的各种政策事先清晰明了；执行要到位——及时、准确，也要注意物质激励和精神激励相结合，只有这样，激励的目的和作用才会得到持续的体现。

三、淘汰是进步的动力，每年通过一定比例的末位淘汰，保持队伍的生命力，使平安更有活力，立于不败之地。

淘汰是竞争的另一种结果。这好比是一场马拉松比赛。开始的时候，我们是以每小时10公里的速度行进，后来，竞争对手加速到每小时15公里，那么我们就必须把速度提高到每小时20公里才能保持领先地位，一部分干部员工就因为体力差、技能低或意外摔倒等原因掉队了。这时候怎么办？公司有责任帮助这些掉队的员工奋起直追，赶上队伍。但从平安以往的发展历程看，有的人追上来了，有的人则根本不适合这样的比赛项目，需要换跑道，还有的人则彻底掉队了。

淘汰是残酷的，但势在必行，太多不适合岗位职责的人员沉淀在企业，迟早会拉低绩效，拖累、拖垮组织整体。我们曾说"人力资源改革的关键是淘汰，否则改革就是演戏"，可见淘汰是有困难的，是要伤及脸面，甚至伤及利益的。但是，一直以来，平安都采取"主动"的姿态开山创业，在淘汰的坚决果断上，平安人也有这种姿态。一个良好的"主动退出机制"才是人力资源持续优化、企业士气不断高涨的保证。我们为连续两年排名为后10%的干部和员工分别建立了相应的退出机制。我们用"末位淘汰"来强行保证一定的淘汰率。如果出于被动而换人，那首先是企业自己抛弃了自己，迟早被市场淘汰。

对淘汰的员工，我们不会一棍子打死，会安排培训、充电、调整，让他们重新获得上岗的机会。作为公司的董事长，我能做的就是帮助干部员工找出速度提不上来的根本原因，并帮助克服它。这个过程对每个人来讲可能都是痛苦的，但只要能够放下包袱、找准定位、练好内功，就没有赶不上来的道理。

淘汰看似无情，实则有情——对绝大多数的平安人有情，因为如果我们不主动地进行淘汰，则平安这个大家庭就会有被淘汰的危险。同时，淘汰下来的人很多也只是不适岗，不是不敬业，通过另换跑道，又可以开始新的、更适合自己的人生和事业。

自公司成立以来，我们努力构建、完善以"竞争、激励、淘汰"为内容的三大机制，推行问责制，将员工的个人目标与公司目标相结合、长期目标与短期目标相结合。同时，我们致力于搭建一个公平、公正、公开的，以价值创造为导向的绩效考核体系，更有效地发挥竞争、激励、淘汰三大机制的作用，让优秀人才获得展现自己才干的舞台。竞争、激励、淘汰机制说到底是一种文化。严谨的绩效管理体系、全面的考核管理工具、便捷的网上考评系统、清晰的考核汇报线，这些设计的落实，内化成企业认可的制度，不仅对平安原有的各家专业公司起到了显著效果，对新加入平安这个大家庭的银行同事同样作用巨大。平安银行贯彻执行这套机制三年来，银行的经营管理发生了深刻的变化。

44. 晨会——独特的文化仪式

文化要靠仪式传承。平安的晨会，是平安独特的文化仪式，在帮助我们进行有效的信息交流、营造积极向上的营销文化、凝聚队伍及塑造差异化方面起到了十分重要的作用。这个制度我们做了近20年，我们还要继续坚定不移地做下去。

【2007年关于晨会改革的内部会议讲话】

标签：晨会制度　企业文化　员工交流

去北京旅游的人，往往会赶早去看升国旗仪式。旭日东升，国旗班的战士迈着矫健的步伐从天安门城楼出发，迈过金水桥，走过长安街，直到天安门广场的国旗杆下。在雄壮的国歌声里，鲜艳的五星红旗冉冉升起。人人行注目礼，高唱国歌。整个现场十分肃穆、庄重。

这，是国家仪式，给在场的人民群众传递的是爱国主义情怀，每个身临现场的人都会从内心油然感到祖国的发展与强大。

在企业里，同样有类似的仪式来传递企业的心声，弘扬企业的文化。《易经》中说："观乎天文，以察时变；观乎人文，以化成天下。"文化的原初含义就有一定的"观看"之意。在一定程度上，仪式就是"可观看"的文化表征、载体。可以说，文化只有依靠某种仪式，才能得到彰显、提升和传播。

在平安，有一项文化仪式已经被坚持实行了20年，那就是平安的晨会制度。1990年11月5日，平安开始实行这项制度。这项仪式具体来说就是每天早晨9点整（视具体上班时间而定），全国各地的平安人，以部门、营业部、营业组为单位，整齐列队，高唱司歌《平安颂》，高颂公司训导，播报重要财经新闻和公司新闻，分享总部各业务单位的管理经验、创新举措、重大业务进展等。经过近20年的坚持，晨会已经成为"平安文化"不可或缺的重要仪式，同时，它的内涵与作用也得到了深化与扩大，并形成了平安文化在金融行业的"巨大差异"。

可以说，平安的晨会文化已经形成了自己的独特之处。

第一，在平安，从作为董事长的我到一线业务员，每天都会按时参加晨会。

平安实行的晨会制度，最早来自日本的寿险企业，是我在日本第一生命保险公司参观学习的一个重要收获。但不同的是，他们的高层并不参加晨会，只有中层干部才到营业单位参加。在平安，我常说的是，平安是一个销售型的组织，为了保持组织的效率与激情，业务人员每天都有晨会、午会、夕会，那我们的内勤员工、我们的经理，有什么理由不参加晨会？一个分公司的领导不参加晨会，怎么和自己的员工进行交流呢？要求业务同仁做到的，领导要首先带头。

第二，晨会成为一个优秀的交流平台。

相对于正式的公文、通知、命令，晨会是一个柔性的沟通平台，将平安的价值观、平安的文化用春风化雨、润物细无声的方式融入平安人的DNA。在晨会上，可以播报国家大事，可以诵读诸子经典、分享管理案例，还可以见证平安成绩、了解公司发展历程上的大小事情。而司歌训导、节日慰问、生日祝福等栏目，使得员工们在平安找到了一份心灵上的归属感。

晨会上，各类理念和制度的宣讲，不需要正式会议，却能有效传播，帮助广大员工提高认识，有效辅助公司相关理念和制度的落实；公司新闻事件、各部门信息报道、活动分享等，增加了部门间相互了解、学习的机会，实现了信息的"泛化"传递；对公司综合经营、营销政策、上市产品、市场竞争形势进行通告，增加了内勤员工对前线的了解、认识，便于更好地开展工作，为一线服务。除了标准的晨会，很多部门还进行二次晨会交流，虽然时间长短不一，但是很有效果。

第三，平安的存在是一个改革的产物，创新是平安的DNA，晨会创造了平安与别家金融企业的文化差异。

不管是在经营、管理、产品、品牌，还是在企业文化上，平安一直倡导创造"巨大差异"，努力形成自身特色，让人不断"耳目一新"。晨会是我们与众不同之处，每天以饱满的士气聚在一起，既是一堂形式上的简短开工课，也是精神上的一次新洗礼。为了持续保持这种差异，平安不断寻找更新颖、更活泼的方式。

2009年1月4日，覆盖全国的平安"电视晨会"正式播出。信息时效性强、形

式活泼生动应该是"电视晨会"的特点，经过先期在深圳星河总部、八卦岭职场、上海张江总部、静安职场、平安银行总行及各分支行两年的制作、播出经验总结，我们把"电视晨会"推广到了产险、寿险、养老险的所有二级机构。至此，全国有约5万平安人都可以同步收看到公司每日的大小事情。通过这种形式，晨会让所有平安人凝聚在同一面旗帜下。

平安晨会，是平安独特的文化仪式，在进行有效的信息交流、营造积极向上的营销文化、凝聚队伍和塑造差异化方面均起到十分重要的作用。晨会已经成为"平安文化"的一张名片，形成了一道独特而又亮丽的文化风景线。

45. 创造巨大差异

企业的发展是差异化的过程，差异融合在每一个工作环节、每一件事情上，今年比去年做得更好就是差异，我比你做得好就是差异。差异只能暂时保持、不能永久保持，只有不断地创造巨大差异，才可能保证持续的成功。

【创造巨大差异】

标签：差异化　经营理念　发展　战略

我身边有这样一个例子。20世纪70年代，几个高中同学响应国家号召，下乡当了知青。1977年，国家决定恢复高考。消息传来，这些知青都很兴奋，聚在一起议论，觉得命运又一次面临转机。这些人中，有一个个子最小的同学，常受他们调侃，也走过来想听一听。他们笑着说"跟你无关，你一边去吧"。结果，这些人议论后就散了，没有一个人付诸行动，反而是这个小个子回去把家里一些老课本拿过来，每天通宵复习。高考成绩出来，其他抱着侥幸心理参考的知青都落榜了，只有小个子同学考上了名牌大学。

大学毕业后，这个小个子被分配到一家工厂的锻造车间做技术员。那几个一起下乡的同学分配回城，正好也在这个车间当工人。那时候技术员每月工资40多块钱，远比工人收入要高。他们在一起吃饭的时候，又讨论留学问题。这个小个子说到做到，回去马上开始学英语。最后他得到了前往美国芝加哥大学留学的机会。毕业后，他娶了一位美籍华人太太。不久，他的岳父回国，并去他曾经工作的工厂参观。适逢厂里股份制改造，他的岳父经过深思熟虑，大胆地投资参股了。又过了一段时间，厂里的任命出来，这个小个子以老板身份到岗，代他岳父管理工厂。

以上这个故事讲的就是两种人生的差异。我讲这个故事，很多人听后都感叹时间的魔力，其实，大家更认可的是这个小个子的为人态度。他总能通过努力，牢牢把握每次机会的垂青，和同时起步的同学慢慢拉开了距离，形成了人生道路上的差异。通过故事，我们看到，这个差异不是说轰轰烈烈、一蹴而就的，它是一个积累的过程。几十年的发展是在不断努力、把握每一个机会中实现的。从开始时很小的区别，逐步扩大到后来的天壤之别。所以我说，差异是无人不及、无处不在、无时不在的，是一点点积累起来的。

把这个观点引入到企业发展上，道理是一样的。为什么同时代起步的企业，有的就发展起来，越做越大、越做越强，并作为国家竞争实力的代表走向国际，而有的企业却很快沉沦，消失在时代的角落里呢？普遍看法，就是那些失败的企业不注重创造自己的核心竞争力，形成与同业间的"巨大差异"，最终成为平庸之辈，被消费者遗忘了。

什么是巨大差异？

用描述法来定义是，第一联想就是巨大差异。如果客户脑海里，行业的第一联想、国家的第一联想都是这家企业，我们就可以肯定这家企业创造了巨大差异。因为巨大差异，这些企业把自己从千百家同类型企业中区别出来。芬兰——诺基亚，手机——诺基亚，诺基亚就是客户脑海里的第一联想，是国家形象，是行业代言人。

巨大差异是如何实现的呢？

首先，在创造巨大差异之时，我们要建立创造差异的正确观念。有些人可能会有些误解，认为差异是领导的事情，是战略差异，实际上这是不对的。我在这里讲的差异是"无人不及、无处不在、无时不在"的，巨大差异在平常之处，在公司的经营、管理、运作的日常工作中。创新是差异的一个部分，差异融合在每一个工作环节、每一件事情上，今年比去年做得更好是差异，我比你做得好也是差异。

其次，优秀企业的经营要懂得创造并持续保持巨大差异。巨大差异是显著差异程度与差异化维持时间的因变量——显著差异程度越大，巨大差异越大；差异化维持时间越长，巨大差异越大。相同的起点，依靠差异化优势游得快的鱼会吃掉游得慢的鱼；不同的起点，依靠差异化优势取得地位的大鱼会吃掉小鱼。所以，在这个残酷竞争的市场上，慢鱼、小鱼要更加懂得创造巨大差异，在被别人吃掉前，依靠自身的差异化优势尽快成长、壮大自己。

2008年底，平安在全国推行了"服务承诺"，其中的一个出发点就是我们要创造与同行具有巨大差异的竞争优势。"服务承诺"就是平安集团旗下的寿险、产险、养老险、银行、信托、证券等公司，向广大客户发出一个能切实提高其服务体验的承诺，寿险"主动为客户寻找理赔的理由"，车险"万元以下，资料齐全，三天赔付"，信用卡"挂失前72小时保障，最高达5万元"，银行"针对个人客户推出ATM（自助柜员机）取款免费、网银汇款免费以及网银安全保障"等。其中，车险的"万元以下，资料齐全，三天赔付"值得一说，平安车险每年接报案件有400万起之巨，平均下来，每个工作日要处理2万起案件，国外相关资料显示，理赔时效能做到四天的都屈指可数，平安却争取到三天内。这种服务时效的巨大差异性决定了平安产险在市场上拥有强大的竞争力。

不断创造巨大差异，并将这种差异塑造成企业的核心竞争力，这是平安20多年来发展的原动力、基本经营理念以及成功的根本原因。

第一，创造巨大差异是平安20多年来发展的原动力。平安的发展历史，实际上就是一个差异化的发展过程。比如在体制上，从股份制走到现在的金融集团，我们花了十多年时间创造与同业的差异优势。我们的文化，是中西合璧、古今融汇的文化，是兼具本土优势和国际化标准的文化，这是我们与国有企业及外资企业都不同的差异化优势。在管理方面，我们采用后援集中，将分支机构的业务后台拆掉，进行大集中。推行之初，阻力非常大，前线的同事们议论得最多的就是："同业都没有人做，为什么我们要做集中？"说得对，同业没有，而我们有的，就是我们所要的差异化。创造巨大差异的变革是有阻力、有成本的，但是我们必须创造这种差异化，正是主动对巨大差异的追求才成就了平安的今天。

第二，创造巨大差异是平安的基本经营理念。平安的发展基本上是沿着建立企业核心竞争能力的思路进行的，通过内部竞争、激励和淘汰的三大机制，激活公司对外的反应速度，创造别人需要追赶的巨大差异。我们提出的"人无我有，人有我新，人新我专，人专我恒"经营理念，实际上就是在兼顾比较竞争优势的同时，逐步建立持续竞争优势。人无我有就是差异，通过差异化战略，向客户提供别人没有的、超值的产品和服务；人有我专就是专业，在差异化的前提下，实行专业化的经营和服务；人专我新就是领先，在保持专业化经营和专业化服务的同时，不断创新，保持领先；人新我恒就是长远，就是持续、恒久的差异和领先。

第三，创造巨大差异是平安成功的根本原因。平安20多年的发展历史和经验告诉我们，随着竞争不断深入，无论与对手具备多大的差异鸿沟，这种鸿沟总是会被填平的。要想继续保持竞争优势，唯一能做的就是继续创造这种巨大差异。这些差异有成功，有失败。失败或是因为我们高估了自己的能力，或是错判了形势，但创造巨大差异的理念一直在我们脑海里牢固信守，它是平安取得今日成功的根本原因。

最后，当然也是最重要的，那就是踏踏实实地克服困难，付诸实施。形成创造差异的理念不难，难的是如何变成实实在在的工作，难的是持之以恒的推进。这一点也正是我开头那个故事所体现的意义所在。

遍观世界五百强企业，它们通过巨大差异实现了自身价值，并与股东、客户、员工、社会公众等利益相关方之间形成了良好的价值平衡。股东得到合理的投资回报，客户享受到有品质的消费体验，员工个人价值得以实现，有职业发展的机会和空间，社会得到更多就业机会，国家取得更多的税收等，从而利益各相关方更认可企业的这种差异，并支持其继续全方位创新，以创造巨大差异。平安通过20多年的发展实践证明，这种巨大差异的创造有利于企业发展、行业进步，将是平安未来继续在市场实现超越的重要法宝。

46. 温水煮青蛙与"永远在创业"

　　树立"永远在创业"的意识，就是要有危机感，要保持变化与革新的意识、勇气和能力，在别人没变之前，自己发生变化，在别人没有发现、意识到新业务、新方式、新渠道时，积极探索、主动出击。我永远不会说"守业"这个词，哪一天我要是说了这个词，我就该退休了。要记住，平安永远在创业。

【2002年在干部培训班上的讲话】

标签：创业　守业　企业文化　危机意识

　　温水煮青蛙的故事相信不少人都听说过。把一只青蛙放进沸水中，它会立刻全力挣扎跳出。而把青蛙放进冷水中慢慢加温时，情况就变了：从冷水到沸水，尽管没有什么障碍限制青蛙跳出，但青蛙会习惯乃至麻木于这种环境微小的变动，直到水温很高，要被煮熟时，它已经无法作出反应了。

　　国内外一些企业由盛及衰的过程也是如此。当面临突发的重大威胁时，企业能够众志成城、渡过难关；而对于逐渐加深的危机，则往往习而不察，等到病入膏肓时，想尽力应对却为时过晚。

　　为什么会出现这种情况呢？

　　现实告诉我们，成功的经验往往容易被企业强化为颠扑不破的真理，奉为企业生存的唯一法则，从而阻碍企业以全新的眼光面向未来。企业昙花一现，原因是多方面的，但最不能忽视的一个主要原因，是这些企业不能正视自身内在发展和市场需求的变化，不能以创新的产品和技术来适应快速发展的市场和客户需求，指望"一招鲜，吃遍天"，以不变应万变。结果往往是大家墨守成规，不思进取，直到有一天坐吃山空，企业垮台。国内外无数失败企业的例子告诉我们，经历过辉煌的企业更容易恪守那些曾经行之有效的思维和工作模式，导致这些经验成为自己未来发展道路上的绊脚石——曾经有效的策略，可能已经跟不上形势，成为明日黄花；曾经顺畅的工作流程，可能会导致员工保守现状；曾经和谐的内外部关系，可能会成为限制公司施展拳脚的桎梏；曾经具有凝聚力的价值观，可能会固化为一成不变的教条……

因此，一家企业要实现永续经营，必须要有"永远在创业"的意识，对周围环境的变化作出积极反应，根据实际情况不断调整自身的行为。多年以来，通用电气公司（GE）一直对员工有这样的要求：把自己当做一家小企业的员工，像一家小企业的员工那样去思考、去做事。因为小企业大多处于创业期，危机感强，对周围的环境变动十分敏感，并且因为规模小，沟通高效，充满活力，易于作出调整与改变。平安就是要学习这种心态。面对外部环境的不断变化和竞争的日趋激烈，我们只有始终保持创业时的心态，才能以饱满的热情和充足的活力不断挑战新的目标，不断超越自己。

树立"永远在创业"的意识，就是要有危机感，要保持变化与革新的意识、勇气和能力，在别人没变之前，自己发生变化，在别人没有发现、意识到新业务、新方式、新渠道时，积极探索、主动出击。

平安早期的资金是收支合一，既缺乏效率，又不符合现代财务原则，为此平安决定进行变革。尽管公司苦口婆心地讲了许多道理，阐述了这样做的优势，但在动员会议上仍有很多同事反对，认为这是对他们的不信任，而且影响工作效率。一条线收，一条线支，复杂不说，国内当时也没有其他保险公司这么干。但是我们坚持要求大家改变过去老一套的做法，积极适应这种更为科学、合理的资金调度与管理方式。在麦肯锡咨询公司的帮助下，此项工作得到了大家的支持，我们把收来的资金用以购买利率不断上涨的国债，每年在资金运营上就多创造了几个亿的利润。事实证明，我们如果勇于改变，创造的价值往往让人惊讶。

平安的步伐永远走在市场最前头，一个很重要的原因就是我们永远在创业、永远在创新。我们在寿险市场的经营、学院式的培训体系建设、全系统范围的后援集中、综合金融战略上的实践，以及新渠道销售、一账通项目、万里通项目、信用保证保险业务、PE等业务上的突破，就是在尝试拓展新的业务、构筑新的平台、塑造新的优势。市场千变万化，竞争无处不在。在这样的环境面前，我们要时刻保持变革求新的动力和勇气。当我们在调整自身行为时，必须跳出原先的习惯性思维，突破"行为惯性"的局限，找到全新的看问题的角度。企业发展不会是一种一成不变的模式，所有平安人要保持变化与革新的意识、勇气和能力，树立强烈的使命感、责任感和危机感，及时地、经常性地转变观念，思考企业发展进程中每一个环节所面临的问题，大胆探索和尝试创新，不断丰富并提升我们的经营管理文化，为平安的发展注入新鲜健康的活力。

平安20多年的发展，取得一个又一个的成绩，创造一个又一个奇迹，靠的就是这种"永远在创业"的精神。"在平安，只有变是永远不变的"——勇于竞争、敢于创新是平安保持恒久活力的原因。只有永远保持着"创业"的精神和勇气，不断开拓进取，才是平安寻求生存、发展、进步的不二法门。

47. 情理法，孰先行？

情理法还是法理情，中西方文化在这个问题上有很大区别，也使中外企业的管理理念存在差异。在中国全面建设社会主义市场经济体系，逐步融入世界经济大潮的进程中，传统"重感情，轻制度"的思维习惯将受到很大的挑战。只有正确处理情理法的关系，才能贯彻企业制度、成就事业目标。

【2003年在干部培训班上的讲话】

标签：企业管理　制度　人情观念

情、理、法，判断事物时孰先孰后，孰轻孰重，每个人心中都有一杆秤。虽然人人都承认，法律是任何组织和个人都必须维护的最高权威，要符合事物的客观规律和逻辑才能"以理服人"，而情则是以私人的好恶为基础，不能作为事物判断的主要标准。但在现实生活中，人们往往很难遵循这样的顺序，甚至在不知不觉中就按另外一套规则去行事了。

1984年我还在蛇口劳动人事处负责招聘工作的时候，有一次与一家著名日资电器公司的总经理一起到全国各大城市，从5 000余名候选人中招聘到了500多名员工。在为期一周马不停蹄的招聘过程中，我与这位日本总经理逐渐熟悉，晚上还经常对饮几杯，成为很好的朋友。回深圳后不久的一天晚上，单位领导家的冰箱突然坏了，广东的气候潮湿闷热，储存的东西很快就会变质。在那个冰箱还被视为奢侈品的年代，要马上找到一位专业的冰箱维修人员是何其困难的事情，可不像现在，一个电话，维修人员几分钟就到家门口了。于是我很自然地想到了那位日本朋友的公司，并迅速联系到了他们冰箱部的主管，请他第二天早上第一时间来修理。那位主管表示要先向上级请假才能过来，我未假思索地说："没关系，我跟你们总经理交情好得很，我会给他打电话帮你请假的，你明天一大早过来就好了。"但是后来我却忘了给日本朋友打电话。出乎我意料的是，由于没提前请假，违反了公司的劳动纪律，那位平时表现相当出色的主管竟被辞退了。我找到日本朋友求情，但他很淡然和清晰地告诉我，不请假就是旷工，不管是出于什么原因都要按制度行事。我非常生气，之前招聘过程那么辛苦，他还万分感谢来着，怎么能翻脸不认人呢？为此我一直介意和郁闷了好几年。

后来当我自己开始走向领导岗位，处理各种与制度有关的问题时，才慢慢体会到当初那位日本总经理对制度的坚持是有道理的。如果因为某一位员工、某一种特殊情况而让制度"打折"，那制度的权威性将不复存在。平安发展到现在的规模，拥有数十万名员工，不排除每天都会有成百上千的特殊情况，每天都会有这样那样的理由，如果每个人都能获得通融的处理，那么这样的公司还能够正常运转吗？所以，那位日本总经理并不是没把我当朋友，不是不讲道理，只是作为一家大型企业的管理者，他必须坚持制度至上，使企业的规章制度得到不折不扣的执行。

与西方社会重视契约精神和法制意识不同，中国人始终很难绕过"人情"这一关，传统的中庸之道和由此形成的人格、思维与行为方式都使得"人情法则"在中国人的脑海中根深蒂固。数千年的封建社会，虽然有严刑峻法，但其根本是"人治"，重感情，轻制度，讲究柔性教化，"高高举起，轻轻放下"。而太重"情理"，就难免将私情带入公共权力中。不少官员总说秉公执法，但到了一些关键时刻，就会"万钟则不辨礼义而受之"，抬出"王法本乎人情"的说辞，用人情取代了王法和正义。即使在当今社会，还是有很多口耳相传的"潜规则"，说到底，不外乎还是形式各异的人情法则在作祟。

在中国全面建设社会主义市场经济体系，逐步融入世界经济大潮的背景下，人情和利害观念过度地涉入现代企业的经营管理，将严重影响企业战略目标的实现，甚至贻误中国社会市场经济、法制环境建设的进程。但是对于中国企业来说，要处理好情、理、法的关系非常困难，需要克服种种观念和习惯上的桎梏。平安成立20多年来一直为这三者的关系苦苦琢磨和调试着，在不平衡中寻求平衡，逐步建立和完善企业制度与文化。我认为，现代企业要讲情理法，但要明确判断孰先孰后，坚持法第一、理第二、情第三。

首先，我们认同商业伦理中有柔性的东西，有感情的因素在。人与人之间，难免有个远近亲疏，这是人类社会的自然状态。平安发展到现在的规模，业务越来越复杂，分工也越来越细，更需要不同技能、不同背景和风格的人一起合作完成任务。平安司训中有一句"同事相处，友爱尊重"，就是要倡导"友爱尊重"的同事情谊。同事之间在工作生活中同甘共苦后缔结的友情，我们非常珍视，这种隐性的文化引导得好，可以让同事之间工作配合默契，优势互补，更好地促进任务达成。公司也经常开展各种健康有益的培训、拓展、联谊活动，培养和深化同事间的友谊与合作默契，这些情谊带到工作项目中，又转化成为企业绵绵不绝的前进动力。

与此同时，当个人感情与公司的制度、原则发生冲突的时候，比如绩效考核、KPI指标检视乃至各种规章制度的执行，面对与自己关系很好的同事，就应该铁面无私，一切以规矩为先，制度为上。

而当某些行为越过了制度，侵害到法律权威的时候，那就丝毫不能宽恕，坚决依法办事。法律是经营的底线。我们对法律的态度是，不仅要严格谨守国家的法律法规。而且要比守法还要严格一层，就是我们这些年一直倡导的"守法+1"。只有这样才能保障公司持续、稳健地经营。

所以，情、理、法三个字，法为基础，是底线，不得有丝毫逾越，否则事业基础就会崩塌；理为支撑，是企业经营的骨架，容不得侵蚀，否则不能成就大业；情为连接，是企业经营必要的柔顺机制，帮助公司形成良好的工作氛围，提高工作效率。有了这样的认识，我们就可以清晰地判断出，当情理法发生冲突的时候，法第一、理第二、情第三。

我自己也会面对这方面的一些冲突。比如一些创业初期就加盟平安，和我一起打拼的老同事、老朋友，大家20多年风风雨雨，相互支撑着走过来，非常不容易，彼此之间很有感情。其中有一个做到了分公司的一把手，但我们在年度稽核审计的时候，发现他做了很多违规的业务，还好没有触犯法律，但按照公司的规矩，必须降级。他非常苦闷地找到我，说他在平安辛苦工作了十几年，作了不少贡献，希望可以将功补过，免于降级。他希望我能够给稽核部门打招呼，给子公司的负责人打招呼，让他保留一定的位置。虽然于心不忍，但我还是没有打任何招呼。我告诉他，平安感谢他过去为公司所作出的贡献，但功过不能相抵；我也耐心地劝导他，希望他自己能认识到问题的根源，振作精神，重新起步。

尽管我严格按照制度处理了这件事，但心里还是一直为此留着一丝愧疚。虽然有点不讲情，但平安作为几十万员工安身立命的家园，要成立宏大的事业，要成为国际领先的综合金融集团，个别人的情又怎能和这样的大"情"相比呢？

所以，法、理、情并不存在必然的冲突。制度、法规是集体和公众利益的集中体现，是更高层次的"情"。认识三者辩证统一的关系，坚持先法、后理、再情，才能促进企业健康发展，社会和谐进步。正是由于各级管理干部的身体力行，我们形成了很好的文化，正确处理好了法、理、情三者的关系，确保了平安长期、稳定、健康的发展。

48. "法规＋1"

法规有明确规定的，坚决严格执行；法规未明确规定的，按照更高的道德自律标准确定行为规范，坚决"不打擦边球"，不钻政策空子，要保证公司的经营行为经得起任何法规、时间和道德标准的考验。我们的目标是将平安建设成为中国企业中经营合法性与合规性最高的公司，如果某项业务的获取需要以违法违规为代价，那么这样的业务我们宁可不要！

【2003年度在系统工作会议上的讲话】

标签：企业文化　法律法规　道德

在2003年度的系统工作会上，我提出了"法规＋1"的概念：法规有明确规定的，坚决严格执行；法规未明确规定的，按照更高的道德自律标准确定行为规范，坚决"不打擦边球"，不钻政策空子，要保证公司的经营行为经得起任何法规、时间和道德标准的考验。换句话说，"法规＋1"就是要用高于法规原则的道德标准来处理事情。这个概念提出来后，当时许多同志不太理解，认为企业做到"遵纪守法"就够了，为什么还要提出"法规＋1"的概念，用高于法律的道德标准给企业套上"笼头"，这不是给自己"找麻烦"吗？我的答案是，这是"建设最高道德标准企业"对我们提出的要求。

第一，法规难免百密而一疏，在这样的"空间"里，"法规＋1"是我们的行事准则。

行业有行业的监管法则，企业有企业的典章制度，这是任何产业组织得以形成并发展的基石。法规是现代文明的理性产物，是商业社会的运行指南。同样，有了清晰的法制观念、严明的组织纪律、严格的执行规范，一个企业组织才能得以高效运转，朝着一个共同目标奋勇前进。

但是，法规再完善，再周全，总不可能顾及到所有的情况，面对这种"可能的诱惑"，我们应该怎样行事？是不是因为有空子可钻，就可以抱着侥幸心理去自行其是呢？我曾经说过，如果某项业务的获取需要以违法违规为代价，那么这样的业务我们宁可不做、不要！这句话到现在还要这么说，将来也要继续这么说。平安诞生在中国改革开放的前沿，"创新"一直被客户和社会视为平安最重要的特征。但创新、发展的同时，我们也高度强调遵纪守法，一直把法制教育、规范经营当做公司的基本准则。正因为长期坚持依法行事、合规经营，平安今天所取得的成绩，才是稳健的、可靠的，才能为未来长期健康发展奠定坚实的基础。

第二，"法规＋1"是我们所从事行业的道德要求。

我们所处的金融保险业是受到高度监管的行业，任何细微的疏忽都可能导致品牌的巨大损失，我们必须严格遵守各类法律、法规，为平安创造良好的发展空间。在守法基础上的"＋1"则是按高标准严于律己。"法规＋1"对企业而言，就是努力以更高的道德标准建设企业文化，形成由内而外、从上到下的自觉的规范意识、法纪观念，并通过严格的制度确保执行。

我们从事的是播撒爱心的事业，对广大营销人员而言，就是要以更高的道德准则要求自己，自觉摆正客户、企业与个人的关系，与客户坦诚相对、热情服务。客户将血汗钱交给我们，交付的是一种信任，是对未来的期许与寄托。我们有义务，更有责任以高标准来规范自己的言行，诚实守信，规范经营，让客户放心，让社会放心。

第三，严格遵守"法规＋1"是基业长青的保障。

企业发展的历史证明，基业长青的百年老店，在做好企业经营的同时，也自觉维护行业形象，承担社会责任，进而提升公司的品牌竞争力。"三鹿奶粉"破产事件证明，一家市场份额最大的企业因为产品质量问题随时可能倒闭。

汇丰控股有限公司集团前主席庞·约翰爵士曾说过，一个品牌的建立可能需要一百年时间，但毁掉只在一夜之间。世界五百强企业安然公司因为不守诚信，不合规经营，转眼之间，富可敌国的公司市值几乎蒸发殆尽。因为一个在新加坡分支机构的操作员的违规行为，英国百年金融老店巴林银行瞬间轰然倒塌。所以，汇丰控股在遍及全球的经营活动中，始终将遵纪守法放在第一位。按照"法规＋1"的超高标准要求自己，这是这家国际金融巨头保持百年辉煌的重要秘诀。

平安的事业也是如此。我们关心短期绩效，但我们更重视公司的长期、可持续发展，更加重视企业的基业长青。只要我们将"法规＋1"的观念长期不懈、扎扎实实地推进，言出必行，令行禁止，我们完全有理由相信，平安一定会成为道德水准最高、管理最规范的企业，最终成就我们国际领先的综合金融服务集团和百年老店的梦想。

49. 规矩做事

　　公司20多年后之所以有这样一些成就，很大程度上是因为我们形成了一系列严谨、规范的管理制度，并严格遵照执行。按规矩做事，是企业的长治久安之道，也是员工的健康成长之道。

【合规经营会议上的讲话】

标签：企业文化　执行制度　法律法规

20　09年司庆前一天，我收到了一位老员工的电子邮件。这位老员工之前是一家很大的分公司的总经理。但一年前因为业务违规被免职了。他来信，除了懊悔和愧疚之外，希望我能够网开一面，过问一下稽核的处理结论。

　　我很认真地给他回了一封信，告诉他："你是平安的老员工，我和公司都感谢你过去作出的贡献。但是，在制度面前，人人平等。要管理好一家超过40万人的公司，必须有一套严格的制度，是否执行制度是公司成败的关键。"我还告诉他，"这几年，为了确保稽核的独立性，我已经向集团稽核部门多次承诺，我不会干预他们的工作，你如果觉得不公平，可以申诉。同时，我会把你的意见向他们转达，至于最后结果，我们都必须服从他们的最后决定。"

　　确实，公司成立20多年后之所以有这样一些成就，很大程度上是因为我们形成了一系列严谨、规范的管理制度，并严格遵照执行。按规矩做事，是企业的长治久安之道，也是员工的健康成长之道。

　　在日常工作中，按规矩处事可以管理上级、帮助同事、辅导下属，为自己创造良好的沟通、协作环境。

第一，管理上级就是按规章办事，不失原则。对上级交办的符合规章制度的工作，要不折不扣、保质保量地完成；另一方面，由于上级交办的工作往往强调结果，当与规则存在冲突或有违规的风险时，我们要敢于质疑，善意提醒，坚持原则，这也是对称职下属的基本要求。我的经验是，合规处事往往能够获得上级的信任和赏识，自己也能获得更大的发展空间。

第二，帮助同事就是要坚持原则，合情合理。同事之间的合作应建立在互信互助的基础上，但在发现其他同事工作中存在违规的隐患时，要能坚持原则，及时指出。当然，这要求我们掌握有技巧的表达方式，当大家都能够理解制度、互相支持时，就可以形成高效的良性互动氛围，我们的工作也能在同事的支持下更顺利地开展。

第三，辅导下属就是要以身作则，防微杜渐。管理者的行为往往会被下属效仿，在工作中，我们首先要以身作则、遵守制度；其次，我们必须对下属的成长负责，及时指出可能违规的苗头，指导下属养成合规处事的工作习惯，使下属健康成长。我相信，合规处事可以得到下属的理解，赢得下属的支持和拥护。

第四，规矩处事，对个人严于律己，就能确保职业生涯稳健发展，提升自身价值。据我了解，在外部监管时有些机构因为未按规定报送重大可疑的大额交易、误导销售被处罚，相关负责人被限制了晋升时间，甚至撤销了职务；在内部合规、稽核检查时因为违规报销个人费用被亮牌，影响了绩效考核、评优评先。这些都给自己的职业生涯抹了黑，影响了个人的发展。为了长远的职业生涯规划，我们必须严于律己，使自己的行为准则符合法律法规、公司制度的要求，通过合规经营提升自己的价值。

规矩处事对我们每个人的职业成长意义重大，是我们每个人处事的出发点。首先，我们要学习相关法规制度，全面了解法律知识，重点掌握关键制度；其次，应该严格遵守法规制度，不合规的事情坚决不做；在工作中，还应该多征求合规部门的意见，尊重职能部门正常的工作流程，对相关部门的合规提示、工作意见应虚心接受，尽早改善。合规，与每个部门、每个员工都息息相关，只有人人合规、事事合规，养成按章办事的工作习惯，主动预防风险，公司整体运营才能实现长期、可持续、稳健的发展。

50. 防止"大企业病"

"时间是金钱，效率是生命"，这是20年前的深圳人喊出的口号。平安虽然"大"了，但我们一定要严防"大企业病"——反应迟钝、效率低下、相互推诿等不良作风。与国际同业相比、与我们的远景目标相比，我们还处于创业时期，甚至可以说，我们永远在创业期。我们必须时时牢记时间和效率、责任和服务的重要性。

【关于责任及效率意识的备忘录】

标签：大企业病　服务意识　效率

20 02年下半年，我陆续接到一些基层机构的投诉，大多反映与集团总部沟通不畅的情况。一项简单的需求，转了几个电话就不知所终；一个十万火急的求救电话，绕了好几个圈才找到具体负责人，负责的人出差，或一句"研究一下"，就又杳无音信……类似的情况让前线机构同事经常不知所措，甚至错过了很好的业务机会。

这些问题的出现在我看来是大事情。平安发展到2002年，称得上是家大业大了，当时汇丰控股参股平安，许多国际传媒都对平安很感兴趣，在他们眼里，平安已经"大"到足够使他们时刻保持关注了。"大"当然是我们梦寐以求的目标，但"大"背后的一些"大企业病"也使我们必须时刻保持警惕。

所谓"大企业病"，主要表现为：第一，敷衍塞责、不负责任，明明是这个部门或者这个人的责任，推诿到别处；第二，拖沓迟缓，效率低下，找各种主客观原因拖延时间；第三，得过且过，马虎应付，认为大公司决策链长，自己只是一个小环节，何必过于认真呢！

通常来说，"大企业病"的产生，有工作流程设计和组织授权方面的原因，有员工的责任和效率意识方面的不足，还有监督考核方面的问题。在组织和流程方面，我们要不断审视工作流程、完善组织授权，防止规模日益扩大的各管理部门陷入职责不明、效率下降的泥淖，而使自己所服务的内外部客户陷入漫长的等待、抱怨中。除此之外，还要通过加强监督考核，辅之以必要的教育宣传来治疗这些"大企业病"。

针对当年的投诉情况，我找来当时品牌宣传部的总监潘宏源，建议向全系统发出倡议，组织一个全员参与的活动，让各个部门认真思考一下自己所服务的内外部客户，提出并完善各自的服务目标，列出工作内容、职责及服务承诺，挂在办公室内，然后接受其他相关部门的监督。

相关倡议在《中国平安》报上发表后，集团总部所有部门都积极行动起来，在明确自身的服务对象、服务目标的基础上，作出针对各类服务对象的限时服务承诺，一周内就在各部门内部网页上予以公布，有些部门员工还将承诺放在办公座位的醒目位置上。其中，承诺的第一条就是"须经我部答复、签批、会签的报告、文件、签报，一个工作日内完成。须经调查的，视程度承诺完成时间，但保证在一个工作日内予以反馈或答复"。《中国平安》报还按照部门排序，收集了来自平安系统内外对具体部门的意见和建议，对一些典型案件，还派人对相应部门进行采访、追踪，在《中国平安》报上给予公开反馈。针对一些员工的来信，《中国平安》报开辟了一个"共好家园"栏目，登出了一些投诉有关部门服务质量的信件，希望能促进平安服务意识、工作效率的提高。

该活动推进了半年多，成效显著。对外部客户而言，我们完善了功能强大的客户服务追踪系统，其中，针对所有客户的服务项目都有记录，并会及时检讨、跟进服务状态。比如产险，后台客服人员接到报案后，会与前线查勘人员紧密沟通，确保第一时间处理客户需求。对内，集团与子公司、子公司总部与分公司、分公司与支公司的沟通效率得到了提高，各部门的服务意识也得到了进一步加强。 特别是在此后陆续推出的强大的E化办公系统以及绩效问责考评体系的强势推动下，效率不高、职责不明等"大企业病"逐步得到了治愈。

"时间是金钱，效率是生命"，这是20年前的深圳人喊出的口号。平安虽然"大"了，但与国际同业相比，与我们的远景目标相比，我们还处于创业时期，我们仍然必须牢记时间和效率、责任和服务的重要性，勇于作出承诺，自觉接受监督，不断检讨、化解平安可能出现的"大企业病"，使平安成为强大的平安，成为我们共同奋斗、安心享受的平安。

51. 把"知、行、果"统一起来

中外管理文化上最大的差异在哪里？国内的公司要走向国际化，最大的难点在哪里？就是"知、行、果"的一致性。"知、行、果"，三者高度统一，才能确保企业战略有强大的执行力，才能确保公司各项任务和目标的实现。

【2002年全国工作会议上的讲话】

标签：企业文化　执行　管理　案例

记得1999年前后，我就讲过这三个字：知、行、果。当时是为了在管理层中树立一个正确的言行观，帮助大家养成一种思考问题的习惯，形成一种处理问题的方法。有段时间我和全球两家最大的猎头公司的专家们讨论中国职业经理人的素质，他们跟我的观点是完全一样的。和中国的企业管理相比，西方企业的成功就体现在这三个字上。

第一是"知"上的差距。"知"，是认识，是理念。企业制度是"知"的主要内容，公司的一切制度都是对公司的认识，不管你同意不同意，都是必须接受的。这一点我们做得不如西方，往往会上一套，会后另一套，会上不发言，会下乱发言。西方人对在会上达成的共识就像"刻"在脑海里，像信仰宗教一样尊重大家达成的共识。

第二是"行"，"行"就是执行，就是按照制度的要求一点也不含糊，一点也不打折扣地执行。我们的"行"往往眼高手低，只说不练，知而不行，或者是行而不果，行动没有计划。在那些西方跨国公司里，上司交代任务后，下属要做一个计划，内容要有明确的时间、完成这个计划目标的描述、他要得到什么支持或者技能等，他的上司看完之后马上就批示同意，下属只需按计划协调资源，把这个事情落实，到时候把结果反馈给上司。

第三是"果",就是执行要有结果,要达成目标,要创造价值,要为企业最终的战略服务。"果"还必须是可以量化的、可以追踪的、可以反复检验的,而不是笼统的描述。

2002年,我们为解决"投连风波"而启动的针对118万客户回访项目——客户关怀工程,就是贯彻"知、行、果"的高度统一,取得了值得称赞的成绩。

如果我们能够从上到下形成"知、行、果"的高度统一和结合,平安一定会目标清晰、步调一致,创造出稳健增长的价值。在平安整个队伍里面,重要的就是建立这种方法论,不但要"知",还要"行",并且用结果修正行动,提高认知。

就客户关怀工程而言,当时,我们的部分同事头脑中还存在一些认识上的误区。有的同志认为,100%回访是监管部门、集团的要求,应付一下就可以了;有的人认为,现在是业务低潮,不是100%回访的最好时机,担心造成客户不信任的感觉,对业务造成冲击;也有的人看到平安市场占有率下降、退保率上升的情况后心情急躁,觉得应该先策划一个方案把业务量提上来,回访的事情过一段时间再说。

上述这些想法在我们的各级管理干部和销售队伍中都有一定的代表性。海尔曾经将刚从生产线上下来的几十台不合格的冰箱砸掉,同仁堂曾经将成色不足的药品烧掉,正是因为具备了这种敢于正视问题、敢于放弃短期利益的气魄,才造就了海尔的卓越品牌,才使得同仁堂成为百年老店。我们把这些故事讲给业务同仁听,并表示在客户服务和业务品质上,平安也要有像海尔和同仁堂这样的坚定态度,即使现在放慢一点发展速度,损失一些市场占有率也没有关系,只要我们把100%回访等一系列基础工作落到了实处,几年之后效果就会显现,那时业务人员的展业行为规范了、销售技能提升了、服务差异化形成了,客户和市场自然而然就回来了……

在随后的行动中,我们要求各机构负责人亲历亲为,制订计划,做好统筹、协调工作,并层层落实、责任到人、逐级追踪,要求各机构、各部门加强沟通、密切配合,在思想和行动上保持高度一致。各级机构要对工作的进展尤其是回访率、投诉率、问题件处理满意度等情况定期进行总结,及时解决回访过程中发现的问题,不断完善相关操作方法和流程,使100%回访工作的质量和效率不断提升。集团相关部门同时对各机构的100%回访进展情况进行追踪,以投诉率、退保率是否达到行业最低水平作为考核标准,并加大其在KPI考核中的权重。从2003年9月份起,集团对各机构回访情况开始全面抽查、跟踪,11月份起还派出专人到重点机构检查、督导。除此以外，我们还设立客户服务品质奖，对客户服务工作突出的机构和个人进行表彰与奖励。

计划的贯彻与执行十分有力、有效。而结果的设定也非常清晰，并且为了最终了解客户的态度，我们还聘请了第三方国际调查公司盖洛普咨询有限公司专门针对投连客户进行了一次深入的满意度调查，使得结果的发现更加客观、公正、全面。

到2004年5月的最后一天，我们累计成功回访客户118万人。2004年6月初，平安股票登陆香港联交所的前一个月，我们对外宣布——这个对平安而言截止到当时最复杂、最困难、历时最长、参与人数最多的项目鸣金收兵，项目顺利"交卷"，取得了客户满意度提升、业务队伍信心增强、公司经营环境改善的三赢结果。

"知、行、果"是一种言行观，更是一种方法论。"知、行、果"的一致，保证了每个项目进展的有效性、成效性与严肃性，在任何大小项目上，如果我们做到了"知、行、果"的统一，平安就一定能实现宏伟的战略目标，公司的价值就会无可限量地发挥出来。

52. 求实、求问、求解

　　平安需要什么样的工作作风？回顾过去10年的道路，正是"求实、求问、求解"的工作作风才成就了平安的今天。平安本着务实的专业精神（求实），及时发现经营管理中的问题（求问），并予以解决（求解），从而不断地提高，不断地发展进取。

【备忘录——改善我们的工作作风】

标签：企业文化　工作作风　效率　报告

　　平安需要什么样的工作作风？回顾平安过去的道路，正是在于我们本着"求实、求问、求解"的工作作风，本着务实的专业精神（求实），及时发现经营管理中的问题（求问），并予以解决（求解），从而不断地提高，不断地发展进取。作为平安的管理者我们要时刻牢记："平安的管理就在于发现问题并解决问题"。

　　平安的经营报告一向重视数据，强调量化分析，用数据说话成为平安的传统。但有时事情走到极端就事与愿违了。2002年，公司内部出现了一个怪现象，就是报告如山。每个部门，甚至是每个办公室都有自己的月报告、季报告、年报告，甚至还有周报告。报告种类之繁多、内容之复杂、数据之罗列、装饰之精美可以说已经到了空前绝后的地步。据反映，总部有1/3的人每天在忙于埋头写各种报告。投入如此众多的人力，耗费如此高成本的打印、纸张和装订，更加上部分报告内容之重复、分析之浅薄，不能不让人痛心。

　　不容否认，一些高质量的经营管理分析报告，数据可靠翔实，分析深刻，更能指出公司经营管理中的现实问题，并提出切实可行的解决办法和方案，成为公司制定经营方针和发展战略的重要参考。但当时涌现出更多的是只重形式、专门应对上级、重在炫耀自己工作的报告。我认为这些报告应当作为公司内部的"非法出版物"，予以坚决清理。对于那些原先投入制作这些无用的浮夸报告的人或部门，完全有必要认真反省，看看自己到底应该如何通过务实的专业精神，踏踏实实地为平安业务规模的扩大、经营成本的降低、管理水平的提高尽心尽力。

平安究竟需要什么样的报告？一直以来，我们都有明确的答案：需要能够发现问题，解决问题的报告。1997年麦肯锡来了之后，我们的会议报告一改长篇大论的习气，强调用表格、图表清晰明了地展示思路与逻辑，让人耳目一新。可惜，有些人学过了头，只学来了花里胡哨的形式，报告怎么炫目、怎么吸引眼球怎么来，忽视或者忘记了报告的价值与作用——是用来发现问题、提出问题、解决问题的。这算不算舍本逐末？从2005年起，我们设计了规范的PPT模板，既能维护品牌传播的一致性，又能避免把大量时间、精力耗费在无谓的模板设计上。一个小问题，用大报告讲清楚，人人可以做到，但一个大工程，如何用简单的方式描述清楚才是最具挑战性的，也更见一个人分析、处理问题的功底。简洁、实用、清晰、有效率，这就是一个好报告的标准。

"报告问题"只是公司在经营管理过程中存在的众多问题里需要改善的一个点。事实上，当时公司的个别部门在文件的起草发放过程中，不认真向下调查研究，不仔细听取下面的意见和反映，仅凭个别人或部门的主观想象或为了向上有所交代，就把文件下发全系统，造成分支机构工作的被动和对公司文件权威性的损害，成为当时不容忽视的严重问题，直接影响我们的文风乃至工作作风。

"报告问题"已是往事，但它时刻提醒着我们，平安的经营管理仍然存在着待改善之处，仍然有提高的余地。家业大了，底子厚了，更要警惕虚荣之风的滋生。全体员工，尤其是中高层领导干部，一定要牢记创业时的艰辛，本着"求实、求问、求解"的工作作风，本着务实的专业精神，深入基层，发现问题、解决问题，踏踏实实地为平安的发展尽自己最大的努力。

53. 人际关系简单化是好企业的重要特征

一个企业或者一个任何性质的组织，都免不了各种各样的人际关系。在平安，我们倡导一种最简单的人际关系，使得员工之间、上下级之间的沟通顺畅、坦诚，营造一个真正干事业的环境。

【《做好CEO的30个要素》评点】

标签：企业文化 人际关系 简单化

有政府部门的领导，也有一些从国有企业加盟平安的同事告诉我，他们很欣赏平安的人际关系，因为比较简单。事实确实如此。我们有个干事创业的大环境，同事们都清晰地知道自己和所属团队的目标，知道平安的愿景和抱负，大家都朝着这个目标打拼，不拉帮结派，不搞"你的我的"，大家可以坦诚地交流，全心全意地投入工作，真正体会到工作的开心，在工作中实现个人的价值。

第一，在企业内应该建立简单的人际关系，人与人之间没有复杂的裙带关系，不搞办公室政治。在平安创业之初，我就在坚持这个管理准则。平安刚成立没多久，需要大量的人才，就有一些同事"举贤不避亲"，想推荐一些亲戚进来。这在当时看起来也算人之常情，但是，我知道，在同一个组织里，虽然制度很严格，但制度执行上总有回旋的余地和空间。如果没有很直接的利益关系，这种回旋余地就会尽可能小，而这一点，恰恰是制度执行的关键。一旦有了例外，有了回旋空间，一开始是小空间，到后面慢慢就成了大空间，制度就会被瓦解。中国几千年的文化中，这种制度文化的缺失，很大程度上是人际关系带来的。所以，公司创业之初，我们就定好规矩，应聘者在公司内有亲属关系的，不得录用；年轻人可以在公司里谈恋爱，但结婚后，其中一方必须在规定时间内离开。

人际关系的问题当然不只是亲戚关系，还有老乡关系、同学关系、上下级关系等，另外，人与人相处，脾气、阅历、爱好等因素，必然会使得有些人之间相处得亲密，有些人之间相处得疏远。一个组织里不可能纯洁到没有任何的非组织关系，这就需要尽可能减低非组织关系对组织的负面影响。

第二，在平安，我们以清晰的考核汇报线路、实实在在的绩效为导向，一切以价值最大化原则为衡量标准，让人际关系最大限度简单化、透明化，以清晰的公司整体目标和价值为一切人际关系调整和发展的根本。偏离这一点，企业就容易失去方向。

20多年过去了，我们的业务已覆盖保险、银行、投资等全方面金融领域，员工从十几人发展到几十万人，但我们简单的人际文化得以保留下来，在这个基础上，形成了互信、真诚、合作的企业文化。同事们在开会的时候，可以各抒己见，甚至发生激烈的讨论，但大家都知道这是为了把事情做好，为了实现企业的价值最大化，同事之间的关系没有丝毫损伤，大家反而更加坦诚、更加互相尊重，这一点是十分难得的。

第三，能形成这种简单的人际关系还有一个原因，就是平安要求每个员工要学会换位思考、求同存异。我们坚定地倡导这样的文化，公司的发展也要求我们建立这样的文化。在平安，有很多来自不同国家、不同文化背景、不同公司、不同行业的员工，人与人之间存在很多行为上、思维上、理念上的差异。平安文化中有一种包容、接纳的心态。人家来了，你不换位，不求同存异，就没法彼此配合工作，就算把这叫逼迫，那也逼着你学会如何共生、共好、共赢。

当然，我们说简单的人际关系，并不意味着平安的员工不需要对人际关系的理解力。和人沟通的技能是职业人一项非常重要的能力，就个人而言，人际理解能力的深浅关系到个人的成功与否。对人际关系理解太深的人，如果跳不出来，因为怕触犯别人的利益，就会缩手缩脚，走不长远；对人际关系理解太浅的人，不擅长换位思考，行事比较简单化，也走不远。理想的状态是既有较好的对人际关系的理解力，能够理解并分享他人的观点，觉察他人的感受、体谅他人，同时又不会被绑住手脚，而是懂得换位思考，化解矛盾，更多地把精力放在解决问题、团队合作、共同攻坚上，加之很好的执行力、推动力，这样的人才会最终成功。

总之，营造一种简单、清晰的内部人际关系，围绕组织整体目标、团队及个人绩效目标行事，是平安的优良传统，也是我们与国际化管理标准接轨的重要表现，必须发扬光大。

54. 高效率与"零"距离——谈无纸化办公

　　在平安，邮件文化是非常重要的办公文化。这项工作除了使效率大幅提升外，还有一个重要功能，就是开放，就是将基层与高层"零"距离地联系在一起。在平安，任何一位员工都可以给我发邮件提出建议，对于收到的信件，我也总是争取第一时间给予回复。

【2006年集团关于推行邮件文化的会议讲话】

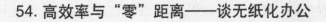

标签：无纸化办公　制度建设　经营

　　平安从2001年开始推进无纸化办公项目。当时考虑的因素第一是节约成本，第二是提高效率。

　　这之前，平安一个机构的一份公文审批流程是这样的：首先需要机构相关的职能部门审核，然后机构的分管领导、一把手会签，会签通过后，再通过邮局发到深圳总部收发室。总部办公室的工作人员把这份文件再分发给各级主管审批，通过后，再通过邮局发回机构。我们有过统计，费时最久的一份公文，半年后才落实回去。在这个过程中，存在着财力、人力和市场机会的浪费。

　　2001年，平安开始强力推行无纸化办公，鼓励各级员工通过公司的电子化办公系统完成工作。一直以来，中国人习惯看纸张文件，回家喜欢带着大包、小包的文件，否则就不觉得是在工作。这个习惯改变起来太艰难了，刚开始的时候，每天仍然有人给我报送纸质文件，我就直接把这些人叫过来跟他们讲，今后凡是再送报纸质文件给我，我一律不看，不批。这样这个项目才勉强推进下去，但是大家在思想上并没有清楚地认识到无纸化办公的价值和作用。

2003年的"SARS"疫情为这项工作的深入人心带来一个契机。由于控制疫情的需要，限制了平安各地人员的流动出差，大家都留在家中。但工作仍然需要继续。很多人这时才开始全面适应无纸化办公的状态，在这个状态中渐渐认识到无纸化办公所带来的各种好处。现在，在平安，从基层报送来的文件，通过电子签报，一般几天就审批结束，而急件，一般只需几个小时。

通过无纸化的邮件方式联系工作、传递信息、沟通问题，除了效率高外，还有很多方便之处。第一，信息可以留存备查。任何一件事情，由谁动议、由谁参与、由谁负责，都有案可查，有据可寻，便于落实责任。第二，讨论方案、生成决议的过程，邮件都有清晰的记录，相关参与人作为抄送者也能对项目状况进行了解，在工作落实的进程中，可以有效配合。第三，邮件沟通能抹平一些情绪化的交流语言，便于更有效地达成沟通效果。会议、电话也可以实现沟通，但是因为面对面的即时性，很可能有些情绪化的语言和态度会流露出来，而邮件书写的过程，是一个深思熟虑、合理措辞的过程，表达的目的性、条理性更清晰。

除此之外，无纸化办公还带来一个开放的沟通平台，一个自由的交流氛围。2008年的中秋节，我以董事长的名义通过邮件系统向平安所有员工发送了一封"祝贺中秋快乐"的信件。很快，我陆续收到了一些人的回信。一封来自浙江分支机构同事的信件吸引了我，内容是很简单的几个字，"一点也不快乐"。我给她回信问："能告诉我原因么？"她在信里讲了自己的情况。原来她是刚从浙江一所院校毕业的新同事，在客服岗位上工作，一个小时前，一个客户因为车险保单特别约定中的多次事故免赔特约条款的事情来柜面争执，让她觉得十分委屈，所以"一点也不快乐"。我回信开导她，鼓励她积极寻求缓解压力的办法，并建议她多与自己信任的人交流，进一步学习专业知识，熟悉工作流程，提升工作技能，尽快完成从"学生"到"职业人"的转变，适应平安的工作。后来我还了解到，产险公司专门委托支公司领导找她进行了谈话，有效地疏解了她的消沉情绪。

我觉得平安有这样一种坦诚交流、开放自由的文化，邮件平台是体现这种文化的重要载体。任何人有任何合理建议都可以通过邮件向上层传达，不但如此，员工生活上的困惑，也可以通过邮件及时了解并得到妥善处理。

营销文化

我是一名平安的推销员

推销是平安人的天职，是我们共同的工作

55. 我是一名平安的推销员

> 推销是平安人的天职，是我们共同的工作。只要我们坚信：我们推销的不仅是一张保单、一份信托计划或一项银行理财产品，而是产品背后的责任、希望和梦想，我们就一定能以百分之百的热情投入到伟大的推销事业中去。在平安这个温馨团结的大家庭里，每一位成员都是推销员，我也可以自豪地说，我是一名平安的推销员。

【在第三届寿险精英高峰会议上的讲话】

标签：企业文化　价值　推销　责任

2005年，在一个与寿险深圳分公司业务同仁面对面交流的场合，曾经有业务同仁问我是否卖过保险，业绩怎么样？我高兴他们问我这个问题。

我卖过保险，在公司创立之初。当时卖的是产险产品，而且我还和客户建立了很好的关系，有些甚至维持到现在。

事实上，这二十几年来，我一直是平安的一名推销员，而且是平安的一名普通推销员。

1988年平安在深圳蛇口诞生之初，我是一个名副其实的推销员，每天风雨无阻、奔波展业，那些日子至今仍历历在目，对我今后的成长历程产生了深刻的影响。平安成立第一个10年，我依然是平安的一名推销员：向国家和政府推销平安的商业运作机制，向世界推销中国的民族保险业，向股东推销平安的管理运作和人才资本，向每一位业务同仁推销平安的远景和价值观。平安成立的第二个10年，我还是平安的一名推销员：向世界推销中国民族金融保险业的崛起之路，向资本市场推销平安的成长故事和发展潜力，向客户推销综合金融的消费体验，还向每一位业务同仁推销"平安客户经理"的广阔前景与规划。

我一直把自己认为是平安营销大军中的一员。如果说我和大家有什么不同，也仅仅是因为平安事业发展的需要，分工不同而已。在平安这个温馨团结的大家庭里，每一位成员都是推销员，都承担着向社会公众推销平安内涵的责任。

前线的业务队伍是推销员。他们推销的不仅是一张保单、一份信托计划或者一项银行理财产品，还有产品背后的责任、希望和梦想。客户交给我们财富和信任，托付给我们幸福和未来，我们则回报给客户一份可靠的保障，一份专业的护佑和平安的承诺。此外，我们日常的展业行为和工具，也都是一种推销。我们有E行销来展示平安强大的IT力量，我们有快速高效的理赔服务，展示我们卓越的服务品质和后援集中的力量，我们有多元的产品，展示集团综合金融的梦想和能力，甚至我们对客户的一个鞠躬，一个微笑所展示的平安礼仪，也都在向我们的客户推销着平安深厚的文化底蕴。

我们的后线员工虽然不直接接触客户，但也是平安的推销员。他们一方面是前线业务队伍推销平安的坚强后盾和支持，同时，每一个人总会和各种外部关联单位发生关系，也同样在展示和推销平安。我们的客户服务部门，虽然是做维护客户和服务客户的工作，但我们的沟通话语，是否体现了平安的专业和亲切，我们的服务品质，是否体现了平安客户至上的文化理念等，这也是在推销。还比如，我们的品牌宣传部门联络媒体，推销平安的公开透明；我们的财务会计部门联系税务监管，展示和推销的是平安的守法经营，法规加"一"；甚至我们的IT部门也会通过与外部伙伴进行的合作，展示和推销我们的专业追求和创新进取。每个部门、每个岗位、每个员工都在从不同的角度展现和推销平安的价值。

回到我自己身上，我是平安的董事长，对内，我要向员工们推销平安的战略、抱负和文化；对外，我要向社会和大众推销平安的产品、实力和愿景，我要率领大家朝着共同的愿景前进，一起把平安打造成为国际领先的综合金融集团，要将这个愿景变为战略，推动各专业子公司向着共同的目标努力；我还要向每一个员工推销我们的理念和价值观，众人同心才能其利断金。

对外，我也要帮各专业公司跑客户推销产品。每年，我都会有几十次配合专业公司的重点客户拜访，一起了解客户的需求，为客户提供更专业、周到的服务。我还要向广大投资者推销平安的价值，平安是一个可靠、透明、有实力的公司——我们有良好的公司治理、先进的经营理念、清晰的战略、优秀的管理团队和充满战斗力的员工。我会向监管部门汇报平安的规范经营、产品服务创新和平安对行业发展的理念和期许。我们还要向社会公众推销平安的企业公民理念和我们的道德追求，通过参与希望工程、义务献血、倡导绿色低碳，号召更多的人一起参与到和谐、可持续发展社会的共同建设中。

所以，推销就是平安人的天职。

推销，也是艰苦的事业。但只要我们把它当做一份事业，我们虽苦犹甘。

有这么一个故事，说的是两个工人正在建筑工地上干活，有人问他们："你们在干什么？"其中一个人回答说："我在砌墙。"另一个却回答说："我正在建造世界上最宏伟的大厦。"同样的工作对不同的人具有不同的意义，从而产生了不同的结果，这就是信念的力量。

我们耕耘的是一片充满希望的田野。我们的产品和服务，为客户带去保障、财富以及未来更加便利、全面的综合金融消费生活；我们的创新和进取，率领着行业不断突破，为股东带来资产增值；我们的公益及绿色行动，回馈给社会以温暖和和谐；甚至我们自身也成为一则故事——数十万人在平安实现了生存发展、安居乐业。而我们的梦想是，作为一家民族金融企业，平安期望成为中华民族伟大复兴、屹立于世界民族之林的力量和代表。这值得我们每一位平安人骄傲和自豪。这也需要我们加倍地付出汗水和努力。

我们每一个人都是这份事业的推销员。让我们继续团结共进、励精图治，一起为"国际领先的综合金融服务集团"的远大抱负而不懈奋斗吧！

56. 业务同仁的酸甜苦辣，我感同身受

做保险这个行业20多年，与很多业务同仁、客户交朋友，看到那么多业务同仁秉持信念、不辞劳苦地推销保险、服务客户的感人至深的故事，我总是被深深打动，不能自已。我觉得我们的营销同事真的很不容易，他们取得的每一份成功的背后，是他们以布道者般的爱心、专业、执著和团队合作，为客户送去保障与平安。他们成功，我为他们高兴，与他们分享；他们的艰难困苦、甚至辛酸委屈，我感同身受。

【2010年寿险高峰会与个别业务精英的谈话】

标签：信念　责任　销售　服务

"我来自偶然，像一颗尘土，有谁看出我的脆弱；我来自何方，我情归何处，谁在下一刻呼唤我。天地虽宽，这条路却难走，我看遍这人间坎坷辛苦，我还有多少爱，我还有多少泪，要苍天知道我不认输……"与平安在中国大陆推广寿险差不多的时间里，手语舞，特别是这首《感恩的心》就在我们的业务队伍中流传开来。很多次，看到我们的业务同仁身着职业装，列队整齐，载歌载舞唱起这首《感恩的心》时，我都特别感动，这首歌传递的感恩、励志、永不言败的精神在业务同仁和我之间共鸣，让我情不自禁地跟着唱起来。

中国平安开展保险业务已有22年，开展人寿保险业务也有16年，与很多业务同仁、客户交朋友，看到那么多业务同仁秉持信念、不辞劳苦地推销保险、服务客户的感人至深的故事，我总是被深深打动，不能自已。我觉得我们的营销同事真的很不容易，无论是刚刚入职的新同事，还是工作多年的"老平安"；无论是我们初入行的最基层的业务员，还是取得崇高荣誉的明星高峰会员、高峰会长、钻石精英；

无论是致力于个人营销的伙伴，还是专注于组织发展、立志要当营业部经理、总监的同事，都很不容易，他们取得的每一份成功的背后，是他们以布道者般的爱心、专业、执著和团队合作，为客户送去保障与平安。他们成功，我为他们高兴，与他们分享；他们的艰难困苦，甚至辛酸委屈，我都充分理解，感同身受。

保险营销的初期，我们的业务员登门拜访，被误以为"卖保险柜的"。讲人寿保险，以为是"兽医"，引起大家的哄笑，而在我们看来，这是向消费者普及保险知识、开启保险意识的必然经历。好在社会不断在进步，大家对保险的认识由陌生到了解，由了解到理解，并且逐步地，我们累积了5 000万的个人客户。这些客户，加上许多没有买但被我们的同仁拜访过的人数，我想全中国可能至少有两个亿。这个人群，不管是不是我们的客户，由于我们业务同仁的拜访和沟通，使他们对保险有了或多或少的了解，使得整个中国社会的保障意识、金融投资和理财的意识得到了很大的普及和提高。

这个过程中，我们的业务同仁走访千家万户，说尽千言万语，历尽千辛万苦，有不少感人的故事让我难忘，使我感动。

10多年了，深圳分公司一位 "跑街硕士"、普通业务员杨建宏的感人故事还常常在我的脑海中浮现。1998年3月，刚刚从西南财大保险系硕士毕业加盟平安深圳分公司的姑娘杨建宏，在给客户送保单资料的途中遭遇车祸，颅脑严重损伤致深度昏迷，被送往红会医院进行抢救。她的同事、同学得知消息后，第一时间赶到现场，为只身一人在深圳打拼的她在手术单上签字；轮班进行24小时陪护；总公司、深圳分公司领导赶去医院探望，同事们自发捐款；她的很多客户也来到病房，送来水果和花篮；这一事件经深圳媒体报道，引起了市府领导的关注，市卫生局长、医院院长亲自安排她的抢救方案……

深度昏迷的病人，最重要的是如何唤醒她。杨建宏所在的公司营业部员工在轮流看护的过程中，除了不断呼唤"建宏，醒来吧"，就是不断地唱《感恩的心》、《平安颂》等她熟悉的歌曲，终于有一天，当大家唱到"我还有多少爱，我还有多少泪，要苍天知道我不认输"的时候，她的眼角两行泪水淌了下来。

经过70多个日日夜夜的精心救治，在她的亲人、同学、同事们的爱心召唤下，更主要的是靠杨建宏自己顽强的生命力，克服了严重的颅脑创伤和一系列并发症，她终于苏醒了，逐渐重拾记忆，恢复语言、肢体运动能力，一步步地走向康复。

虽然，后来由于身体原因离开了我们的队伍，但她这种战胜命运的执著，我们业务队伍友爱团结的力量，让我不能忘怀，感动不已。

熟悉保险业的人可能还听过刘宝辉的故事。1996年，他以43岁"高龄"从西安监狱大队长岗位上入职平安，成为一名普通业务员。为了尽快融入这个行业，他付出了比年轻人多得多的辛苦学习知识、拜访客户、服务客户，第二年就成功晋升为营业部经理。在他的影响下，他的太太李兰也加盟平安，儿子刘毅自加拿大留学归来也在刘宝辉的部门里做起了一名普通业务员，三人互帮互学，共同进步，全部成为平安钻石明星，他的家庭成为令人羡慕的"保险幸福之家"。不幸的是，2006年，宝辉被诊断罹患肝癌，他忍受着病痛的折磨，仍然坚持在家为客户做好服务，甚至奔走各个营业区，为业务同仁传授拜访技巧，将自己的光和热发挥到最后一刻……宝辉虽然在2008年离开了我们，但他把保险当信仰，传播保险大爱的故事早已成为保险业界的一段传奇。我和平安同事们都非常怀念他。

做平安的董事长，许多时候是我讲话，员工们听，他们受教育或被鼓舞。但业务队伍的感人故事常常使我受到教育和鼓舞。当工作有不顺的时候，当遇到困难的时候，我常常想，我们的业务队伍遇到的困难，受过的辛苦一定不比我弱，我更应该勇敢前行，迎难而上。

当然，业务同仁的故事并不都是"悲情主义"，家人对我们报以理解、信任的微笑，客户获得理赔时重新燃点的希望，同事间共同打拼时一个默契的眼神，获得公司和社会的表彰、晋升时的欢呼，还有，公司与行业的稳健、快速成长，都会让我们开心、振奋，都让我们的业务同仁感到由衷的骄傲。

我非常诚恳地说过："我是平安的一名推销员"，我以平安50万业务同仁中一分子的身份，深切地体会大家的喜怒哀乐、酸甜苦辣；我为平安拥有这么多可爱、可亲、可敬的业务同仁感到骄傲！

从业13余年，4次荣登会长宝座、3度MDRT[①]内阁会员、6度MDRT顶尖会员的赵小东感言："寿险事业是一项非常孤寂、持久和充满挑战的工作，即使融入强大的团队，寿险代理人也仍要独立面对、独立思考、独立反省地去工作，我们会不断地面对成功与挫折、高峰与低谷，这使我们品味到其中的艰辛，也深感奋斗中的快乐。同时这又是一项含有大爱和大责任的工作，它使我们变得更加坚定和执著。"

---

①　MDRT：Million Dollar Round Table，百万圆桌会议，全球寿险精英的最高盛会。——编者注

　　小东这番话是她这么多年从事营销服务工作，历经高峰与低谷，以普通保险营销人的角度总结而来的心得体会，展现了保险营销的大智慧。愿以小东的这番话，与全体平安业务同仁共勉，与关心和支持中国保险业发展的各界人士共勉。

57. 客户是我们的衣食父母

　　客户就是我们的衣食父母，我们的每口饭都是客户给的，我们的工资都是客户发的。客户交给我们的钱是他们的血汗钱，可能就是他们给子女深造和婚嫁的钱，可能就是他们的养老金，也可能就是他们的救命钱，他们给我们的是一种信任，托付给我们的是他们终身的幸福和对未来增值的期许。所以，我们要以感恩之心忠诚履行我们的职责，像善待家人一样善待我们的客户。

【与营销队伍的谈话】

标签：客户　服务　感恩　诚信　责任

　　先讲一个我一直铭记在心的小故事：2001年2月，春节刚过，沈阳市还沉浸在浓浓的喜气里，平安人寿辽宁分公司沈河区的营业员黄晓鸥已经开始展业了。傍晚，当晓鸥展业完毕往家里赶时突遇两名歹徒袭击，手持利刃的歹徒让黄晓鸥交出提包，可提包里装的是客户的保单和资料，黄晓鸥哪肯放手。穷凶极恶的歹徒拿尖刀刺向晓鸥，热血从她的身体里涌出，但是客户的保单和资料决不能丢失，晓鸥拼命地护住提包。歹徒见状一刀比一刀更狠地刺进了晓鸥的身体，生命仿佛在流失……

　　当黄晓鸥获得救援，艰难地睁开双眼时，她用微弱的声音问："我的包呢？"她的包里其实只有几百元钱和一部手机，其余的都是客户的保单和资料。就是这薄薄的保单代表着客户给予她的重于生命的信任和嘱托！

　　我们这位普通的业务员视客户的重托胜于自己生命的故事一直深深地感动着我，这是平安"客户至上"的经营理念的最好诠释。客户至上，可以通俗地理解为客户就是我们的衣食父母，我们的每口饭都是客户给的，我们的工资都是客户发的。客户给我们的是他们的血汗钱，可能就是他们给子女深造和婚嫁的钱，可能就是他们的养老金，也可能就是他们的救命钱，他们给我们的是一种信任，托付给我们的是他们终身的幸福和对未来增值的期许。所以，我们要以感恩之心忠诚履行我们的职责，像善待家人一样善待我们的客户。

善待我们的客户，首先要有感恩之心、诚恳之心、仁爱之心，能够设身处地地为客户着想，以我们的专业服务，为客户提供和他的收入、年龄、家庭结构、未来期许相匹配的保险或理财计划。与客户交往，言必信，行必果，言诺在先，践诺在后；与客户坦诚相对，热情服务，客观地分析判断客户的金融保险需求；推介产品时，全面介绍产品特性，充分提示风险，不断章取义、不夸大其词；为客户服务时，热情周到、体察入微，为客户排忧解难；虚心接受客户的批评与监督，积极应对各类投诉，切实改善工作中存在的各种问题，用行动来体现我们的诚意。

善待我们的客户，还要以客户利益为最高利益，自觉摆正客户、企业与个人的关系。要认真遵守职业操守、法律法规和规章制度，做到"守法+1"；要树立团队意识，珍惜个人与集体荣誉，同事之间友爱和谐、相互督促，共同做好客户服务；当客户利益、个人利益、公司利益发生冲突的时候，自觉地把客户利益放在第一位。

善待我们的客户，也要从公司制度、培训、奖惩给予必要的保障。不可否认，目前，我们的队伍中确实存在个别业务人员在营销、服务过程中有着与"客户至上"要求不符的急功近利的行为，给客户造成不便与困扰，对个人、公司，乃至整个行业的信誉造成了一定程度的损害。存在这样的情况时，公司要广泛进行诚信教育、纪律约束、品质考核，规范业务同仁的行为；同时，对严重违反相关规章制度的害群之马，一经查实，应立即予以清退，不留任何情面。

不论平安的现在和将来是多么庞大的企业，我们都要以客为尊，让客户在平安体验到专业、完善的保险服务、与众不同的综合金融服务。这两年，从我们相继推出的VIP客户服务、E行销，与"你的平安我的承诺"相关联的快、易、免等服务举措上，可以看见我们在客户服务领域的不懈努力。

"吃水不忘挖井人"，平安是金融服务企业，为客户服务是我们的天职。客户是我们的衣食父母，我们不能忘本。任何牺牲客户利益追求经济效益的行为都是舍本逐末的，好比是将大厦建在沙滩上，是十分危险的。

58. 从产品推销员到客户经理

现在，我们虽然还是以销售保险为主，但不久的将来，你们其中的大部分人，很快都会成为中国平安的客户经理。……未来5~10年，我们的业务队伍不再区分是寿险、产险、年金、银行或证券的产品推销员，而都是能销售多种产品的中国平安客户经理，使我们成为一支最优秀、最能战斗、充满生机活力的队伍！

【在2009年平安寿险高峰会上的致辞】

标签：综合金融　交叉销售

最近，在深圳和上海，我有机会和我们的业务同仁聊天，他们很兴奋地告诉我，"董事长，交叉销售真是太棒了！过去我们见客户只是讲保险，为了卖保险而说保险，现在我们和客户交流的范围宽多了，与客户的共同语言更多了，不仅可以增加收入，增加我们和客户交流的机会，还增强了我们信心。现在视野开阔了，越来越觉得自己的知识不够，除了保险的产品，我们还要学银行、信用卡、车险、年金、投资理财产品、证券业务等等。我们觉得职业生涯更加丰富了，工作生活更加充实、更加精彩了！"听到这些话，我发自内心地感到欣慰。

我一直有个愿望，就是要打造出一支全能型的、高产能的销售队伍，使他们每一个人都成为满足客户投资、理财、保障等全方位金融需求的财务规划师，使得他们的生存能力更强，发展动力更足，也使他们的专业技能不断提升，上升的空间更加开阔，更有职业的荣誉感和自豪感。

早在1997年，我就曾经提出，希望未来平安的业务员可以分为金牌、银牌、铜牌三种，铜牌是销售单一保险产品的营销精英，银牌是销售多种保险产品的精英，

而金牌，就是能销售所有金融产品的精英。

为了这个愿望，我们一直在努力创造实现这些愿望的各种软硬件条件。

这10年间，我们除了保险业务的飞速发展外，还抓住了有利的市场契机，成功地获得了投资银行业的机会。先是福建亚洲银行，后是深圳市商业银行，我们通过整合，形成了现在资产规模超过2 000亿元的平安银行。2009年，我们还获得了投资深圳发展银行的机会。另外，我们的证券业务、信托业务也跨入了各自领域领先企业的行列。

在金融业务体系逐步完善，交叉销售、协同效应不断发挥作用的同时，我们进一步完善了集团经营及管理架构，举巨资打造了亚洲领先的后援平台，打通"天地线"，让我们的梦想一步一步清晰起来。

何为"打通天地线"？"天"就是我们中台、后台，通过多年的努力，如今我们已经拥有了集中而高效的中、后台体系；"地"是我们的前台，也就是与客户接触的前线，就是我们的销售队伍和服务网络。

所谓"后台"就是中国平安用20年时间搭建的阵容强大的综合金融架构和平台。它整合了4 000万的个人客户和400万公司客户，用将近10年时间打造了一个世界级的、高度集中的金融"大后台"。在我们的后台，有约1万名员工在24小时工作。通过这个平台，各种渠道的资源和信息都得到了有机整合。

那么什么又是"中台"？将寿险、产险、年金、健康险、银行、资产管理、证券、信托、基金、消费信贷等十大业务中所有的产品整合在一起，建立一个产品的工厂，一个齐全的、完整的、有竞争力的金融产品体系，这就是中台。中台的建设，可以使我们按客户的需求，不断地为客户、为我们业务同仁的销售提供源源不断的产品，提供支持、说明和服务。

当中、后台的建设渐入佳境的时候，公司就开始着手让前线的销售也以某种形式与中、后台的经营方式贯通起来，"打通天地线"的时刻就到了。这个术语叫做"前台集中"，即用几年的时间，把平安的交叉销售专员队伍、部门，所有业务队伍、门店和电话服务、网络管道整合起来。可以说，通过10多年的努力，我们已逐步将中、后台整合工作这一"地基"夯实了。这才使得"前台集中"成为可能。

"前台集中"最重要的方式就是交叉销售，就是让我们的销售队伍从产品推销员"升级"为中国平安的客户经理。

实行交叉销售对公司、对客户、对销售人员都大有好处。

　　对公司而言，交叉销售整合了诸多资源，提高了客户的忠诚度，也使得公司的整个业务结构、利润结构更加稳定。这些年来，公司除了在保险主业上快速增长，银行和投资业务也得到了发展。利润来源更多元，整个经营就更稳健，公司发展就有更强劲的可持续性。

　　对客户而言，交叉销售能让客户得到实惠。如今的金融产品越来越丰富，老百姓对金融产品的需求也越来越大，而我们工作、生活的节奏越来越快，客户没时间一家一家公司去购买这么多产品。即使有时间，由于金融产品的专业性越来越强，客户也可能很难弄清楚哪些产品最适合自己，也没精力定期打理那么多产品和理财账户，更不用说让这些产品创造应有的价值。实行交叉销售体现了公司"一个客户、一个账户、多个产品、一站式服务"的理念，会使得我们提供的产品形态是多元化的，组合是个性化的，而且服务是整合的，账户是统一的；也能为客户在购买和打理金融产品时，提供最大程度的便捷。

　　对销售人员而言，交叉销售让我们向客户介绍金融保险时更加专业，和客户接触的机会更多，收入也将变得丰厚。更重要的是，交叉销售可以让我们的业务队伍直接获得来自后台、中台的支持和帮助，用最先进的高科技手段，把"天"和"地"无缝连接起来，在最短时间内掌握多种产品的销售知识和技能。

　　今天的平安已拥有了全金融牌照、完善的产品平台和强大的金融后台，销售人员所要做的，就是认识客户、了解客户、获得客户认同。到那时，中国平安的业务队伍，将有一个共同的、平凡而响亮的名字——中国平安客户经理。我们将成为客户最值得信赖的金融保险顾问及全方位理财服务的经理，我们也将是全行业最有实力、最专业、最有自豪感和荣誉感的销售服务队伍。

59. 持续奋斗才是英雄

突击一下，奋斗一时，取得一时一地的佳绩并不难，难的是持续的、从不懈怠的奋斗，并获得持续的成功。所以我们倡导"意气风发不在一时，持续奋斗才是英雄"。

【与营销队伍的谈话】

标签：信念　责任　坚持　服务

在 2009年平安人寿高峰会这个平安40多万寿险营销人员最高荣誉的盛典上，我提议增设了"十年长期功勋奖"和"五年长期功勋奖"，为连续10年、连续5年参加高峰会的同仁们颁发特别的奖励。能够参加明星高峰会的同仁都是平安营销队伍中"数百里挑一"的佼佼者，是平安的英雄；那么，连续多年入围高峰会的同仁们更可称得上是英雄中的英雄，是平安倡导的"持续奋斗"精神的杰出代表。

毛主席曾经说过："一个人做一点好事并不难，难的是一辈子做好事。"差不多的道理，突击一下，奋斗一时，取得一时一地的佳绩并不难，难的是持续的、从不懈怠的奋斗，并获得持续的成功。所以我们倡导"意气风发不在一时，持续奋斗才是英雄"。

首先，业务同仁要奋斗才能留存得下来。我们业务同仁经过礼贤业务员甄选系统（LASS）的筛选入职平安，说明已经具备了从业潜质，具有成功的可能。但是，保险营销是一项艰辛坎坷的工作，展业、增员困难重重，市场竞争日趋激烈，公司的业绩考核非常严格，如何才能留存得下来？不奋斗不行。

其次，要持续奋斗，保险营销的道路才能越走越宽广。随着业务的增长，客户

持续奋斗才是英雄

平安倡导「意气风发不在一时，持续奋斗才是英雄。」

服务的压力越来越大，开拓市场、技能提升是我们必须面对的难题。如果走组织发展的道路，增员、新人培养、团队管理，都考验我们的智慧与能力。如何才能克服小富即安的心理，不断攀登事业的高峰？不持续奋斗不行。

也只有持续奋斗，我们的事业空间才能更加广阔。在平安，多年绩优的业务同仁可以推销平安信用卡，可以推荐平安信托的产品，可以推荐平安证券的业务，这些业务机会，使得我们有可能成为客户综合金融服务的理财规划师，成为平安的客户经理。有了保险以外的事业空间，我们的客户累积会更容易，我们的收入来源就会多样化，我们就更有持续奋斗的能力和动力。

当然，公司也通过实实在在的支持，鼓励大家持续奋斗，做恒星，而不做流星。说实在的，每个人都难免会有放松、倦怠的时候。这时，除了公司"竞争、激励、淘汰"这种刚性的约束让我们不能松懈，不敢松懈外，公司的明星高峰会、钻石俱乐部、钻石年会等一系列荣誉体系，也会通过激励和分享，使我们获得不断前行的动力。此外，平安金融培训学院、各机构培训中心等教育培训体系提供的制式化、阶梯化、多层次的培训和教育，能够不断提升我们的展业技能，增强我们持续奋斗的素质。在平安，我们还有行业内独一无二的E行销支持系统，这个系统的功能非常强大，帮助我们省却了很多口舌之劳。最重要的是，它使我们的展业过程更加专业、更能让客户感到公司强大的实力。还有我们早会、夕会的经营沟通，营业部经营、周单元经营系统等，都在各个方面发挥效用，帮助我们业务同仁不断提升，持续奋斗。

2009年高峰会会长吴学军，1996年从一名首钢工人入职平安，一个无任何背景、靠陌生拜访起家的普通业务员，为自己设定了"每月承保一万保费"的"崇高"目标，并克服重重困难坚持下来，历经10多年的磨砺，终于成长为MDRT中国区主席、高峰会会长。即便当了会长，他也从不懈怠，繁忙的营销服务之余坚持每天学习英语。他把自己的座右铭"每一天每一方面我都越来越好"打印出来贴在座位旁，激励自己不断进步。

2010年高峰会，厦门寿险的叶云燕全力拼搏突出重围，以年度化标准保费1 001万元夺得2009年高峰会会长殊荣，以绝对优势刷新纪录。13年，这位从福建宁德小城走出来的年轻女子，自称"嫁给了平安"的女人，历经"四起三落"，对平安、对寿险营销的初衷不改。她曾经在业务做得风生水起的时候，获得机会去筹建一个四级机构的营业点，并且有了一点起色。但后来碰上公司经营策略的调整，这个点暂停了，她不得不放弃，回到机构本部，一切从零开始，从普通业务员开始。但她没有放弃，最终靠自己的能力，更多的是耐力，获得了新的、更大的辉煌，成为2009年的高峰会会长。她有一句话，很有哲理，也充分体现了她获得成功的秘诀——持续奋斗："耐得住寂寞，经得住辛苦，从容淡定地走下去"。

这些能够登上明星高峰会殿堂的精英，都是我们业务同仁持续奋斗的楷模。当然，能够入围明星高峰会，当上会长的人毕竟不多，但我们每个人只要不甘平庸，不断挑战自我，持续奋斗，我们就是自己的真心英雄！

对个人如此，对公司亦然。市场竞争遵循的是优胜劣汰的法则，不奋斗就会在残酷的竞争中淘汰出局。中国平安在过去的20多年中，也遭遇过各种各样的挫折，遇到过许许多多的艰难险阻，但我们凭着意志和耐力，凭着我们坚忍不拔的精神，勇于接受挑战，迎难而上，持续奋斗，才有机会成为全球五百强中最年轻的企业之一。

战争年代，搏击沙场、奋勇杀敌的是英雄。和平年代，积极进取、争创佳绩的销售精英是我们的英雄。我们的营销队伍提供的是优质的金融保险服务，销售的是平安与保障，传播的是平安与爱的福音。让我们一起百折不回，勇往直前，争做中国平安持续奋斗的时代英雄。

60. 为什么要有两家保险公司？

我们早期不只是推销保险产品，更多的是在宣传保险的基本功能、普及保险的基础知识。记得公司在申请车险经营业务的过程中，我专程拜访了一位公安局的领导，苦口婆心地花两个小时讲保险的意义和作用，讲为什么要有两家保险公司，为什么保险市场要引入竞争。拜访完，公安局局长送我出门的时候说："马总啊，你说了半天，我还是不明白为什么要有两家保险公司？你想，一个城市如果有两个公安局，那不是乱套了？"

【平安公司成立20周年仪式上的讲话】

标签：创业　公司史

经过1986~1987年两年间的三次申请，我们终于争取到了从事商业保险的资格，如愿拿到了平安的营业执照。当时一起创业的同事们听闻此消息都是豪情万丈，有一种"百废由我兴"的气概。热情归热情，现实是平安白手起家，刚刚草创，面临的环境相当艰苦，缺乏知名度、办公条件差、没有懂专业的人才、社会公众对保险认知缺乏等一系列问题。从1988年平安开业算起，20多年过去，回头再看，平安能取得今天的发展，实属来之不易。

第一，市场环境不成熟，推销保险理念比销售保险产品更艰难。为了得到外界基本的品牌认知，我们做了大量的宣传和推广工作。平安当时有一辆往返深圳、蛇口的通勤车，为了利用车辆宣传，我们在车的两边喷上"平安保险"的字样。我们的业务员也是一样，为了赢得客户对公司的认可，除了带上营业执照、从业证明的复印件外，还把一些宣传资料揣在身上，遇到人就耐心解释社会上多一家保险公司的意义。

令我印象深刻的一次经历是因为车险业务的申请去和一位公安局局长沟通。我从保险的起源讲起，谈到风险管理的重要性；从市场经济的规律，讲到了竞争的必要性。交谈的过程中，公安局长一直频频点头。我以为他认同了平安办保险的理念，心里想"看来只要多做沟通，人们还是能很快理解平安存在的意义"。拜访结束后，局长送我出门，临告别了，他还是用困惑的口气客气地问我："马总，你讲的我都懂，但我还是不太明白，为什么国家要有两家保险公司？你说，一个城市有两个公安局，究竟谁听谁的？"

第二，平安早期的创业艰苦还体现在办公环境上。当时，我们在蛇口的总部办公室只有400平方米。我们深圳特区的上步分公司（现在深圳分公司的前身）早期租借在中国工商银行的大楼里，简陋的办公室里，一台老式的机械打印机就是最重要的家当。相对现在的电脑来说，那台打印机十分落后，每打一个字都很烦琐，而且不可修改，只要有一个字打错，整张保单就得重新打过，业务员常常是辛辛苦苦半天，即将大功告成的时候功亏一篑。

第三，平安的实力还没有壮大，要获得客户认可需要我们做更多艰苦的工作。平安成立之初，资本只有3 000万人民币加3 000万港币，而一个厂房的保险标的就要一两亿元。客户如何放心？创业者们只能靠服务去争取客户，把服务做到极致：不管刮风还是下雨、上班时间还是下班时间，一接到客户要求保险的通知，都会以最快的速度赶去，这是国有企业不具备的工作作风。

除了以上三点，我们还面临人才匮乏、资金不足、专业技术欠缺、缺乏分保能力等各种各样的现实挑战。平安的年轻人牢记"竞争中求生存，创新中求发展"的口号，以坚强的意志、乐观的心境和积极的人生态度，拿出百倍热情投入工作。

20多年过去了，对于草创期平安的艰难历程，虽然创业者们觉得艰苦，但更觉得是平安的一笔宝贵财富。它磨炼了我们的队伍，教育了我们的干部，培养了平安一种不畏艰辛、敢于挑战的创业精神，保证了我们20多年来不论碰到多大风浪，都能同心同德、凝聚力量，共度时艰后再续辉煌。平安的今天来之不易，我们要把这种创业精神永远保持下去。

平安 心语

第四篇　修为·品行·社会公民

61. 海纳百川

> 我办公室里悬挂多年的一幅书法作品是"海纳百川"，我一直把这句话当做我的人生信条。成就一番事业，需要我们有宽阔的胸襟，吸纳方方面面的人才，听取各种不同的声音，更重要的是，建立一种海纳百川的文化。

【2007年与部分管理干部的内部谈话】

标签：企业文化　人才　国际化　团队

我办公室里悬挂多年的一幅书法作品是"海纳百川"，我一直把这句话当做我的人生信条。平安起源于蛇口一家很小的公司，靠原来的人去塑造一家具有国际竞争力、规模巨大的企业，是不太现实的。所以这需要我们有宽阔的胸襟，吸纳方方面面的人才，听取各种不同的声音，更重要的是，建立一种海纳百川的文化。

"纳"的第一重含义是，要吸纳来自各方的人才。

平安原来是一家做产险的公司，在保险领域还是不错的。但是相对于国际一流的保险公司，我们还是有差距的。除了保险，平安还发展了银行、证券、资产管理、信托等其他领域的金融业务，用原有的保险人才肯定也是不合适的。所以，如果要追赶海外一流的金融企业，单靠我们自己摸索，时间和机会也是不允许的。经营银行，就应该用银行的专家；做投资，就应该用投资的专才。

多年以来，无论海内外，无论国籍、背景，平安吸引了许多人才的加盟，是海纳百川的最好体现。平安现在有50多万员工，前100位高管中有超过三分之一来自海外，他们来自五湖四海，有着不同的文化背景，但都可以非常愉快地在平安这个大家庭中工作。2003年，"SARS"期间，我看中了亚洲保险业最顶尖的人才梁家驹，他被称为"亚洲保险教父"，我希望他加盟平安，带领我们的寿险队伍迈上一个新高度。我到香港去见他，港岛香格里拉酒店咖啡吧，平时很热闹，但这天冷冷清清，我们在那里见面、交谈，我们都没有戴口罩，服务员每个人都戴着口罩，他们都不敢接近我们，大老远把咖啡推过来。也许是大家都有这种为了事业而不怕死的精神，终于有缘共事。

"纳"的第二重含义是，要听取来自不同方面的意见。

一家企业做大了，它面临的内外部环境就越来越复杂，比如政府、股东、客户、员工、社区等，它的一举一动对社会的影响会越来越大。"偏听则暗，兼听则明"，如果不广开言路，不广泛听取意见，它的决策就会有局限性，它的战略就容易陷入自以为是的境地。听取不同的意见，就是要求平安的干部既要听取基层的意见，又要抬起头来环顾周围的环境，聆听不同的声音，把有益的建议和意见变为有助于自身工作开展的资源，不断取得进步。

"纳"的第三重含义是，要建设一种海纳百川的文化和环境。

海纳百川，不只是一个领导人的气度，更重要的是整个公司要有这种文化和机制。平安曾批量引入花旗、麦肯锡的人才团队，公司内部有人质疑，他们会不会成为一个团伙、成立一个山头，会不会再整体跳槽？我却从没有这样的疑问。我认为，无论人才来自哪里，是什么人，既然来到平安，平安就要有这样一个胸怀，不仅大家要接纳他们，让他们融入我们的大家庭，还要信任他们，让他们有职有权。以往从一家企业进来的人才，我很鼓励他们把自己的旧同事一并带来，为什么呢？第一，他知道曾经共事的同事哪些优秀，哪些有长处，适合什么岗位；第二，在沟通上，他们的效率会更高些，团队起飞的速度会更快些。比如叶黎成先生、张子欣先生、梁家驹先生、理查德先生，他们分别来自唯高达、麦肯锡、英国保诚、美国花旗，我就很鼓励他们带团队过来。平安没有山头主义的土壤。我们以绩效为导向的考核机制、我们以价值最大化为导向的文化机制决定了山头主义是生存不下去的。确实每个人由于性格、爱好等原因，天生会和某些人亲近一些，与某些人疏远一些。但在职场中，在排名、赛跑制面前，一切都得以业绩说话，以数字论英雄。更何况，海外管理干部的职业素养都非常好，他们极少把个人好恶带到工作当中，他们帮助平安吸纳到了更多优秀的人才，同时，他们恰恰又都是"非山头主义"的典范。

　　这些年来，我们坚定不移地坚持人才国际化战略，不同背景、不同文化的各路英才加盟平安，带来了完全不同的知识、技能、经验，有很多新知我都闻所未闻。他们让我成长，让平安成长，这些人才流、信息流汇成大海，川流不息，平安也因此拥有了极强的生命力和创新能力——"海纳百川"，正是平安的活力之源。

62. 谦受益，满招损

一个人，当他的决定与判断被实践检验为一贯正确时，自信心就很容易爆棚，会觉得自己如何了不起、如何伟大。特别是作为领导，周围会有很多人奉承、吹捧，人更容易飘飘然起来。这是人性的规律。但一旦轻飘飘起来，就可能会重重地摔一跤。"谦受益，满招损"这句古训，我一直铭记在心。

【2008年与部分管理干部的内部谈话】

标签：个人品德　好学　文化

19 97年亚洲金融风暴的时候，平安以及整个金融保险行业都面临着艰难奋进的问题，我曾经说过："去年的马明哲领导不了今年的平安。"号召大家一起努力学习，一起进步，一起迎接挑战。如今十几年过去了，当时的平安小舢板，已经闯过风浪，成长为"航空母舰"，走向了精细化、专业化、规范化，打造"国际领先的综合金融集团"的目标明晰在前。

在更远大的目标面前，是更浩瀚的市场和更多更艰难的挑战。对于一个领导者来说，持续学习是一个不言而喻的必选命题。但是要能够坚持持续学习，并且取得良好的效果，谦虚的心态就是其中一个非常关键的因素。这种谦虚的心态不仅仅表现在向外界学习、吸收新知，还包括倒空自己内心的"半杯水"，让更多的声音和建议能够进来。

一个人，当他的决定与判断被实践检验为一贯正确时，自信心就很容易爆棚，会觉得自己如何了不起、如何伟大。特别是作为领导，周围会有很多人奉承、吹捧，人更容易飘飘然起来，这是人性的规律。但一旦飘飘然起来，人就开始发生变化：

原来敏锐的反应能力迟钝了，原来精准的判断能力模糊了，原来广开的言路闭塞了。随之，飘起来的身心很快就会重重跌落下来，轻则擦伤皮肉，重则伤筋动骨甚至危及生命。

所以，古训说得好，"谦受益，满招损"，就是要求我们在成功面前不要沾沾自喜，时刻保持谦虚谨慎的作风。要戒除自满，避免自满带来的失败，有效的方式是：

首先，要怀有一颗谦卑的心。目前平安虽然取得了一些成绩，但这都是大家的功劳，是国家改革开放带来的机遇，是众多股东的、客户的信任与广大员工的努力带来的。而且，任何的事情都是相对的，不是绝对的。平安现在的成功并不代表着未来的必然成功。我也是不断警示和告诫自己，始终要保持一个谦卑的心态。正是这种心态，使得在驾驭平安这艘巨轮的时候，我经常有一种诚惶诚恐、如履薄冰的感觉：自己的努力是否足够？能力是否足够？心胸是否足够？常怀谦卑心，才使我时刻警示自己更加努力、更加刻苦，眼界和心胸要更加开阔。

我也期望所有平安的同事在任何情况下，都要保持清醒的头脑，认识到一山还有一山高的道理，保持谦卑的心态。

第二，要保持不断学习的热情。世界在发生快速变化，因为科技进步、通信发达，信息社会创造的知识以海量速度增长。不学习，无进步。尤其在平安，每个人想要实现自身价值最大化，更需要进行自身增值。公司提供了各式各样的培训帮助个人成长，个人也要保持学习的动力与热情，对行业新知识、新动向，乃至出现的新事物时刻保有好奇心与探索精神。2004年，平安H股上市路演的时候，会议间歇，我看见陪同路演的高盛的一帮年轻人都拿出一个黑色的手机样子的东西在按。他们告诉我，这个叫做黑莓，可以帮助用来移动办公，非常简单方便。我很兴奋，这个黑莓对平安来说简直太有用了，立刻就打电话给IT总监，请人去详细了解。当时黑莓的价格还比较昂贵，但是我们还是很坚定地在平安的干部中间进行了普及。后来的结果就是现在大家所习惯的——随时随地地移动办公，即使出差在外也可以即时批阅邮件和公文，从而极大地提高了办公效率。网络时代，年轻人是其中的主角，所以我会继续向年轻人学习、请教。在他们身上，不仅有新鲜活泼的各种想法和知识，也有未来的商机。

第三，要善于从过去的经历中吸取经验教训。很多时候，即便是失败也并不只代表负面的损失，关键在于我们要从失败中学到什么。我喜欢读国际知名金融保险企业的企业史，主要不是看他们的成功历史，而更关注他们是如何避免失败，如何从困境中崛起的，从前人先辈走过的路上，找到值得我们防备和提醒的经验。因为企业在面对挫折的时候，各种机制、人才和平台都更加容易受到考验，更加容易暴露问题，并且更加能够显出一个企业源源不断的核心生命力。所以，失败并不可怕，只要我们始终有谦卑、清醒的认识，始终不断地保持年轻和学习的态度，我们就可以看得到事业前进和发展的路径。

"谦受益，满招损"，这句话理解容易，实践难。特别当人取得一些成绩的时候，容易自以为是，不容易听进他人意见。时常保持危机感与空杯心态，塑造学习型组织与团队，在公司整体形成一种热爱学习的文化，这是避免错误的有效方式。这样才能不断进步，才能对日新月异的外部世界保持清醒的头脑，掌握最新知识，实现科学决策。

63. 知"足"常乐

戒忍大师说：人的一生，像我们在沙滩上走、每走一步都留下足迹。这些足迹记录我们踏踏实实走过的历史，无论是对是错、或辉煌或平凡，我们没有虚度光阴，就问心无愧、不要埋怨、惋惜、后悔，重要的是向前看，看到未来的前途和希望，这样才会感到快乐和满足。这才是知足常乐。

【2005年与大连一线同仁的交流会】

标签：公司史　经营理念　知足常乐

20 02年我曾到普陀山拜见戒忍大师。茶叙甚欢之间，大师讲了一句令我至今铭记、深思的话——"知足常乐"。

何为知足？一般理解为"比上不足、比下有余"，是很多人在不得不接受现实时的一种自我宽慰。这种想法是非常局限、消极的，流露出一种"人比人、气死人"的不甘或无奈。有竞争意识固然重要，但对于个人的成长和生活而言，如果陷入不断"与人比"的境地中，是永远不会知道什么是"乐"的。

戒忍大师说：人的一生，像我们在沙滩上走，每走一步都留下足迹，有快有慢、有整齐也有纷乱，但无论怎样的足迹，都是人生宝贵的收获，当我们回望时，应用乐观的心态看待这些过往的足迹，对这些让我们的人生更加曲折、丰富的足迹心怀感激。这些足迹记录我们踏踏实实走过的历史，无论是对是错，或辉煌或平凡，只要我们没有虚度光阴，就问心无愧，不要埋怨、惋惜、后悔，重要的是向前看，看到未来的前途和希望，这样才会感到快乐和满足。这才是知足常乐。

大师说的，是和自己比。人从出生就在不断前行，无论走到哪里，走得顺与不顺，都按自己的选择走出了不同的道路，每一步都积累了经验或教训，步步相接，形成了一条不可替代的你自己的人生轨迹。如果不懂得回头，看不到过往的足迹和历史的价值，就容易被他人的所得、被身边的利欲蒙蔽了双眼，总觉得自己"得不到"、"被亏欠"，逐渐看不清自我，也迷失了方向。

若能"知足"，人不埋怨。人在生活和工作中难免遇到这样那样的挫折，比如生活中觉得自己付出了很多，却得不到亲人和朋友同样的回报；在工作中觉得自己任劳任怨、起早贪黑，却得不到领导的赏识和公平对待。人的际遇来源于多种因素，我们唯一能控制的只有自身的领悟和奋斗。领悟，是回头好好看看过去的足迹，汲取经验，想想哪一步自己没走好，未来应该怎么样走得更好，不走弯路；奋斗，是继续认真地往前走，把沙滩上的脚印留得更漂亮一些。成功也好、失败也罢，都是一时的，关键是自己的成长和收获。年轻人更要保持良好心态，享受奋斗的过程，增长领悟的智慧。至于结果，该来的迟早会来。

若能"知足"，人不后悔。无论在哪个领域，人要有所作为，不因循守旧，总会有打破常规，需要引进新观念、新思维、新方法的时候。这个过程是漫长、艰难和充满风险的。新事物诞生的最初，往往不被普遍接受，甚至招致很多冷眼和非议，因为没有先例和经验，又难免"试错"，挫折和批评也会随之而来。有的人会因此而退缩、后悔、放弃，不愿意再"碰钉子"。这是只看到了别人的眼光和眼下的困难，看不到自己一路走来的目标和所得，忘记了自己的本心。只要我们坚信自己的理想、方向和策略是正确的，就要坚定地走下去。所有艰难都是我们的选择所赐予的考验，每一步看似走错的足迹，无时无刻不在提醒我们下一步怎样走会更好。对我个人来说，教训每天都有，因为每件工作经过时间的考验，都不是尽善尽美的。在我看来，既然敢于选择，就要敢于坚持，具体工作上没有绝对的好，也没有绝对的坏，没有永远的好，也没有永远的坏。要学会不背包袱，从或成功或失败的经历中汲取有益的经验，关键是目标正确，有恒心和毅力，勇敢地向前迈进。

当年，平安顶住压力，坚持按照"集团控股、分业经营、分业监管"的模式开展综合金融经营，历经艰辛，付出了很大的代价。分业问题解决不了，我们的新机构开设和新产品报批都因此基本停滞了。公司为山西、河南等新设机构招聘的人员来了又走，走了又来，也迟迟等不到开业。公司内外都有很多声音劝我们放弃，但我们还是坚持下来了。我始终认为，办成一件事，特别是创办企业就是要与各种困难做伴，认准了方向就不能因为压力和挑战半途而废。我们没有回头路，没有时间抱怨，也不允许自己后悔，唯一的选择就是征服挑战、坚持到底。今天，平安拥有国内最完善的综合金融集团架构、金融全系列的牌照，集团和各项业务的实践与发展证明了我们的战略是正确的、所有付出都是值得的。

现在回头看看平安走过的路，之前经常"犯错"，常常感到彷徨和困惑，但正是经历过这些艰难和挑战，磨炼了我们的意志，锻炼了我们的能力，才成就了我们后来的突破和发展，为社会和行业创造了巨大的价值，给我们的人生带来无限的欢乐和满足。回头想想，过去的所有经历都是平安的宝贵历史和财富，是未来平安争取更大发展的基础和保障。也许这就是知足常乐所蕴含的深意吧。

64. 舍，才能得

"当你紧握双手，里面什么也没有；当你打开双手，世界就在你手中"，这句话很形象地说明了"舍得"这个我用得很频繁的词汇的真实含义。《道德经》里也说，"天之道，损有余而补不足"，意思就是，世间的大道就是盈亏转化。它们表达的都是一样的人生道理。

【2009年与部分管理干部的内部谈话】

标签：个人修为　励志　舍得

在佛家处，世间万象都是空相，实无舍无得，有舍便是得，得便是舍。在道家处，强调"无为而无不为"，无为就是舍，有为就是得。在儒家处，说的是，舍生取义，杀身成仁，为了得"仁"得"义"，没有什么是舍不得的，孟子讲："生，亦我所欲也；义，亦我所欲也。二者不可得兼，舍生而取义者也。"在俗世里，"舍得"二字则被理解为，成功、获得你所想要的，前提是懂得放弃和取舍，所谓有舍才有得。

落实到一个人或者一家企业，如何看待、践行"舍得"二字，实在是对管理智慧的考验，也是个人悟性，以及领导团队能力高低的反映。

第一，企业战略上的"舍得"事关公司能否持续健康发展。

企业做大了，往往面临很多诱惑，容易被一些喧嚣的声音所左右。比如早年在深圳，做房地产很赚钱，于是一些做贸易、物流的企业不顾自身专业能力，一头扎了下去。结果，轻者，扑腾几个水花后，狼狈地退回岸上。重者，企业元气大伤，将辛苦积累起来的资产赔个一干二净。所以，企业发展的战略方向上，一定要有所为，有所不为，找准定位，明确目标，专注自身主业，审慎抉择多元经营。在这点上，平安20多年来，始终将眼光盯在"金融"领域中，无论外部条件如何变幻，在发展的主方向上，我们毫不动摇。

第二，舍不舍得在治理机制、管理架构、系统平台等不会迅速见效益的方面投入，关系到企业能否做得安稳与长久。

相比较国外一些百年老店的长远眼光，我们有些企业发展得很激进，太过于追求短期营业收入的增长、队伍规模的扩张，过于将眼光执著于一两年的得失，而忽视了企业更根本的体制、机制、平台、系统的建设。俗话说，"要想富，先修路"。要想成为一流的企业，就要舍得在基础建设上投资，多深的基础，就有多高的大楼。

搭建更稳固的经营、销售、人力平台，设计更科学、严谨的作业流程与系统，完善治理、授权、风险控制等机制，这些都会涉及企业既有利益的调整与变革。一家企业是否舍得投入精力，挑战困难，实践变革，获得更长远的发展潜力，都在于这愿不愿舍、敢不敢舍的抉择中。好比地铁建设，为了更长远的出行方便、更长久的交通便捷，人们要面对暂时的道路凌乱，要放弃阶段性的宁静与便捷。

第三，对于日常工作而言，"舍得"就是要善于抓住工作重点。

平安文化强调以结果为导向，以绩效高低论英雄。这要求干部和员工在工作中要善于抓住要点，突出重点，严格以KPI设计的指标为工作抓手，确保最重要的工作落到实处。我们有些同事，觉得自己每天埋头工作，付出了很多，牺牲了很多，却没有得到相应的回报，心理不平衡，然后工作表现就开始倦怠、拖沓，和周围人的关系处得也越来越糟。这些同事需要好好思考一下，看看自己的工作是否体现了公司的价值要求，是否实现了团队共赢，是否围绕着自己工作职责的KPI展开，而不是抓了很多小芝麻，丢了最重要的西瓜。

第四，对于一个团队来说，就是要勤奋，帮助他人成功，并且和你的同事共同分享成功。

工作固然是要成就自己，但是作为主管、作为团队带领者，要舍得拿出精力指导下属成长，只有每个下属都是精兵，领导者才可能成为强将，自己的平台才会打开。我们有些干部，把什么东西都看得很紧，所有下属的成绩都是自己的，所有别人的功绩也看做自己的，慢慢的，下属逐渐失去了对他的信心，他自己的工作开展也越来越艰难。这种情况，是短视之举，是不懂舍与得的关系。佛说，舍得舍得，有舍才有得。又说，小舍小得，大舍大得，不舍不得。索取总是比舍容易，一个人是否敢舍，敢舍多少，那真是胸襟与眼光的问题，也决定着一个人未来能走多远。对团队里的员工而言，更要明白，你的勤奋工作将帮助你的主管、你的团队成功，而只有团队赢才能每个人都赢。

有一句话很精彩："当你紧握双手，里面什么也没有；当你打开双手，世界就在你手中"，《道德经》里也说，"天之道，损有余而补不足"，意思就是，世间的大道就是盈亏转化。"舍"就是亏，"得"就是盈，凡亏毁的，总会满盈，凡付出的，总有回报。所以，成功有时候很简单，舍得付出多少，就能得到多少。

65. 勤奋，帮助他人成功

　　和业务队伍交流以及和一些媒体朋友沟通时，经常被问及平安及我个人成功的原因。我坦言，平安还远未成功，而是永远处在追求成功的过程中。至于我个人，更谈不上成功。如果一定要分享一些个人经验的话，我的心得可以归结成一句话：勤奋，帮助他人成功。

【勤奋，帮助他人成功——与大连同仁的对话】

标签：个人成长　励志　勤奋　成功

　　有一位同事给我讲过一个"飞鸭"的故事：鸭子虽然长了一对翅膀，很想飞。但每每扑腾几下，脚依然在地面上，身子依然不能腾空而起。突然有一天，一阵龙卷风把这只鸭子吹到了高空。虽然一开始有点晕头转向，但等它慌乱中扑腾开翅膀时，它发现自己竟然已经在高空中飞翔了。鸭子兴奋异常，更加欢快地扑腾。但慢慢觉得自己在下沉，无论怎么扑腾，都无济于事，最后还是回到了地面上。

　　讲这个故事的，是一个曾经离开平安，后来又回来的同事。他说过离开平安后的最深体会是：开始时，觉得自己蛮成功的，业务水平高，在新的单位也一定能很快做出业绩。但离开了平安的平台，才发现新的岗位上，那些平安独有的强大的后台支持没有了，那些有条有理的制度平台没有了，那些配合默契、得心应手的下属没有了。还有很重要的一点是：那些在困难时候帮助自己，指导自己的领导没有了。

　　鸭子起飞，是因为风。在平安取得成功，是因为我们的体系和制度平台。并且更重要的一点是：我们有帮助别人成功的文化。

　　和业务队伍交流以及和一些媒体朋友沟通时，经常被问及平安及我个人成功的原因。我坦言，平安还远未成功，而是永远处在追求成功的过程中。至于我个人，更谈不上成功。如果一定要分享一些个人经验的话，我的心得可以归结成一句话：勤奋，帮助他人成功。

　　这实际上包含了两层含义：成功，首先来自勤奋——刻苦学习，锐于思考，勤于动手；其次，成功，绝不是某个个人的成功，只有积极地帮助同事、下属、上级成功，你才能成功。虽然我自己不轻言自己成功，但"勤奋，帮助他人成功"确实是我的座右铭。

　　成功没有捷径，勤奋是最朴素也最实用的方法。这恐怕是古今中外那些取得成绩的人士的共同感悟。不管是多么聪明的人物，追求多么远大的成就，首先还是要有自己的目标和计划，然后脚踏实地做好每一件小事。不积跬步，无以至千里；不积小流，无以成江海。我小时候读书没机会学英语，但是英语非常重要，怎么办？学，不懂就问。20多年前我从26个英文字母学起，把《新概念英语》里近万个单词，都记在一张张小卡片上，一张卡片10个单词，10张卡片一小捆，每天带几捆在身上。后来一捆捆卡片装满了一个大纸筐。当时，谁问我哪个单词在《新概念英语》第几页第几行，我大概都可以告诉他。这种方法很笨，有人笑我，换别人这样学外语，早成教授了。外人怎么看没有关系，我能感觉到自己每天学一点，就有一点进步，这就足够了。现在我虽然可以在一般场合使用英语，但我还在学，出差时，我一定要随身携带英文杂志或小说，有时间一定要听听英文财经报道。学无止境，勤能补拙。

　　学习之外，工作的勤勉也是我一直谨守的。我每天平均要处理500多封邮件，这些邮件除了紧急的事项，极少能用正常的办公时间来处理，因为白天的办公时间，通常排满了各种专题会议及重要接待等。所以，绝大部分邮件必须到下班后去处理，有时候出差在外，或晚上有公务接待，邮件的处理就要到晚上10点后才开始。平安的绝大部分邮件也都是些很细节的工作讨论和汇报，所以通常不能三言两语就处理完。特别重要的事项，我写的回复邮件比请示人写的内容要多好几倍。

　　回复这样的邮件，通常是下属遇到了一些实际的困难，我会很耐心地去帮助他们分析问题，理清问题的实质，找到解决问题的方法和思路，其核心就是帮助他们成功。

　　在平安，每年管理干部年度绩效考评的时候，我会与列入我自己考核范围的各位执行官作很深入的交流和沟通，帮助他们一起分析过去一年的成绩和不足，十分坦诚地解剖问题，和他们一起探讨来年工作的重心、难点，帮助他们规划解决问题的思路。

除了年度绩效日外，平时的帮助则更多。比如，有些干部岗位适应性出了问题，就需要帮助他调整跑道，安排到更加适合其特长和能力的地方；有些干部精神压力比较大，就需要进行心理疏导；还有些干部技能上需要提升，就需要安排合适的培训计划等。

我想，正因为我自己的身体力行，在平安，我们形成了一个可贵的文化，那就是精诚协作、帮助他人成功的文化氛围。

国际上两大银行业巨头，一家比较强调个人英雄主义，一家比较强调集体主义、团队意识。两种文化区别较大，但都很成功。平安实际上融合了这两种文化的优点。在我看来，一个人短期成功，靠的是个人的聪明才智和奋斗拼搏。但如果仅有这一点，这个人只会是一个昙花一现的英雄。长期的、持久的成功，一定是整个团队的成功，是这个团队互相支持、共同进步、共同分享成功的结果。

我们的有些干部确实很优秀，很有才干。但在荣誉、职位等具体的成功结果上，有时候只考虑自己，同级、下属则没有一点机会。这样的干部，在新的岗位上，在长期的工作中，就可能面临队伍士气不足、团队协作不好、上下沟通不畅等问题，这些问题，会影响他后续取得更大的成功，影响他职业发展的机会。反之，如果积极地辅导下属，帮助下属成长，取得进步，使他们有机会成为和自己一样出色的人，只有这样，自己事业的阶梯才可能越走越高。

此外，在平安，帮助他人成功实际上还会给自己带来非常直接的业绩体现。比如，我们的交叉销售。这些年，虽然交叉销售的主力基本上是寿险营销团队。表面上，好像都是寿险在帮别的子公司完成销售业绩，但我们也可以清晰地看到，正是因为交叉销售的推动，寿险队伍有了更好的生存和发展能力，我们公司的人力基础才会比别的公司更加扎实，我们的寿险业务也才会更加蒸蒸日上。

因此，帮助他人成功，是平安宝贵的文化。而精诚协作则是平安文化的灵魂。

当同事们都成功了，我就成功了。对平安这样一个综合性大集团而言，只有整个集团成功了，才会有每个人的成功。

因此，如果说我有什么成就，那就是平安集团的各位执行官、各位执行委员每一个人都很成功，平安的各级干部、我们所有的员工都很成功，这才是我最大的成功。

66. 激情、正向思考与完美主义

平安的管理团队共有的素质——创造成就感的欲望与激情，任何时刻都保持采取正面思考问题的态度，用一流的行动力实现目标的完美主义——确保了组织在任何时候都充满创业时期的活力，而且组织目标越高，这种活力越旺盛，团队克服困难、承受挫折、继续一往无前的能力越强。

【与新闻界朋友的交流】

标签：企业文化 团队建设 管理

2009年7月，我在张江接待了几位新闻界的朋友，就彼此关心的话题，大家尽兴地畅谈了3个小时。这些朋友都很好奇于这样一个问题：平安20多年的历程很不容易，是什么支撑着我带领平安走到今天？

我说，不敢说是我带领平安走到今天，应该是我们这支团队，我们是一个整体。"是什么支撑着我们？"我想，这个问题需要从这支团队拥有怎样的精神素质来回答。

世界上成功的企业家、成功的企业管理团队，无论在哪个国家、哪个行业，虽然存在千差万别，但在我看来，有三个特点是普遍共有的：

第一，强烈的欲望和激情。无论追求什么目标，他们都有一种发自内心深处、极为强烈的对成功的渴望。即使只是完成很细小琐碎的工作，只要它有助于成功，都会令他们无比兴奋和激动；即使遇到天大的困难和挫折，他们都能咬着牙迎上去，克服它，成功的欲望越强，抵抗压力的能力就越强。

第二，正向思维。这是成功者的思维方式，无论顺境还是逆境，成功者都能保持积极、开放、建设性的态度。遇到问题时，不轻易受负面信息和否定意见的左右，而是从不利中挖掘有利，从危机中发现契机，紧紧抓住被别人忽视的机遇。

第三，亲历亲为，追求完美。优秀的管理人才不仅会制定宏伟的战略和计划，还能亲历亲为，把每一项计划推动并执行到底，而且往往极为追求细节，追求完美，严格控制每个环节的质量。

而且这三个特点之间有着极其紧密的因果联系。正因为优秀的企业家和团队对成功有着超过常人的渴望和追求，他们在遇到困难的时候，不愿意轻易放弃，而是顽强地要从黑暗中找到通向成功的道路，奋力抓住任何一道曙光，这样才能看到比普通人更多的机会。正因为知道任何一件小事都可能导向最终的成功或者失败，他们对任何细节都高度关注，追求成功的人，都必然是"细节完美主义者"，拥有非常强大的推动力和执行力。

这三个特点在平安的管理团队成员身上都能找到，已经成了平安的企业文化、团队文化，自上而下融入平安人的血液中。我们说平安的20年历史是一部创新史，往更深的层面讲，就是一部在强烈的追求成功的激情推动下，面对接连的困难和挫折，不惧风险、不畏艰辛，用智慧和行动去探索、去突破，走一条别人没发现、没走过、不敢走的路，冲出一条创新发展大道的历史。

有人说平安"不安分"、"执拗"，我理解，就是说平安太想成功了，为了成功，我们不墨守成规，我们走创新之路。当然，平安的创新，是符合市场趋势和客户需求的，是代表全球和中国金融业发展方向的，比如我们在综合金融模式、金融后援集中，在管理、产品、服务等方面都曾做到了行业领先，做到最好。而且平安一旦认准目标，轻易不会动摇决心，即使每一次创新都充满曲折和痛苦，刚开始都并非完全得到社会和市场的理解和支持，要承担"枪打出头鸟"的风险和压力，但平安仍然走得坚定执著，并舍得用全部的心血去实现目标。

这些成功归功于平安有一大批充满激情和理想的优秀人才。他们都是各个行业最优秀的人才，相信中国一定会有一个极其辉煌的未来，在中国强大的背后，一定有一批世界级的优秀的民族企业，平安一定是其中的佼佼者，而且能够亲自见证与参与这样的历史，成为推动其前进中的一员，每个人都倍感骄傲与荣耀。为了这个梦想，我们披荆斩棘、义无反顾。

这也要归功于平安有一支积极向上、不怕困难、不轻言放弃的团队。无论外部环境多么艰难，需要承受多么大的压力，平安的同事们都能采取正面思考的态度，凡事力争看到好的一面，在做好最坏打算的同时，坚持不懈，找到解决问题的途径和方法，推动事情向最好的结果发展。实际的生活和工作中，充满了这样的辩证法。当一个看起来很不好的事情发生的时候，它的背后一定有一些很积极的因素是当下或者未来对你非常有帮助的。

这还要归功于平安有一支执行力超强、言出必行的队伍。每个同事都有非常强的亲自动手能力，本着高度的责任心和完美主义的原则，不折不扣地把每件事情做好，踏踏实实地把理想变成现实。平安今天取得一点成就，都是每位同事脚踏实地、一步一个脚印、辛辛苦苦做出来的。

我们强调平安的管理干部要具备"高处着眼，低处着手"的能力，"高处着眼"就是指具有非常清晰的战略眼光，能对行业方向及前景有精准的判断，对公司经营管理中的强弱点有很清醒的认识等方面。而"低处着手"，就是对产品的设计、营运的流程、促销的环节都能关注到细节，推进到实处。在落实的过程中，有时甚至有些"苛求"，力争实现完美。有趣的是，在面对外部重重压力，本来应该非常忧虑、烦躁的时候，如果潜心沉到工作的细节中去，我们的管理干部似乎可以达到忘我的境界，所有的压力和困难好像都不存在了。

平安的管理团队共有的素质——创造成就感的欲望与激情，任何时刻都保持采取正面思考问题的态度，用一流的行动力实现目标的完美主义——确保了组织在任何时候都充满创业时期的活力，保持极高的抗压能力，而且组织目标越高，这种活力越旺盛，团队克服困难、承受挫折、继续一往无前的能力越强。这也许是平安能够坚持走到今天并继续走下去、走得更远更好的最重要的原因。

67. "眼高"与"手低"

新时代中成长起来的年轻人，要在树立远大理想的同时，踏踏实实地做好基础工作。"高处着眼，低处着手"才是通往成功的唯一途径。

【致憧憬未来的年轻人】

标签：年轻人　个人成长　理想与现实

中国社会处于快速发展和变迁的过程中，人们渴求进步，向往成功，并对下一代寄予了非常高的期望。独生子女政策的实施，使这种"望子成龙"、"望女成凤"的意愿更加强烈。现在的高等教育中大量引进西方教材、理念和案例，给现代年轻人带来许多新的知识和视角的同时，也引导他们站在管理者甚至是CEO的角度，探讨如何思维、决策和解决问题。在这种特殊的社会背景和教育导向作用下，许多刚从校园里走出来的年轻人，胸怀远大抱负，渴望施展拳脚，可一旦真正进入工作岗位，开始从基层、细微、基础的事情做起的时候，就会觉得自己是大材小用，对前景充满困惑，感到失落，甚至开始不思进取。

在与年轻员工，尤其是新进员工的接触和交流中，我发现这个现象在新一代的年轻人中非常普遍，特别是受一些急功近利的外部环境影响，更容易使他们失去耐心。对于这些年轻人，我总会提醒，一定要有耐心，做到"高处着眼、低处着手"。

一次偶然的机会，我和一位大型跨国金融企业在中国的高管谈论到中西管理文化的区别时，他满是感慨地讲了这样一个故事：

他所管辖的是该跨国金融企业在中国的某个金融运营后台，一共有2 000多名员工，其中很多是20岁左右的年轻人。由于是后援性质的操作岗位，学历要求不高，绝大部分都是大专学历。他经常与年轻人交流，辅导和帮助他们解决思想和工作方面的问题，但也常遇到一些他无法解答的问题。在一次新员工交流会上，一个小伙子举手说："我希望用15年时间成为我们公司的全球董事长兼CEO，请问我如何才能实现？"他当时就愣住了，面对眼前这位意气风发的后辈，他知道作为主管应该给员工的是一个正面的答复，鼓励他要好好努力。但他当时却做不到，他能想到的是，自己毕业于香港一流大学，已经在这个公司勤恳地工作了25年，还只是该公司在中国一个单位的主管……

显然，这个年轻人超越现实的想象力和渴望急速成功的心态是令他震惊的主要原因。但与这些年轻人的成长背景和教育环境联系起来看，有这样的想法也不会觉得奇怪了。如今的年轻人，成长的环境不同了，思维也更活跃，有着更强的想象力和事业冲劲。他们正在为企业，甚至为整个中国，源源不断地注入新的想法，增添新的动力。但这种想象力和脚踏实地的工作能否很好地结合起来，则是我最为关心的。因为大部分年轻人都会经历这样一个思想过程，会逐渐认识到现实的情况与想象的轨迹存在差距，其中一些人可以调整心态，开始踏实起来，还有一些则依旧喟叹着怀才不遇，社会不公，甚至因此走向沉沦。

在每年的招聘中，平安都要吸收很多优秀的年轻人加入公司。他们大都心怀梦想，憧憬未来。其中不乏成绩出类拔萃的，还有不少是国外留学归来或是出身名校。然而在工作几年之后，我发现，他们中只有懂得踏踏实实地从最基层、最普通的事情做起的人，才能真正获得成长。

这让我联想起评价年轻人，尤其是刚毕业的大学生，常用的一个词——"眼高手低"。这里我们不妨赋予它一种新的含义——"高处着眼，低处着手"，这两个词，前者是希望我们的年轻一代，要有理想，有抱负，要有宏观的视野，有高远的追求；后者，则是希望他们能够从最基层的工作做起，从基础，从细节，从底处开始，把每一件小事情做好。中国人讲究"厚积薄发"，实际上也是这个道理。越懂得做好细微的工作，越多地积累底层的经验，就越有可能发展得更高。

从这个角度说，我希望我们的年轻人都能做到"眼高手低"。要有远大的理想，甚至要敢于做"梦"，这样才有打拼事业的激情，才能有动力投入到每一天辛苦的工作中，才能有勇气品尝人生的甘苦。要想成为董事长，必须先在现有的岗位出类拔萃，长远的理想要通过一个个阶段性目标的达成，一步一个脚印的踏实努力去实现。所以，年轻人更要学会从低处着手，先把最普通的事情做好，在现有的岗位上努力工作，并且不断在细节上追求完美，这样才能培养出过硬的专业能力和吃苦耐劳的工作精神，才能最终脱颖而出。从这个意义上来讲，"低处着手"比"高处着眼"更重要，更能从中得到收获。公司的优秀员工中流传着这样一句话，叫做"抬头看路，低头拉车"，说的也是这个道理。

此外，"眼高"也要高到切合实际，太高的目标会让人失望，应对自己的能力和基础有一个清晰的判断，为自己制定切实可行的目标和发展的方向。这就要求对"手低"之"手"也要有一个清晰的认识。"高"的目标和方向清楚了，"手"就要通过努力去培养和锻炼来达到这个目标所要求的技能和素质，以及基础的业绩，这样目标才有可能和日常的实际工作结合起来。

总之，"眼高"与"手低"并不矛盾，而且不仅仅适用于刚刚工作的新人，对于我们每个人都是如此。

有一年中欧的MBA学员毕业，院长邀我为学员们写几句寄语。思索再三，我只写了十二个字，其中两个很重要的字——"耐心"。MBA的课程经常教学员站在CEO立场上进行战略决策。但真正踏上工作岗位后，他们离CEO的位置还很远，这个时候更需要他们耐心地在某个特定的专业岗位或专业领域里做好自己的本职工作，甚至很基础的工作。如果耐心不够，老是这山望着那山高，不脚踏实地工作，不仅不能很好地完成本职工作，影响自己和团队绩效，而且长远来看，反而影响了自己高远目标的实现。

有耐心，实际上就是要坚持低处着手的心态，踏踏实实地让自己能够沉下心来，重视点滴的积累，才能为今后有可能在高处的决策工作打下基础。

"好高骛远"是批评不脚踏实地工作的人，我期待平安的年轻人不仅要看得高，有雄心壮志，也要善于为自己设定好合理可及的"高度"。更重要的是：努力从低处着手，在自己的本职岗位上练就好的专业能力，做出卓越的业绩，用低处的"手高"来逐步成就"眼高"的高处。

68. 厚德载物

当一家企业真正做大了的时候，我们都会发现，赚钱不是唯一的目的了。承载得越多，似乎企业就超越了单纯的经济组织的概念，而是有了道德评价的企业公民的概念。厚德载物，就是这样一个法则：企业要做得更大，赚得更多，走得更远，就要符合社会伦理及价值规范，就要承担更多的企业社会责任，就要有更加深厚的德行及更加高远的符合人类社会共同目标的追求。

【厚德载物——论中国平安的企业公民之道】

标签：企业责任 道德 企业公民

办企业，原初的目的是为了赚钱。钱当然赚得越多越好，企业当然也是做得越大越好。假如企业的组织结构、人员规模、赢利能力、资产、市值等，是企业物质层面的东西的话，那么，企业的价值观、文化、制度等就是精神层面的东西。赢利要求越多，人员规模越大，机构网络越广，对应的文化的要求，道德的要求是不是也越多、越深、越厚呢？

这就让人想起《周易》里边的两句很著名的话："天行健，君子以自强不息；地势坤，君子以厚德载物。"

厚德载物，意为君子具备深厚的涵养和道德，因而能够承载万物，承担起宏大的事业。德随道兴，随着每个人事业的发展，财富的积累，其影响力也越来越大，因此，需要有更加厚重的德行修养才能使其事业具备深厚的根基和长远发展的动力源泉。

企业也一样。当一个企业真正做大的时候，我们都会发现，赚钱不是唯一的目的了。一个庞大的企业组织体，一个作为社会公民的企业，它要承载股东和数万投资者资产增值的回报和长远期待，它要承载数十万员工安身立命的家园感，它要承载数千万客户的信赖和对他们的承诺，同样，它还要承载行业的创新与发展，社会的和谐与进步，乃至全民道德操守、伦理规范的恪守以及对美好未来的永恒追求。

　　承载得越多，似乎企业就超越了单纯的经济组织的概念，而有了道德评价的企业公民的概念。厚德载物，就是这样一个法则：企业要做得更大，赚更多的钱，走更远的路，就要更加符合社会伦理及价值规范，就要承担更多的企业社会责任，就要有更加深厚的德行及更加高远的符合人类社会共同目标的追求。

　　德越厚，物才可越多，越重。美国的安然公司，业务创新能力很强，很赚钱，但缺乏最基本的道德操守，庞大的赚钱机器瞬间分崩离析。英荷壳牌石油，掌握了全球最丰富的油气资源，很注重资源地的环境保护，很关心贫困人群的生活及医疗卫生状况的改善，很关心教育事业。壳牌石油历百年而不衰，在财富500强排行榜中一直稳居前十。

　　厚德载物就是这样一个简单又深刻的法则。

　　《基业长青》里有一个非常重要的观点：一个企业组织要获得它长期、持续的发展，就要为这个企业赋予一个高尚的理由。由此看来，中西方所揭示的财富成长之道、企业发展之道都是相通的。厚德载物，也就是企业持续发展之道、基业长青之道。

　　这条企业公民之道，也是平安实践中国传统厚德载物精神的征途。平安信守行业最高道德标准，不断地进取、创新，为社会积极创造更多的物质财富，并积极地向各种相关利益体——股东、员工、客户、社区、各种弱势群体等回报和感恩。平安"济天下"，也"善其身"，平安努力打造的企业公民也是一个企业人格化了的君子之德。"君子爱财，取之有道"是平安的诚信，"博观而约取，厚积而薄发"则是平安的创新、进取。一个积极进取、具有厚德涵养的企业将影响和辐射到与企业相关的人群和社会中，造就出一批具有现代精神的社会公民，影响到整个社会，使企业在市场经济的环境下，在传统文化的陶冶中，成为中国走向世界的征程中新的文化、新的道德实践模式和新的价值理念的倡导者和推动者。

　　"天称其高者，以无不覆；地称其广者，以无不载"，中国平安在企业公民的征途中，抱负越高，对德行的要求也越高。厚德载物，积极承担对员工的涵养之德、对客户的诚信之德、对股东的勤谨之德和对社会的感恩之德——这是平安主动的选择，亦是平安天赋的使命。

　　我们提出了要做国际领先的综合金融保险集团，这需要我们拥有更加扎实的文化根基，更加深厚的历史意识，更加开阔的国际视野，以及对人类普世价值的更彻底的体认和承担。只有这样，我们才能吸纳更多、更好的人才，赢得更多的方方面面的支持和赞誉，让更多的客户和投资者选择平安、信任平安，让平安的资产、市值等财务指标更加稳健不歇地增长，让平安在更加广阔的领域和地域中、更加开放的天地里施展我们的智慧和才干。也只有这样，我们百年老店的梦想才会更加清晰，我们事业的宏大愿景才会更加灿烂、辉煌！

心语·心声·心愿

"卖保险的？对不起，我们这儿不要保险箱。"这是20多年前初创平安的时候，我们的员工在开展保险业务时经常出现的情景。那个时候，我们首先推销的不是保险产品，而是向客户介绍什么是保险。也许在今天人们不一定理解。

现在回想起来，尽管那时候充满着艰难困苦，但真的是激情满怀的峥嵘岁月。我们和不少兄弟公司一起，突破了行业的独家垄断，真正把市场竞争机制引进了中国保险业，把体现个人价值和生命尊严的人寿保险带给了中国百姓，把企业经营管理的国际标准融汇到了中国金融保险业改革创新的发展历程中，也因此把平安从一家只有十多人、几千万资产、400平方米办公室的单一财产险公司带进了世界五百强，市值进入了世界金融企业前20名、世界保险集团前3名，成为有一定国际影响力的综合性金融服务集团。

一路摸爬滚打着过来，有赞有弹，有毁有誉。但都离不开一些好奇的询问："同一个行业、同样的市场机会、同样的创业时间，为什么有些公司与平安的差距这么大？""为什么20多年过去了，这家企业依然保持创业初期的激情，甚至更加强烈？""从单一的产险，到成为一家综合金融集团，业务多元复杂，机构庞大，管理难度越来越高，为什么公司的效率反而越来越高？内部的凝聚力越来越强？执行力越来越强？市场的反应越来越快？""为什么平安能跨越出保险，做出国内独一无二的综合金融的模式？""为什么平安能让那么多不同背景、来自不同国家地区、不同公司、不同文化的老外高管和本土员工在一起合作非常愉快？"在向政府部门的沟通汇报中，在拜会客户的过程中，在和业内外人士的交往中，在上市路演的沟通中，在和一线员工的座谈中，经常被问到这样一些看起来很宏观，不需要太多细节的问题——实际上每一个问题都可以讲上好多天。

我甚至还会遇到一些表面上看起来有点八卦，而骨子里却很有味道的问题，比如"为什么离开平安的人还会自然而然地经常聚会，赞美自己的老东家，总是以自己曾在平安工作为自豪？""为什么平安的办公楼还是20年前老厂房建立起来的，而上海张江的后援中心和深圳观澜的平安金融培训学院会成为参观当地金融业的必然景点？""为什么有人说，平安的资深员工，流出来的血都是平安的橙红色"等。

所有这些问题，确实是比较典型化的"平安问题"，也正是我和我的同事们不断思索的问题。在中国崛起、民族振兴的宏大背景下，在巨大的市场机会面前，一家企业要做大，也许不是最难的。最难的是，做大和业务结构更加复杂后的企业能否持续保持强大的竞争实力，保持可持续发展，最终建成根基扎实、文化深厚、生命力旺盛的"百年老店"？

20多年来，平安在规模快速增长的同时，如何能够一直"保鲜"？未来长长久久的事业征途中，我们如何继续保持年轻企业特有的激情、生命力和创造力，保持清晰的目标和强大的执行力，能够从持续的创新、开拓中汲取源源不断的生机活力？

在综合金融的探索实践中，我们如何在结构日趋复杂、业务日益多元的同时，能够在变化莫测、快速发展的市场环境中不断调整、完善自己的方向和战略？

我们希望从过去的发展中找到一些答案。我们想知道，过去我们哪些宝贵的知识和经验值得保留？哪些有价值的管理思想和文化理念将持续影响我们？哪些行之有效的方法和制度必须坚持下去？它们是怎样强大地影响着我们的队伍，深入我们的骨髓，震撼我们的心灵，鼓舞我们的斗志，引领我们走向更高更远的未来？

正是基于这样的思考，也应广大内部同事的强烈要求，特别是这些年加速发展过程中，越来越多的新同事希望在加盟平安后，迅速地了解公司战略，熟悉公司的文化，掌握公司的经营理念和管理思路，为此，我把这些年来在公司不同发展阶段积累的演讲、谈话以及日常通过工作邮件积累的管理感悟和思考进行了整理，最终集结成这本名为《平安心语》的小册子。可以肯定，这只是平安发展的历史长河中的一个小结，平安的故事还没有真正开始。

14年前，也就是1996年，我们通过梳理、总结平安发展中的企业文化，出版了《平安新语》一书。这本书收集了中国古代反映仁爱、道义、礼节、睿智、诚信、廉洁等主题的故事，通过叙事、说义、讲理，力图使我们的员工受到中国优秀传统文化的教育。作为平安内部学习和文化传承的重要书籍，《平安新语》出版以来，一版再版，受到平安员工、员工家属、客户和社会各界的广泛欢迎，许多朋友都通过这本书加深了对平安的了解与认同。我们相信，这本书的部分理念，仍然会影响我们很长很长的一段时间。

《平安心语》则更多是围绕平安的文化、战略以及管理实践而总结出的一些理念和工作方法，和古贤圣人之说相比，当然不可同日而语。同时，书中的不少观点和想法只是阶段性思考的结果，需要在不断变化的内外环境中接受新的检验。但这本小册子凝聚了我及整个管理团队20多年管理和实践的思考与心得，是平安文化更加清晰、完整的梳理；是平安之所以成为平安，并且在诸多风浪中屹立不倒的内在基石。在此，也非常感谢集团的同事们，在你们的百忙工作之余，帮助我整理并出版。

之所以定名为"心语"，是想告诉大家，这些是我内心真实的想法，是我们管理团队共同的心声，是我们带领平安20多年坎坷发展的过程中，凝聚着无数心血和汗水、泪水的心路历程。另一方面，我也有一个心愿，希望这本书能够成为一座沟通的桥梁，和广大平安同仁，特别是新加盟平安的同仁们一起分享公司的成长故事，交流经营管理方面的体会与心得，深入理解我们的文化，坚定我们的战略和目标，共同开创更加美好的未来。

21世纪中国崛起是一个不争的事实，在这个强大国家背后，必然有一群非常优秀的、令世界羡慕的公司支撑着，我们渴望能够成为其中一员。平安的目标很高远，说明我们的"心"、我们的"愿"发得很宏大，这就越需要我们在"能"上更强地精进，在"业"上更加刻苦地求真求善求美，我们的"果报"才可能丰厚，才可能更好地称我们的"心"，遂我们的"愿"。所以，我希望"心语"是一个号角，吹响全体平安人共同的"心声"，精诚团结，一起完成我们共同的"心愿"。

是为后记。与全体同事共勉。

马明哲

庚寅季春于深圳